新潮文庫

聖戦の獅子

上巻

トム・クランシー
スティーヴ・ピチェニック
伏見威蕃訳

新潮社版

8027

謝辞

マーティン・H・グリーンバーグ、ラリー・セグリフ、ロバート・ユーデルマンの三氏、アーティスト・マネージメント・グループのジョエル・ゴトラーとアラン・ネヴィンズ、バークレー・ブックスの編集者トム・コルガンの支援に感謝する。だが、なによりも肝心なのは、われわれふたりの努力がこうして実を結んでいるのは、あなたがた読者のおかげだということである。

——トム・クランシー、スティーヴ・ピチェニック

聖戦の獅子

上巻

主要登場人物

ポール・フッド…………オプ・センター長官
マイク・ロジャーズ………　〃　副長官。陸軍少将
ボブ・ハーバート…………　〃　情報官
ダレル・マキャスキー……　〃　の国内・海外情報連絡官
マリア・コルネハ…………スペインのインターポール捜査官。ダレルの妻
エイディーン・マーリー…元国務省職員
デイヴィッド・バタット…元ＣＩＡニューヨーク支局長
エドガー・クライン………ヴァチカン保安局幹部
ポイス・ブラッドベリ……ボツワナ在住の神父
リーアン・セロンガ………元ボツワナ軍将校
ドナルド・パヴァント……セロンガの腹心
ダンバラー…………………ヴードゥー教の指導者
アルベール・ボーダン……ボーダン国際産業の設立者
アンリ・ゼネ………………　〃　幹部

1

月曜日　午前四時五十三分
ボツワナ　マウン

どこまでもつづいているかに見える平坦《へいたん》な草原に、太陽が疾《と》く昇った。リーアン・セロンガ〝王子〟が、四十年以上も前に、最初に来たときとくらべると、著明な地物《ランドマーク》がかなり変わっている。一行の背後のクワイ川は、以前ほど深くない。草原は草の丈が短くなったが、繁茂して、懐《なつ》かしい岩山や雨裂を覆《おお》っている。それでも、退役陸軍将校のセロンガは、この場所がわかった。ここではじまったいくつかの変容を思い浮かべた。

ひとつは自分の成長にまつわることだった。

もうひとつはその成長の結果、新しい国家の誕生。

三つ目は？　きょうここを訪れたことが、やがて最大の変化を引き起こすのを、セロンガは願っている。

身長一九〇センチのセロンガは、暁光《ぎょうこう》に向けて歩みながら、紺碧《こんぺき》の空が燃えあがるのを眺めた。空の一点からこぼれた赤が、燃える液体のように地平線にひろがってゆく。ついさっきまであれほど明るかった星の群れが、ふっと暗くなって消えるさまは、花火の最後のきらめきを思わせる。鎌《かま》の刃よろしく冷たく輝いていた鋭い三日月も、いまはもうぼやけた雲みたいになっている。眠っていた地球が、セロンガのまわりで活発に動き出した。風が生まれている。空高く飛翔《ひしょう》する鷹《たか》もちっぽけなキクイタダキも飛びはじめた。コンバット・ブーツに蚤《のみ》がはいり込もうとする。叢《くさむら》を野鼠《のねずみ》が迸《たばし》る。

これこそ力だ、とドレッドヘアの瘦《や》せた強靭《きょうじん》な男は思った。

太陽が目を醒《さ》まして眼光を放つだけで、天空の他の光は薄れて消え、大地が蠢《うごめ》きはじめる。セロンガはふと思った。ダンバラーは毎朝目醒めるときに、これに似た力をわずかでも感じるのだろうか？　いまの地位に就いて間もないとはいえ、生まれながらのリーダーであるならば、そうした熱情や荒々しさや力のたぐいがみなぎっているにちがいない。

夜明けが草原と空にひろがるにつれて、気温があっという間に上昇した。深紅が和らいで、オレンジに、そして黄色に変わる。夜明けの紺碧が、朝の落ち着いた空色になる。セロンガの脇《わき》を汗が伝い落ち、腰のうしろや脛《すね》にまで汗がしたたった。張り出した頰の上や鼻の下や生え際《ぎわ》に汗がたまった。肌が汗ばんで光ったほうがいい。容赦なく照りつける太陽で皮膚に水ぶくれができるのを防いでくれる。ジーンズやブーツで太腿《ふともも》や足首がすれるのも防いでくれる。じつにすばらしい。人間の体はよくできている。

自然はいつもどおり壮大な全体と細かい部分の両方で展開しているが、きょうという日はまたとない。セロンガはこれから尋常でないことをやるが、それが理由ではない。この瞬間を四十年以上待っていたのだと、いまはじめてセロンガは悟ったのだ。元ボツワナ民主軍大佐は、密集した縦隊を組んで行軍する五十二人を従えていた。みずから秘密裡《り》に訓練した男たちで、その戦闘能力にセロンガは信を置いている。一行は物音を聞かれたり発見されたりしないように、複合施設の五〇〇メートルほど手前の川沿いにトラックをとめた。

しかし、ボツワナに生まれ育った五十六歳のセロンガは、眼前の風景にしばし感情を昂《たか》ぶらせ、雄大なこの氾濫原《はんらんげん》をはじめて目にしたときのことを思い出していた。

一九五八年のすさまじく蒸し暑い八月の朝だった。当時セロンガは十二歳だったが、ボツワナの小部族ではその齢《とし》になれば一人前の男と見なされる。だが、おまえは男だといわれても、セロンガにはそうとは思えなかった。

父親と叔父に挟まれて歩いていたのを憶《おぼ》えている。ふたりとも長身の屈強な男だった。やはり力が強く持久力のある部族民ふたりが付き従っていた。セロンガの頭のなかにある男とは、そんなふうに背が高く姿勢のいい男だった。自信、誇り、忠誠、愛、勇気、愛国心といったものには思い及ばなかった。内面を男らしくするそれらの特質は、後天的なものだ。

そのころも食糧とするために獣を殺す技倆《ぎりょう》と意志は具《そな》わっていたが、名誉や国のためにひとを殺すのが人間の特権――多くの場合は義務――であるという認識はなかった。セロンガの父と叔父は、いずれも狩りと獲物の追跡に長《た》けていた。セロンガがそれまで狩ったことがあるのは兎《うさぎ》や野鼠ぐらいで、獰猛《どうもう》な獣については未経験だった。男たちと肩をならべて歩いてはいても、ほんとうに肩を並べているとはいえなかった。

その時点では。

もう半世紀ほど前になるその朝、五人はセロンガ一家の草葺《くさぶき》小屋の前に集合した。夜明けまでかなり間があり、目を醒ましているのは赤ん坊と鶏ぐらいだった。出発前に、男たちはミントの葉を浸した温かい蜂蜜《はちみつ》と林檎《りんご》、無発酵のパン、新鮮な山羊《やぎ》の乳という朝食を食べた。息子の最初の本格的な狩りなのに、母親は見送らなかった。男の日だからだ。父親がしばしばいうとおり、古代から狩りは男のつとめなのだ。

その朝、男たちが携えていたのは、リーアン・セロンガの配下がいま持っているフランス製のFAアサルト・ライフルのような銃器ではなかった。キリンの皮の鞘《さや》に収めた刃渡り二三センチのナイフ、鉄の穂の槍《やり》、輪にして左肩にかけた荒縄が、すべての武器だった。縄を左肩にかけるのは、右腕を自在に使えるようにするためだ。上半身裸で、サンダルをはき、腰布だけを身につけた五人は、クワイ川氾濫原の東のはずれを、急がずに進んでいた。一八キロメートル北にはカラサラ、二一キロメートル南にはタミンダルの村がある。前方つまり東に獲物がいる。

五人がゆっくり歩いているのは、体力を温存するためだった。セロンガは、村からこれほど遠ざかるのははじめてだった。せいぜいクワイ川までしか行ったことがなかったのだが、一時間ほどでその川を渡ってしまった。一行はセロンガの骨ばった肩ぐらいの高さの叢を避けながら進んだ。アダーやブッシュバイパーのような毒蛇がうようよいるからだ。どちらも猛毒で、朝はことに活動的になる。だが、セロンガは朝風にゆっくりと揺れる草のたてる音を、いまでもはっきりと憶えている。林を抜けて村に近づく雨足の音に似ていると思った。ひとところから聞こえる音ではない。あちこちから聞こえてくる。

南東から早朝の風に運ばれてくる麝香《じゃこう》に似たかすかなにおいも、はっきりと憶えている。父のモーリスによれば、眠っているシマウマのにおいだという。でも、シマウマは狩らないほうがいい。シマウマはものすごく耳がよく、人間が近づくのを聞きつけて騒ぎ立てる。その蹄《ひづめ》の音やいななきが、ライオンを集める。

「そして、ライオンは蚤を集める」父親はすぐにつけくわえた。そのあとの話があまりにも怖いので、気を楽にさせるためにそういったのだ。まだ若いセロンガにも、それぐらいはわかった。

ライオンは草原の王なので、毎朝寝坊する特権がある、とセロンガの父親は語った。目を醒ますとあくびをして、毛づくろいし、シマウマやレイヨウを狩る。どちらも大きな獲物で肉がたっぷりあり、必死で追って捕らえるだけの価値がある。邪魔をされない限り、ライオンは人間には手出しをしない、と父親は断言した。邪魔されたときには、即座に襲いかかる。

「ほんのおやつ代わりだな」にやりと笑って、父親はいった。「仔《こ》にあたえる餌《えさ》だ」

セロンガは、その注意をきわめて真剣に胸に畳んだ。前に縄の切れ端で小さな犬をじらして遊んだことがあった。ところが犬は跳びあがって、セロンガに咬《か》みついた。すさまじく痛かった。焼けるような、刺すような痛みだった。爪先《つまさき》まで痛みでちくちくした。ライオンにひきずり倒されて全身を咬まれたときの苦痛など、想像もつかない。だが、その心配はないと信じていた。父親や狩人《かりゅうど》たちが護《まも》ってくれるはずだ。おとなや長《おさ》はそのためにいる。家族や部族の弱い者を護るのが仕事だ。

自分のような〝小さい〟男も含めて。

その荘厳《そうごん》な朝、モレミの狩人たちが狩ろうとしていたのは、巨大な野豚だった。剛《かた》い毛に覆われた茶色と黒の草食動物で、森と草地のあいだの中間地帯に棲息《せいそく》する。好きな餌の葦《あし》や沼があるからだ。昨日、部族の者がその群れを見つけていた。野豚は群れをなして移動し、捕食者である肉食獣が目醒めて徘徊《はいかい》する前に、夜明けの直後から動きだす傾向がある。そうやって餌を漁《あさ》りはじめたところを捕らえなければならない、と父親は注意した。ライオンがまだ眠っているのを、野豚は知っている。だから、捕食者はいないと安心し、餌に注意が向いている。

その朝の狩りは上首尾だった。群れとはぐれた年老いた豚を仕留めた。いや、群れから追い払われたのかもしれない。生贄《いけにえ》の獲物として置き去られたのだ。膝《ひざ》ぐらいの丈の豚を、背後から忍び寄って躍りかかったセロンガの叔父の槍で突き刺した。驚きと苦痛のあまり豚が発した甲高い悲鳴が、いまも聞こえる。肩口から血がびゅっと噴き出すのが、いまも見える。そのときの痺《しび》れるような興奮は、はじめての経験だった。

セロンガの父親も突進した。群れの他の豚が気づく前に、瀕死《ひんし》の豚は突き転がされていた。父親がそばにひざまずいて豚を押さえつけ、喉《のど》を切り裂いたときにようやく、群れは散り散りに逃げていった。豚を荒縄で手早く縛った。血が流れ落ちて死肉を食らうジャッカルのような獣が寄ってくるのを避けるためだ。血を止めれば、重い死骸《しがい》が運搬中に猛烈な陽射《ひざ》しでひからびるのも防げる。

父親と叔父が血止めをしているあいだに、セロンガとあとのふたりは、長い枝を二本探してきた。豚を担《かつ》ぐ棒として使うために、ナイフですばやく小枝を切り取った。豚をくりあげる前に、父親は血まみれの指を一本、セロンガの口に差し込み、しゃがんで息子の顔を覗《のぞ》き込んだ。父親は自分の目に自信がみなぎっているのを示すためだった。

「このときを忘れるな、息子よ」父親はそっといった。「この味を忘れるな。われわれは血を流さずには生きていけない。危険を冒さずに生存することはできない」

棒二本のあいだに豚をゆるやかに吊《つ》るし、四人でかついで家路をたどりはじめたとき、狩りに出発してから四時間とたっていなかった。セロンガはその横を歩いた。縄の端を握り、結び目がたるまないようにする仕事を仰《おお》せつかっていた。縄の先には獲物があり、その格好で村にはいっていったとき、セロンガは得意の絶頂だった。

かなり大きな豚だったので、村全体の二日分の食糧になった。肉をすっかり食べてしまい、骨を削って、たまに来る観光客向けの装身具をこしらえると、べつの狩人の一団が出かけていった。いっしょに行けないのがセロンガは残念だった。シマウマかレイヨウ、あるいはライオンすら捕らえることができそうな気がした。ライオンを殺すという空想を、母親にも打ち明けた。そのときに綽名《あだな》がついた。バートリス・セロンガは息子に、王を殺すほど近寄れるのは王子だけだと告げた。

「おまえは王子なの？」母親はたずねた。

そうかもしれない、とセロンガは答えた。母親はにっこり笑い、それから息子のことをリーアン王子と呼ぶようになった。

それから五年のあいだに、セロンガは三百回の狩りにくわわった。十三歳になるころには、自分が狩人を率いるまでになっていた。父親が息子の配下になるわけにはいかないので、モーリス・セロンガは狩りから身を引き、ひとを率いる道を息子が学べるようにした。その五年のあいだ、ほとんどの獲物をセロンガは仕留めたが、ライオンを殺したことはなかった。だが、それは自分のせいではないと思った。ライオンのほうが避けているのだ。抜け目ない百獣の王は、槍の届くような距離には近づかない。

そこでセロンガはふと思った。ライオンがそれほど強く、なおかつ賢いとしたら、いったい何者に殺すことができるのだろう？　答はむろん寿命だった。どんな強い人間でも寿命が来れば死ぬ。ライオンもおなじだ。そこでもうひとつ疑問が浮かんだ。仮にライオンが寿命を延ばすことができるほど強かったとしたら？　一頭だけで狩りをするというめったに見られないことをやってレイヨウを仕留めた雌ライオンが、その直後に死ぬのを見たことがあった。レイヨウを追ったために体力を使い果たしたのだろうか？それとも死の訪れを悟り、最後の狩りを終えるまで寿命を延ばしたのだろうか？

一九六三年、すべてが一変した。セロンガは野生動物の生態ではなく、人間の習慣のことを考えはじめた。

ボツワナの部族民は、獲物を捜すためにどんどん遠くへ行かなければならなくなり、狩りをするのが難しくなった。最初は、野生動物の生態に変化が起きたのかと思った。

季節によって多い落雷で火事が起きて、地勢が変化することもある。草食動物は餌になる植物の生えている場所を捜して移動し、肉食動物は獲物を追うために移動する。ちょうどそんなころ、一九六二年に、首都ハボローネとロンドンから飛行機に乗った一行が小さな村を訪れた。

当時、ボツワナはベチュアナランドと呼ばれていた。一八八五年からイギリスの保護領だった。南アフリカのボーア人その他の侵略者から護るためだと、セロンガは教わった。ハボローネとロンドンから来た白人たちは、野生動物は狩りつくされて絶滅しかけていると説明した。部族民は生活様式を変えないと、しまいには滅びてしまう、というのだ。

ハボローネとロンドンから来た連中には、ひとつの計画があった。地域の全部族の長老たちの了承を得て、政府は氾濫原とその周囲の広大な地域をモレミ野生動物保護区とする。その地域の住民の生活は、狩りではなく観光によって支えられるようになる。

すべての家族に、かなりの額の補償金が支払われた。三週間後、トラックや飛行機で建設隊が到着した。村のこれまでの家を壊し、木とトタン板で新しい家を建てた。これまでは文明の気配もなかった保護区のはずれに、クワイ川ロッジを建設した。そちらは石造りにタイル張りだった。毎週トラックがロッジ向けの食糧を運び、村人が買えるような食糧も持ってきた。学校が造られた。従来から教育や医療を行なってきた伝道団が、村の運営に積極的な役割を果たすようになった。狩りの神や雷の神といった昔からの神々は捨てられ、忘れ去られた。ラジオと、さらにはテレビが、物語に取って代わった。西欧風の服、装身具、家へのあこがれが強まった。暮らしは安穏になった。しびれるような興奮は減った。

氾濫原の野生動物は救われた。ボツワナのひとびとの生命や不滅の魂も救われたのだと、伝道団は教えた。

セロンガはそんなことはぜったいに信じなかった。安心を手に入れた引き換えに、ひとびとは自主独立を失った。知識は手に入れたが、その代償は叡智《えいち》だった。土地に根付いた信仰の代わりがキリスト教の教義だった。暮らしは立つようになったが、これまでの生活様式を捨てた。

十八になったセロンガは、村を出た。セレツェ・カーマ卿《きょう》という人物がハボローネにいることを知っていた。カーマの率いるボツワナ民主党は、イギリスの植民地支配を脱して自由を勝ち取ろうとしていた。セロンガはカーマの民主軍に参加した。三千名近くを擁する平和的な集団で、パンフレットを配ったり、指導者の警備を行なっていた。セロンガには楽しい仕事ではなかった。なにせ狩人なのだ。おなじ思いの五人を語らって、セロンガは〝ブッシュバイパー〟と称する一派を結成した。そして、ひそかにイギリス政府関係者に関する情報収集を開始した。ひとつの成果は、民主党の資金を横領しているとしてカーマ卿に濡《ぬ》れ衣《ぎぬ》を着せる陰謀を突き止めたことだった。陰謀の首謀者は、数日後に行方がわからなくなった。だが、イギリス側は気づいた。陰謀とそれに対する反撃のことをカーマ卿はまったく気づいていなかった。だが、イギリス側は気づいた。セロンガがそう仕向けたのだ。イギリス外務省はひそかに捜索命令を出したが、行方不明の政府関係者は発見できなかった。オカヴァンゴ・デルタにはいり込んで生還した外国人はほとんどいない。この扇状地《デルタ》に踏み込んで喉を掻《か》き切られた人間の死体が発見されることはぜったいにない。だが、セロンガはイギリス外務省の出先機関の高官に、消息を絶った男の時計を渡し、イギリス製の時計を集めたいわけではないと告げた。

高官は言外の意味を察した。

一年後、イギリスはボツワナの支配権を放棄した。ベチュアナランドは独立してボツワナ共和国となり、カーマが初代大統領に就任した。だが、はじまった変化の勢いはとめられない。ひとびとはヨーロッパやアメリカの品物をほしがった。しかし、カーマ大統領は、イギリスに取って代わってべつの勢力があらたな娯楽や西欧の思想を国に持ち込むのを防ごうとした。

セロンガと若い仲間たちは、やがてたいへんな責任を担《にな》ったことを悟った。もはやひとりの人間を護るだけではすまない。

セロンガたちは、カーマ大統領とおなじように、国家というものを模索していた。古代からの部族間の争い、土地、水、貴重な天然資源をめぐる戦争で激動するアフリカ大陸で、彼らは五十万人近い国民の安全保障に責任を負うことになった。家族の身の安全が、自分たちの警戒態勢にかかってくるのだ。

セロンガは少尉《しょうい》に任ぜられ、ボツワナ国防軍に入営して、陸軍の精鋭部隊である北部師団に配置された。この師団は、バタワナとマウン氾濫原《はんらんげん》ほか数カ所を管轄《かんかつ》している。

セロンガは、戦火で荒廃した隣国との国境地帯の警備態勢をととのえるのに貢献した。さらに、アンゴラの先住民族に情報収集技術を教え、宗主国ポルトガルに対抗させた。アンゴラの民衆も、ボツワナや南アフリカの同胞とおなじように、西洋人をアフリカから追い出したいと考えていた。

カーマ大統領やセロンガの努力も空《むな》しく、ボツワナは変化をつづけた。自分たちの民族が肥え、気骨を失うのを、セロンガは見守った。ボツワナ人は、はるか以前にセロンガが父親といっしょに狩った野豚も同然で、金を懐《ふところ》にして舞い戻ってきたヨーロッパ人の好餌《こうじ》になった。苦労して勝ち得た石炭、銅、ダイヤモンドなどの鉱山を、売り払うはめになった。政治的支配からは解放されたが、経済的支配の前に屈した。革命は水泡と帰した。

この時期にいちばん安らぎをあたえてくれたのは、家族だった。セロンガ少尉は、北に帰るとともに結婚し、四人の息子をもうけた。歳月が過ぎ、やがて息子たちが孫をこしらえた。

家族のために、セロンガはついに国防軍をやめた。しばらくは年金生活を送っていたが、そこへ重大なことが起きた。あらたな大義を見出《みいだ》し、あらたに率いる軍隊が出現したのだ。

そしていま、セロンガの一隊は、高い叢《くさむら》を迂回《うかい》していた。この遠征軍のために斥候をつとめる兵士数人が戻ったところだった。斥候は助祭宣教師たちを捜し当てて見張っていた。この組織は、セロンガの腹心であるドナルド・パヴァントのような理想に燃える闘士によって支えられている。パヴァントは多少過激だが、それでちょうどいい。パヴァントの若さや衝動的なところと、セロンガの年齢と知恵が、うまくつりあいを保っている。ほかにも、ハボローネの白人闘士も含めて、大義を信じる者が多数参加している。あるいは、外国人を追い出して手に入れる金が目当てかもしれない。とにかく、ここにこれだけの人数がいる。

セロンガの一隊は、懐《なつ》かしい池に差しかかった。溜池《ためいけ》は以前よりだいぶ小さくなっている。灌漑《かんがい》によって沼沢《しょうたく》地帯が移動し、野豚もよそへ移された。野鼠《のねずみ》と飛べない鳥だけが、ここに水を飲みに来る。だが、それはまごうかたなくセロンガが大人への道を歩みはじめた場所だった。朝陽を浴びていると、父親と狩人たちの長い影がいまも見えるような気がした。口に差し込まれた指についていた豚の血の味が、いまも舌に残っている。それだけではない。父親の黒い瞳《ひとみ》が見え、言葉が耳朶《じだ》を打った。「……われわれは血を流さずには生きていけない。危険を冒さずに生存することはできない」

さいわいなことに、以前のブッシュバイパー部隊の人間はみな、おなじ気持ちだった。永年ずっと、連絡をとりあっていた。ひとりがダンバラーの演説を聞き、これまでの過《あやま》ちを正す好機が訪れたことを知った。セロンガは東のほうのマチャネングという村に演説を聞きにいった。そして話を聞いて心服した。目にしたものに、さらに大きな感銘を受けた。これこそ指導者だ。

今後もヨーロッパ人とは協力していかなければならないが、こんどこそ正しいやりかたでやる。失われたものを取り戻す。

揺れる草の向こう、地平線の彼方《かなた》に、建物が見えた。瓦葺《かわらぶき》の丸太小屋が六棟ある。庭の白い衛星通信用アンテナが、朝陽にギラリと光った。舗装していない駐車場にとめてある乗用車やワゴン車のクロームめっき部分が陽光を反射している。

セロンガは手で合図して、部下たちを叢の蔭《かげ》にかがませた。闇《やみ》にまぎれたほうがいいのはわかっていたが、どうしても夜明けが見たかった。それに、施設に泊まっている観光客は、まだ起きていないはずだ。午前八時ごろまでブラインドがおりたままになっていると、斥候が報告している。外国人はたっぷり眠るのが好きだ。

国を救うのは容易ではない。流血も避けられない。しかし、それも予定のうちだ。
流血のない革命などめったにない。

2

月曜日 午前五時十九分
ボツワナ マウン

ポイス・ブラッドベリ神父は、太陽が窓枠の上から覗《のぞ》くほんの一瞬前に目をあけた。白い壁と天井が明るくなるのを見て、にっこり笑った。戻ってきてよかった。

南アフリカ生まれのブラッドベリ神父は、いつも夜明けに起床する。聖職者になってから四十三年になるが、一日のはじまりとともに朝の祈りを唱えることにしている。イエス・キリストの御心《みこころ》に一日を捧《ささ》げますと祈る。都合のいいときではなく、日の出に祈るのが正しい、そうブラッドベリは感じていた。

華奢《きゃしゃ》で小柄な神父は、小さなツインベッドに横たわったまま、ずっとほほえんでいた。ベッドは、白い壁の狭い部屋の隅に置いてある。家具はほかにベッドサイドの小テーブルと、足の側の洋服簞笥《だんす》、部屋の反対側のデスクがあるだけだ。デスクには普及型のノート・パソコンが置いてある。ノート・パソコンはもっぱら電子メール用に使っている。本や定期刊行物がノート・パソコンのまわりに積まれ、床でも山になっている。ブラッドベリ神父は、アフリカ各地の新聞を購読している。アフリカのいろいろな住民の考えを知るのが楽しいからだ。

簞笥には祭服二組、白いバスローブ、ひんやりする冬の夜のためのウィンドブレーカー、ジーンズ、〈アヤックス・ケープタウン〉のロゴ入りのスウェットシャツが収められている。いま着ている短いパジャマを除けば、それだけが私服だった。詩篇一一九篇三七節の「わが目を虚飾に向けることなくして、われを汝《なんじ》の途《みち》にて活《い》かしたまえ」という言葉を、ブラッドベリ神父は心の底から信じている。

ただひとつの贅沢《ぜいたく》は、デスクの上の棚に置いてあるCDプレイヤーだった。読み物や書き物をするときに、グレゴリオ聖歌を聴くのだ。

ブラッドベリ神父は、音をたてずにのびをした。隣の部屋にはだれもいない。聖十字教会に派遣されている助祭宣教師七人は、布教活動に出かけている。だが、静寂はブラッドベリ神父の身についた生きかただった。そもそも静けさが好きになったのは、祈りの時間以外は沈黙を強制されるケープタウンの聖イグナティウス神学校で学んでいたときだった。静けさにはどこか文明のにおいがあるという気がした。耳障《みみざわ》りな鳴き声をあげたり咆《ほ》えたりするアフリカの野獣と人間を区別するのが、静寂ではないかと思った。騒々しく人間の多い大都会が文明の中心だという考えには、断じて賛成できない。ブラッドベリ神父にとって文明とは、どんな理屈よりも情愛深く力を合わせることが大切にされる場所を意味する。

白髪の聖職者の全精力は、まもなく神への奉仕に傾注される。もうすぐ周辺の村のひとびとのことで頭がいっぱいになる。起床前のこの一分間は、一日のなかでもごくわずかな真に自分のためだけの時間だった。

昨夜、ブラッドベリ神父は、五日間のケープタウン大司教区滞在から帰ってきた。パトリック大司教や布教担当の聖職者たちとの会合は、いつでも楽しいものだった。司教座聖堂は輝く石造りで、それを眺め、そこで働くだけで、神の感化を感じる。正面入口の左右に、いずれも五階建ての鐘楼がある。鐘の音は街のどこにいても聞こえる。パトリック大司教そのひとにも、感化をあたえる力が具《そな》わっている。カトリック教会やその教えをよく知らないひとびとにイエス・キリストの言葉を伝えるのに、大司教はいつもあっと驚くような名案を出してくる。カセットテープを作成するために真理工房《ヴェリタス・プロダクション・ハウス》へ行った七人は、非常に愉快な思いをした。朗読と注釈だけで、キリスト教の教えのありがたみを簡潔にまとめることができた。このカセットテープは、助祭宣教師たちがアフリカ南部の信者を増やすのに役立つはずだ。小教区を離れないブラッドベリ神父とはちがい、助祭宣教師たちは貧困、病気、飢餓に苦しむ孤絶した村や遠陬《えんすう》の地へ赴いて布教活動を行なう。

ブラッドベリ神父は、乾燥した熱い空気を深く吸い込んだ。ゆっくりと吐き、すばらしい静けさのなかで耳をそばだてた。静寂を破るのは、施し物をもとめて教会にやってくるチャクマヒヒの鳴き声ぐらいのものだ。餌《えさ》になる植物や昆虫や果物はいくらでもあるのだが、鼻が犬に似ているこの霊長類（訳注　大司教の意味もあり）は、神の創造物のなかでもっともなまけものの部類にはいる。

きょうはそんなヒヒも来ない。風のほかに動きはない。それがまた、じつにかぐわしい風だった。

ブラッドベリ神父の生まれた街の大気は、埃《ほこり》っぽく、湿気が多く、街路は夜でもやかましい。ボツワナに来て十一年になるが、そのうち七年間は助祭宣教師だった。いまも足が荒れ、顔が日焼けしているのは、その証《あかし》だ。四年前からは、四十七年の歴史がある聖十字教会で、マウンやモレミなどの村を管轄する小教区司祭をつとめている。この教会を離れるといつも、無性に淋《さび》しくなる。ここの静寂や司祭としてのつとめもさることながら、会衆ひとりひとりに会いたい思いがつのる。おおぜいの会衆が時間と労力を提供してくれ、教会は大きな家族のようになっている。日々ひとびとの暮らしや考えや信仰の一部となることが、ブラッドベリ神父はこのうえなく好きだった。

出かけてしまうと、ここの観光客に会えないのも淋しい。改宗の勧誘のために、パトリック大司教の支援で、教会に隣接するツーリスト・センターを建設した。ヨーロッパ、北米、中東、アジアからの観光客が、週に四、五十人やってくる。宿泊施設は快適だ。琺瑯《ほうろう》のバスタブ、チーク材のフローリング、マホガニーのスレイベッド、ふんわりしたクッション付の籐椅子《とういす》、贅を凝らした地元の特産品の敷物。食事には、象牙風《ぞうげふう》の柄のナイフやフォークと銅の皿が使われる。天井には白木のオークの梁《はり》。ベッドのシーツは厚手のコットン、食堂のテーブルクロスはダマスク織。塀をめぐらしたその宿泊施設を、観光客はツアーや野生動物撮影の拠点に利用する。まだ信仰が人生の重きをなしていない若い旅行者が大半を占めている。パトリック大司教は、野生動物保護区のような霊感がみなぎる場所で人間は創造主に近づくものだと考えている。観光客はブラッドベリ神父に、もうひとつ重要なものをもたらす。俗っぽいとはいえ、それもまた重要な事柄だった。観光客がアフリカの原野を前にして畏怖《いふ》の念に目を丸くすると、ブラッドベリ神父はあらためてこの土地の驚異に打たれ、ここを誇らしく思う。

ブラッドベリ神父は、薄手のシーツを払いのけた。川からはだいぶ離れているのだが、蚊帳《かや》なしでは過ごせない。蚊帳があるのはありがたかった。母親によく〝血が甘ったるい〟といわれた。なにしろ蚊に好かれるたちなのだ。足の肉刺《まめ》はべつとして、蚊、蚋《ぶゆ》、血を吸うウシバエなど、神の言葉を村から村へと伝えて歩いた年月につきまとった不愉快なものがなくなったのは、ありがたいことだった。蚤《のみ》はここにもいるが、羽根がないのでたかが知れている。消毒石鹸《せっけん》を使って一日に一度シャワーを浴びれば、そんなにたかられはしない。

ブラッドベリ神父は起きあがった。ベッド脇《わき》に掛けてある十字架の前で、しばしひざまずく。それから、助祭たちの部屋とのあいだにある狭い洗面所へ行った。観光客用の施設を建設したついでに下水道を通した。司祭館のこの改良はありがたかった。

手狭な洗面所でシャワーを浴びると、服を着た。そして、早朝の温暖な戸外に出た。

司祭館と小さな教会を結ぶ石畳の小径《こみち》がある。その向こうがツーリスト・センターだが、教会の蔭になっていてほとんど見えない。政府の認可を受けているその施設には、事務所、バンガロー、ロビー、食堂、駐車場がある。ブラッドベリ神父は、一八〇センチの高さの塀越しに、昇る太陽をちらりと見た。塀は、ふだんの棲息地《せいそくち》から迷い出てきた野生動物を入れないためのものだ。年に一度か二度、日照りや洪水の時期になると、そういうことがある。その都度、野生動物保護官がやってきて、マウンに近い安全地帯に動物を運ぶ。迷った草食動物は捕食者に狙《ねら》われやすいので、移動はすみやかに行なわれる。餓《う》えた肉食獣は、カメラを持った観光客を付け狙う場合もある。

空が紺碧《こんぺき》から明るい青に変わりはじめていた。雲はなく、北の地平線のはるか上に白っぽい三日月がかすかに見える。美しい朝で、申し分のない暮らしだった。

そんな朝もブラッドベリ神父の暮らしも、ほどなく一変する。

敷地内で、パーンという音がたてつづけに轟《とどろ》いた。ツーリスト・センターの瓦葺の庇《ひさし》に吊《つ》るしてある焼き物の植木鉢が落ちたのだろうと、ブラッドベリ神父はまず思った。そのとき叫び声が聞こえた。平和な朝を乱したのは、植木鉢の割れる音ではなかった。ブラッドベリ神父は、教会の横を走った。石畳の小径にサンダルの音が響く。教会の正面には、神父が手ずから作りあげた薔薇園《ばらえん》がある。薔薇が朝日を浴びられるように、そこに植えたのだ。陽が高くなると、教会の蔭になって強い陽射《ひざ》しを避けられる。ブラッドベリ神父は、ツーリスト・センターの正面の庭に達した。

六十三歳になるツーリスト・センター所長が、早くも表に立っていた。マウンに生まれ育ったツワナ・ンデベレは、下着姿のままだった。ほかに身に帯びているのは、すさまじい怒りだった。剝《む》き出しの両腕を耳のあたりまで挙げている。その三メートルほどうしろの事務所の戸口の前に、ツアー・ガイドひとりと観光客数人が固まっていた。全員があいた門のほうに顔を向けている。やはり両腕を高く挙げている。ひとりも動こうとしない。

オークのドア枠に弾痕《だんこん》がいくつかあるのにブラッドベリ神父は気づき、門のほうを向いた。

門扉《もんぴ》はボツワナの槍《やり》に似せた鉄棒でできていた。それが内側に押しあけられ、五十人前後と思われる男たちが、庭の塀の内側で配置についているところだった。迷彩服に黒ベレーといういでたちで、いずれも火器を携帯している。部隊徽章《きしょう》や階級章はつけていない。政府軍の兵士ではない。

「まさか」ブラッドベリ神父はつぶやいた。「まさかここで」

新聞でよく取りあげられているような、統率のとれた小規模な民兵のたぐいらしかった。そうした集団が、一九九〇年代からずっと、ソマリア、ナイジェリア、エチオピア、スーダンその他のアフリカ諸国で革命を起こしている。だが、ボツワナでは一九六〇年代このかた、反政府運動は起きていない。その必要はないのだ。民主的な選挙による政府だし、国民はだいたいにおいて満足している。

兵士たちとの距離は、五、六〇メートルだった。ブラッドベリ神父は、そちらに歩いていった。

「神父さん、いけない！」ンデベレが叫んだ。

ブラッドベリ神父は、聞こえないふりをした。言語道断だ。この国は法にのっとって選ばれた政府が治めている。それに、ここは聖なる土地だ。教会が置かれているというだけではなく、平和を象徴する場所でもある。

民兵がすべて敷地内にはいった。出入口の西の駐車場から東の衛星用アンテナまで、まんべんなく配置についている。ひとりが進み出た。ドレッドヘアの痩《や》せた長身の男で、決然とした表情を浮かべている。ライフルは右肩に吊っている。ベルトには予備の弾倉、ハンティング・ナイフ、無線機を収めている。この民兵集団の頭目にちがいない。身につけているものではなく、物腰でそれと知れた。眼光が鋭く、陽光を反射している額や頬の汗よりもどぎつい輝きを発していた。膝《ひざ》をわずかに曲げ、親指の付け根に体重をかけて歩いている。駐車場のきめの粗い土を踏んでも、物音ひとつたてなかった。

「わたしはポイス・ブラッドベリ司祭だ」ブラッドベリ神父は名乗った。やさしく、それでいて力のこもった声だった。ふたりはなおも近づいた。「どうして武装した男たちがここにはいり込んだのだ？」

「おまえを連れていくためだ」頭目とおぼしい男が答えた。

「わたしを？」ブラッドベリ神父は、語気鋭く返した。自分より背が高い男の数歩手前で足をとめた。「なぜだ？　わたしがなにをした？」

「おまえは侵略者だ」男がいい放った。「おまえたちのようなやからは、追い出さなければならない」

「わたしのようなやから？　わたしは侵略者ではない。十一年もここで暮らしている――」

男はうしろにいた部下たちに、鋭く手をふって合図した。三人が小走りに進み出た。ふたりがブラッドベリ神父の腕をつかんだ。ツワナ・ンデベレが、抗議するかのように動いた。その動作への返答は、ライフルの槓桿《こうかん》を引く音だった。

ンデベレは動きをとめた。

「全員、そのまま動くな。そうすれば怪我人《けがにん》は出ない」男がきっぱりといった。

「いうとおりにしなさい」ブラッドベリ神父は叫んだ。あらがいはしなかったが、頭目とおぼしい男に目を向けた。「おい、人ちがいだ」

頭目は答えなかった。二人の部下はなおもブラッドベリ神父を押さえつけていた。

「せめてどこへ連れていくのかを教えてくれてもいいだろう」ブラッドベリ神父は探りを入れた。

三人目の民兵が、ブラッドベリ神父の背後にまわり、黒いフードを頭からかぶせた。喉《のど》もとの紐《ひも》をしっかりと締めた。ブラッドベリ神父は息が詰まった。

「神父さんに手荒なことをするのはやめてくれ！」ンデベレが悲鳴のような声を出した。

ブラッドベリ神父は、心配はいらないとンデベレ所長にいおうとしたが、向きを変えることも、大声をあげることもできなかった。きつくて息がしづらいフードを通して呼吸するのが精いっぱいだった。

「こんなことをしなくてもいい」ブラッドベリ神父は、あえぎながらいった。「おとなしくついていく」

肩胛骨《けんこうこつ》のあたりを手荒く押され、ブラッドベリ神父はつんのめった。左右の腕をつかまれていたので、倒れはしなかった。男たちにぐいとひっぱられ、ブラッドベリ神父は歩きはじめた。

そのあとはなにもいわなかった。息をするのに必死だった。すさまじく暑く、なにも見えないので気力がなえた。怖がっているのをこの連中に気取られたくなかった。

だが、神の目はごまかせない。だいいち、民兵に連れ出されるあいだ、ブラッドベリ神父は神に語りかけていた。朝の祈りを心のなかで唱え、自分のためにも祈った。助けてほしいと祈ったのではなく、力をあたえたまえと祈った。あとに残った友人たちの安全を祈り、自分を拉致《らち》した男たちの魂のために祈った。さらに、もうひとつのことを祈った。

自分が愛情をおぼえはじめているこの国の未来のために祈った。

3

火曜日 午前七時五十四分
ワシントンDC

暗い雨の朝で、〈ディマジオのジョー〉はいつもほど混んでいなかった。マイク・ロジャーズ陸軍少将にとってはもっけのさいわいだった。カフェバーのすぐ前に駐車スペースが見つかったし、壁ぎわの清潔な小テーブルの席が空いていた。ロジャーズは店の奥へ進むと、濡《ぬ》れたキャップと《ワシントン・ポスト》をテーブルにぽんと置き、列にならんだ。

カウンターの列の進みも速く、意外にもケースに目当てのものがあった。馬鹿《ばか》でかいコーン・マフィンとウルトラトール・カップのコーヒーの代金を払ったロジャーズは、くだんのテーブルにひきかえし、奥の壁のほうを向いてスツールに腰かけた。そして過去を見つめた。軍人になったそもそもの理由を、思い出さなければならない。それにはこの場所がふさわしい。

かの有名な〈ディマジオのジョー〉は、ジョージタウンのMストリートとウィスコンシン・アヴェニューの角にある。ワシントンDCに引っ越してきたブロンクス・テイラーというニューヨーカーが、一九六六年に創業した。テイラーはニューヨーク・ヤンキースのファンだった。当時はワシントン・セネターズとヤンキースが競《せ》り合っていて、コーヒーショップも禁煙ではなかった。やもめのテイラーは、娘夫婦に近いところで暮らすためにワシントンDCに越してきたのだが、暮らしを立てなければならなかったので、挑発的な商売をすることにした。それが当たった。セネターズのファンは、テイラーとどなり合うために店に来た。当時の客といえば、ブルーカラーばかりだった。ジョージタウン大学の守衛、バス運転手、床屋、上流階級のお屋敷の召使や庭師といった連中が、ジュースを飲み、ソーセージやぐちゃぐちゃの卵料理を食べながら、ヤンキースをくさした。パイを食べ、コーヒーを飲んだ。煙草《たばこ》も一本か二本吸った。そしてまたコーヒーを飲んだ。テイラーはこのちっちゃな店でひと財産築いた。

四年前にテイラーが死ぬと、娘のアリグザーンドラが引き継いだ。安食堂だったのが高級になった。ケチャップの染《し》みだらけの白いタイル壁は鏡板張りになった。カウンターのほかには、メラミン化粧板の大きなテーブルのボックス席があったが、スツールと網目模様の金属製天板の不安定な小テーブルに変わった。しかも、出すコーヒーは一種類ではない。さらにいえば、それもありきたりのコーヒーではない。味、香り、ブレンドともに、フランス語みたいなしゃれた名前がついている。ロジャーズはいまもプレーンなブラック・コーヒーを注文するのだが、それですらポプリでいれたような味がする。

店名はべつとして、アリグザーンドラがそのままにしておいたものがひとつある。テイラーは、壁四面すべてを額縁入りの写真や色褪《いろあ》せた新聞の第一面で覆《おお》い尽くしていた。ヤンキー・スタジアムや一九四〇年代から五〇年代にかけての名選手の写真ばかりだった。コーヒーの染みがついた額縁に収められた黄ばんだ新聞は、勝利をもたらしたプレイや優勝旗の写真や、ワールド・チャンピオンになったときの記事を誇らしげに掲載している。アリグザーンドラは、そういったものをすべて奥の壁にまとめた。それだけが、ロジャーズがいまだにこの店に来る理由だった。思い出が詰まっている写真や記事を見ると、若かったころの夏がよみがえる。

ロジャーズは、ニューヨークよりもボストンのほうが近いコネティカット州ハートフォードに生まれ育った。それでもヤンキース・ファンだった。ブロンクス爆撃隊という綽名《あだな》を持つヤンキースは、華があり、自信がそなわっていて、余裕綽々《しゃくしゃく》だった。ロジャーズが軍隊にはいったのも、野球がいちばんの理由だった。生涯の友で、リトル・リーグのチームメイトだったブレット・オーガスト大佐がしじゅう思い出させるのだが、マイク・ロジャーズはボールを思いきりヒットすることができなかった。選球眼はあるのだが、腕の力が足りなかった。だが、射撃は得意だった。最初はオレンジの木箱からこしらえるピストルだ。ゴムバンドを思い切りのばして、四角いボール紙を飛ばすと、びっくりするくらい精確に当てることができたし、かなりの威力があった。それを卒業すると、つぎは〈デイジー〉空気銃だった。レミントン・スピードマスター・ライフルそっくりの格好いいモデル26が最初の銃だった。そのうちに父親が二二口径のレミントン・フィールドマスター・レバーアクション・ライフルを買ってくれて、小さな獲物を撃つようになった。学校の生物学の授業で解剖に使う栗鼠《りす》や鳥や兎《うさぎ》を仕留めた。いまなら眉《まゆ》をひそめられるような行為だが、一九六〇年代はそれで校長に褒められた。そうやってティーンエイジャーのころ銃器に興味をおぼえ、歴史を勉強しはじめた。いままでも兵器と歴史がなによりも好きだ。

ニューヨーク・ヤンキースもそこにくわわる、と思いながら、ゆったりとバットを構えているミッキー・マントルやロジャー・マリスの日焼けして茶色くなった写真を見あげた。

ヤンキースのおかげで、ロジャーズは精鋭チームの制服《ユニホーム》を着たいという思いを抱いた。ヤンキースは射撃の名人を必要としていなかったので——ボストンのチームのファンがニューヨークに押しかけるときはべつとして——ロジャーズは、べつの制服を着た偉大なチーム、つまりアメリカ軍に目を向けた。ベトナム出征期間を延長し、献身的に軍務に励んだため、女性と長続きする関係を持ったことがない。それだけはべつとして、四十七歳になるロジャーズは、自分の選んだ途《みち》を後悔したことは一度もなかった。

四カ月前までは。

ロジャーズはコーヒーを飲み干した。時計を見る、オプ・センターに出勤するまで、まだだいぶ時間がある。ウルトラトール・カップをもう一杯注文しようと、カウンターへ行った。

短い列にならんで辛抱強く待つあいだに、若い客たちの顔を眺めた。ほとんどは学生らしく、ジャーナリストや議員もちらほらといた。ひと目で見分けがつく。新聞と睨《にら》めっこをして自分の名前が載っていないかと捜しているのが政治家だ。レポーターは、政治家がだれと同席しているか、だれを無視しているかを観察している。世界の出来事について議論しているのは学生だ。

学生は多いが、軍人になりそうな者は見当たらなかった。活気があふれている目に、疑問や答ばかりが浮かんでいる。軍人は命令に従うという一事に邁進《まいしん》しなければならない。ストライカー・チームがそうであったように。

ストライカーは、ロジャーズが副長官をつとめるオプ・センターことNCMC（国家危機管理センター）の精兵即応部隊だった。オプ・センター発足時から参加したロジャーズが、編制と訓練を行なった。

四カ月余り前のことだが、ヒマラヤ山地にパラシュート降下した際に、ロジャーズ少将とストライカー指揮官オーガスト大佐は、ストライカー・チームのほぼ全員が地上からの銃撃によって撃ち殺されるのを目の当《ま》たりにした。ロジャーズはベトナムでも友人や戦友を失っている。ストライカーの初任務の朝鮮半島では、バース・ムーア二等兵を失ったチームの救出に携わった。その直後に、こんどはロシアで初代指揮官チャーリー・スクワイア中佐が死んだ。だが、今回のようなことは、ロジャーズにとってはじめての経験だった。

おおぜいがむごたらしく殺されたこともだが、それを目撃しながらなにもできなかったのがつらい。若い兵士らは、こちらの判断や指導力を信頼していたのだ。インド空軍のアントノフAn－12から跳びおりるとき、兵士たちはなんのためらいもなくついてきた。それを自分は待ち伏せ攻撃のただなかへひっぱっていった。百戦錬磨の兵《つわもの》として、人生にも戦争にもたしかな先行きなどないのは承知している。それでも、自分がストライカーの信頼を裏切ったという気持ちを拭《ぬぐ》い去ることはできなかった。

オプ・センターの主任心理分析官リズ・ゴードンはロジャーズに、心的外傷後ストレス障害の一種である生存者症候群だと告げた。仲間が死んだのに自分だけ助かったことにより、無気力と鬱《うつ》状態に陥るというのだ。

医師の診断としては、それが正しいのかもしれない。しかし、ロジャーズがほんとうに苦しんでいるのは、信頼が危機に瀕《ひん》しているからだった。取り返しのつかないことをしてしまった。兵士はたしかに命を危険にさらすのが仕事だ。しかし、明白な危険が存在するのを知らないまま、危地にはいり込んでしまった。軍服を着るのにふさわしい数々の特質をそこねたことになる。

だが、リズ・ゴードンは、たしかな真実をひとつ口にした。失敗を悔みつづけているようだと、オプ・センターやポール・フッド長官にとって害をなすばかりだ、とリズはいった。どちらもあなたを必要としている。ストライカーは再建しなければならない。長官は現在進行中の予算削減に対処しなければならない。

いいかげんにしろ、とロジャーズは自分を叱《しか》った。過去から脱け出す潮時だ。

ロジャーズは奥の壁から目を離した。腰を落ち着けて、新聞をひろげ、第一面をざっと見た。新聞を活字で読むのは、いまのオプ・センターではロジャーズぐらいのものだ。フッドも情報官ボブ・ハーバートも、国内・海外情報連絡官ダレル・マキャスキーも、法律顧問ローウェル・コフィー二世も、みんなオンラインでニュースを見る。ロジャーズにいわせれば、サイバーセックスにふけるようなものだ。おたがいに影響しあう双方向の要素がない。それよりはほんものに手で触れたい。

皮肉なことに、折り目のすぐ下にニューヨーク・ヤンキースの記事があった。ボルティモア・オリオールズと大規模トレードを行なうことが書かれている。バーズ（訳注　オリオールは「ムクドリモドキ」なので）のほうが得をするように思えた。ヤンキースすら昔のような猛々《たけだけ》しさを失っている。

まあ、ヤンキースが駆け引きをしくじっても、だれも死ぬわけではない。ロジャーズはべつの見出しに目を向けた。

野球の記事のとなりにあった見出しが目を惹《ひ》いた。ボツワナで武装勢力の活動があったらしい。ボツワナは、朝の情報報告ではめったに言及されない国だ。ハボローネの中央政府は安定しているし、国民のあいだにもたいした不満はない。

目撃者の証言に、なによりも大きな驚きをおぼえた。四、五十人の武装した一団が、観光客用施設の敷地に乱入したという。その一団は何発か警告射撃を放ち、となりの教会の責任者であるカトリック聖職者を拉致《らち》した。とても評判のよい聖職者で、敵がいるという話を聞かない。誘拐犯はこれまでのところ身代金《みのしろきん》を要求していない。

ロジャーズの頭にまず浮かんだのは、その聖職者がだれかの告解を聞いていて、その情報を引き出すのが目的ではないかということだった。しかし、たったひとりを拉致するのに、こんな人数が行く必要はない。それに、なぜ夜間ではなく明るくなってからやったのか。武装勢力の規模を誇示するためではないか。

この誘拐事件についてボブ・ハーバートがどういう情報をつかんでいるか、たしかめる必要がある。能力が低下してはいても、ことが軍事問題となると、ロジャーズはあれこれ考えずにはいられなかった。ロジャーズにとって陸軍はただの専門的な仕事ではなく、楽しみのすべてでもある。

コーヒーを飲み終えるまでに、第一面の残りもすべて読んだ。そして、新聞をたたみ、濡れないように腋《わき》に挟んだ。ピンボールのピンよろしくならんでいるテーブルのあいだを縫って、出口に向かった。帽子をかぶり、滑りやすい舗道に出た。

雨がかなり降っていたが、ロジャーズは平気だった。暗い朝の色調が、いまの気分によく合う。濡れるのは心地よくないが、意外にも気分を爽《さわ》やかにしてくれる。野球の写真は、自分がかつて夢見ていた物事を思い出させてくれた。雨のひと粒ひと粒が、自分にあるものを思い出させてくれる。かつてのチーム仲間にはないもの——命を。

命ある限り、ほんとうに自分が大切と思うたったひとつのことを守り抜こう。自分の着ている軍服にふさわしい人間になるために、渾身《こんしん》の努力をつづけるのだ。

4

火曜日　午前八時三十三分
メリーランド州キャンプ・スプリングズ

ＮＣＭＣ（国家危機管理センター）は、アンドルーズ空軍基地の二階建てのビルに本部を置いている。冷戦のさなか、その象牙色《ぞうげいろ》のこれといった特徴のない建物は、ＮｕＲＲＤ（核緊急対応師団）と呼ばれる航空機搭乗員部隊二個のうちの一個が配置されていた。アメリカの首都に対する核攻撃が行なわれたときに、要人を後送するのが、その乗員たちの任務だった。議会首脳、閣僚、国防総省の幹部将校や兵站《へいたん》担当者を、ブルーリッジ山脈の奥深くに建設された秘密防空壕《ごう》に運ぶ。軍、警察、一般市民向けの食糧を輸送する任務も負っている。その場合の優先順位は上記のとおりだ。さらに、可能な限り交通網の確保もはからなければならない。大統領、副大統領、両者の軍事顧問のトップなど、その他の国家指導層は、大統領専用機エアフォース・ワンとエアフォース・ツーに分乗する。二機は八〇〇キロメートル以上の距離を保つ。給油は空中で行ない、ＮｕＲＲＤのジェット戦闘機が護衛する。そうやって、最高司令官である大統領とナンバー2の副大統領は、敵の攻撃から逃れるために、別個に移動する。

ソ連崩壊と空軍NuRRDの縮小により、後送作戦はバージニア州ラングレー空軍基地に統合された。そして、空き家になったアンドルーズの建物に、新設のオプ・センターがはいった。

建物の一階と二階のオフィスは、経理、人事、大事に至るおそれのある表立った事件の観察など、機密扱いではない業務に使われている。一見なんの害もなさそうな出来事が、危機の引き金となるおそれがある。発展途上国の政府による兵士の給料不払い、アメリカの潜水艦による外国の漁船かヨットとの衝突事故、隠してあった麻薬の大量押《おう》収《しゅう》など、見たところ関係のなさそうな出来事が大事件に発展することがある。不満を抱いた軍部はクーデターを起こすかもしれない。沈没した船は、情報収集能力を探ろうとしていたのかもしれない。麻薬押収は、空白にはいり込もうとする他の麻薬密売業者同士の抗争を引き起こすかもしれない。そうした危機はすべて、オプ・センターの活動分野に当てはまる。

もとNuRRDビルの地階は、改装によって一変した。搭乗員宿泊施設はなくなった。いまではオプ・センターの戦術決定と情報分析がそこで行なわれている。幹部の階へ行く手段は、週七日・二十四時間態勢で警備されているエレベーター一台しかない。ポール・フッド長官、マイク・ロジャーズ副長官、ボブ・ハーバート情報官その他の幹部のオフィスは、その階にある。地階の外側の壁に沿って、小さなオフィスが環状にならんでいる。環の内側は小部屋に仕切られ、上級補佐官や、情報収集・分析担当官が詰めている。エレベーターとは逆の側に、帷幕会議室《ザ・タンク》と呼ばれる会議室がある。この部屋は、盗聴器や外部のアンテナに盗み聞きされないように、空電雑音を発する電磁波の壁に囲まれている。

ボブ・ハーバートは、楕円《だえん》を描く廊下を車椅子《くるまいす》で進んでいった。コートが濡《ぬ》れ、耳たぶが冷たくなっていたが、ここにはいってほっとした。きょうは重大な一日だ。有名なカー・レースをもじって、ハーバートはこの廊下をインディ六〇〇と呼んでいる。車椅子の距離計によれば、一周がちょうど六〇〇ヤードなのだ。窓はなく、オフィスもたいして広くはない。重要な省庁の本部ではなく潜水艦みたいだと、ハーバートは思う。だが、警備は万全だ。それに、明るい気分には太陽の光が必要だなどというたわごとは信じられない。情報部門の長であるハーバートに満足をもたらすものは、ふたつしかない。ひとつは電動車椅子だ。髪の薄くなりかけているハーバートは、一九八三年に起きたベイルートのアメリカ大使館に対する爆弾テロで、下半身不随になった。命をとりとめたのは、来訪していた国務省外交局の医師アリソン博士が迅速に手当てをしたからにほかならない。この電動車椅子は、ただの移動の道具ではない。旅客機の座席に似た折り畳み式の仕掛けがあって、無線モデム付のコンピュータを内蔵している。電子メールのアドレスからピザの注文まで、なんでも必要なことを文字どおり膝の上でまかなえる。オプ・センターの技術担当のマット・ストール作戦支援官は、衛星通信用アンテナを接続するジャックまで取り付けた。ハーバートはときどき、バイオニック・マンになったような気がする。

もうひとつ、ハーバートが満足しているのは、オプ・センターが外部の人間の干渉を受けずに物事を処理していることだった。活動を開始した当初、オプ・センターはほとんど注目されなかった。スペースシャトルを破壊工作から救ったとき、日本を核攻撃による壊滅から救ったときも、万事は秘密裡《り》に行なわれた。マスコミのレーダーを回避し、外国の情報機関にもほとんど気づかれなかった。みずから選んだのでない限り、オプ・センターは他者とつながりを持つことはない。国際刑事警察機構《インターポール》やロシアのオプ・センターその他の組織との連絡は、あくまで隠密《おんみつ》に行なっている。

あいにく、そういった力関係は、世界中で大々的に報じられた国連における人質事件を、フッド長官がみずから解決したことで、劇的に変化した。治外法権の国連施設内でフッドが許可なしに軍事行動を行なったとして、いくつかの外国政府がホワイトハウスに抗議した。CIA（中央情報局）、NSA（国家安全保障局）、国務省までもが、CIOC（議会情報監督委員会）に苦情を申し立てた。フッドが両情報機関の人員と正当な権限を横取りしているというのが非難の内容だった。国防総省は、オプ・センターがNRO

〈国家偵察室〉の偵察衛星能力を独占使用していると指摘した。

そういったことはすべて事実だった。だが、事実で万事が説明できるとは限らない。どの行為も、フッドやオプ・センターの勢力拡大のために行なわれたわけではなかった。フッドの指揮するオプ・センターは、一般の官庁とはちがい、組織の実戦能力を弱める危険性がある繁文縟礼《はんぶんじょくれい》、内輪揉《うちわも》め、見栄《みえ》を抜きにして運営されている。人命を救い、アメリカの権益を護《まも》るという、オプ・センター設立のそもそもの目標を達成するのに、それが役立っている。

ＣＩＯＣがフッドに作戦予算の削減をもとめたのは、実戦能力や費用効果ではなく、政治圧力が理由だった。フッドはそれに従った。けさフッドは、ＣＩＯＣ財務小委員会の取り仕切る四半期追跡調査の結果を知らされることになっている。フッドもロジャーズもハーバートも、四カ月のあいだに余熱が冷めたことを願うばかりだった。昨日、三人は予算削減の一部の撤回をもとめる嘆願書を提出した。さまざまな案件にくわえ、新ストライカー・チームの訓練に余分な費用がかかる。フッドは楽観していた。ロジャーズは悲観していた。ハーバートは、自分は中立でいると宣言した。

「スウェーデンみたいに中立というわけね」アリソン・カーターが揶揄《やゆ》した。昨夜、カーターとハーバートはディナーをともにした。アリソンは国務省の秘密任務を終えたところだという。詳しい話はしなかったが、暗殺に関与したのではないかと、ハーバートは解釈した。アメリカ政府は公《おおやけ》には暗殺を禁じている。しかし裏では、専門医が手を貸して、あざやかな手並みで処刑を行なっている。

その任務の最中にアリソンは、第二次世界大戦中、中立国であるはずのスウェーデンとナチス・ドイツが、かなり深い協力関係にあったことをあばいた。それがアリソンは自慢だった。国であれ個人であれ、どんなことでも公明正大ではありえない、とアリソンはいった。

ハーバートは不賛成だった。自分は中立《ニュートラル》でいなければならないといい張った。ワインを一杯余分に飲んでしまったところで、アリソンにこう指摘した。「ほら、オプ・センターのつづりは、楽観主義者《オプティミスト》のOと悲観主義者《ペシミスト》のPと中道派《セントリスト》のCからなっているだろう」

アリソンはぶつぶついって、ハーバートにおごらせた。そして、考えさせられる言葉を吐いた。「あのね、その車椅子のギアをニュートラルに入れたことがある?」

車椅子のギアにニュートラルはない、とハーバートは教えた。前進か後進だけだ。

「やっぱりね」と、アリソンは応じた。

ハーバートは、フッドの長官室の前を通りかかった。ドアがあいている。シャロンと別居しはじめてから、フッドはいよいよ出勤が早くなっている。ひょっとして新しいアパートメントには帰らず、ここで寝泊りしているのではないかと思うほどだ。

まあそのほうがいいかもしれない。忙殺されていれば、暗いことを考えているひまはない。そういう気持ちはじゅうぶん理解できる。大使館の爆弾テロの際に、ハーバートは妻を亡《な》くした。彼女が死んだあとは、仕事以外にやりたいことはなにもなかった。建設的なことに没頭し、意識をつねに前進させる必要があった。妻の死をいつまでもくよくよ考えていれば、意識がそこにとどまり、怒りをたぎらせたまま足踏みし、やがては地下深く潜ってゆくだろう。

考えてみれば、そうした結果を鬱《うつ》状態の穴と精神科医が呼ぶのは、まさにそういう現象だからだろう。

フッドは、コンピュータのモニターを睨《にら》みつけていた。ハーバートはドアの柱を軽くノックした。

「おはよう」ハーバートはいった。

フッドが、こちらに目を向けた。疲れた顔をしている。「おはよう、ボブ」フッドが答えた。

元気のない低い声だった。一日がはじまったばかりなのに、どうもようすがおかしい。

「マイクはまだ来ていないか？」フッドがきいた。

「見ていませんね」ハーバートは答えた。さっとなかにはいった。「なにか起きたんですか？」

フッドはいいよどんだ。「いつもとおなじだよ」そっと答えた。

それで、いろいろなことがわかった。

「それじゃ、わたしにも手伝わせてください」ハーバートはいった。

「手伝ってもらうことになるだろうな」フッドが告げた。細かい説明はなかった。

ハーバートはひきつった笑みを浮かべた。しばしそこにいた。話すよう促そうかと思ったが、考え直した。

廊下に戻り、そのまま先に進んでいった。リズ・ゴードン主任心理分析官も、すでに仕事をはじめていた。電子通信課長のケヴィン・カスターも出勤している。通りしなに、ハーバートは手をふって挨拶《あいさつ》をした。ふたりが手をふった。ふだんと変わらない空気に安心した。

フッドがロジャーズにどういう話をしようとしているのか、忖度《そんたく》するつもりはなかった。自分は情報を専門としている。いまは推理するにも情報がまったくない。

だが、ふたつだけわかっている。ひとつは、重大なニュースがはいったということだ。フッドは、オプ・センター長官に就任する前に、ロサンジェルス市長をつとめたことがある。政治家なのだ。さきほどの沈黙は、秘密を守るためではなかった。ものの順序を大切にしたのだ。フッドの口調から、深刻な事態だというのはわかった。腹心のナンバー3である自分に事情を話さなかったのは、ロジャーズに最初に話をするのが条理《すじみち》だからだ。つまり、ロジャーズ個人にかかわりがある。アリソン・カーターの意見は正しかった、とハーバートは悟った。中立などというのは幻想だ。

ハーバートはじつのところオプティミストだった。これがどんなことであろうが、どれほど苦労しようが、チームの仲間がそれを解決するのに力を貸すつもりだった。

5

火曜日　午後四時三十五分

ボツワナ　オカヴァンゴ・デルタ

オカヴァンゴ（クバンゴ）川は、アフリカ南部で四番目に長い水系だ。幅の広い川が、アンゴラ中部からボツワナ北部に向けて、一八〇〇キロメートル以上にわたり南東へ流れている。その終点にオカヴァンゴと呼ばれる広大な扇状地《デルタ》がある。一八四九年、スコットランド人探検家デイヴィッド・リヴィングストーンが、西洋人としてはじめてこの地を踏んだ。リヴィングストーンはこの沼沢地《しょうたくち》を、「広大で、じとじととして、ありとあらゆる虫に咬《か》まれる不快な場所」と描写している。

「広大」という表現は、いささか控え目に過ぎるだろう。

この偉大なるデルタは、一万七〇〇〇平方キロメートル近い地域にひろがっている。雨季はほとんど全域が一メートル弱の深さの水に浸《つ》かる。それ以外の季節は、沼沢地の半分以上が、周囲の平原とおなじように干上がる。蛙《かえる》や山椒魚《さんしょううお》などの両生類の繁殖は、乾季に子が肺呼吸するよう周期を合わせている。その他の肺魚や亀《かめ》などは、泥に潜り込んで夏眠することで生き延びる。

モレミ野生動物保護区は、オカヴァンゴ・デルタの東端を占めている。三九〇〇平方キロメートルにおよぶ保護区の一部は、沼沢地とは別天地のようだ。ライオン、チーター、野豚、ヌー、カバ、鰐《わに》、コウノトリ、白鷺《しらさぎ》、雁《かり》、ウズラなどの生態系がそこだけで維持され、川にはカワカマスやヤガタイサキがいっぱいいる。両方の地域にすむ生き物は、一種類だけだ。いまその生き物が、大挙していっぽうの地域から他方の地域へと移動している。

マウン郊外のツーリスト・センターをあとにしたリーアン・セロンガは、四台からなる車列を率いて、保護区内を北上した。一隊はベルギー人が提供したメルセデス・スプリンターに乗っていた。そのベルギー人は〝必要悪〟だと、セロンガは仲間内で陰口を叩《たた》いている。このマイクロバスは、一台に十四人が乗れる。ベルギーの民間飛行場からカラハリのレフトゥトゥに空輸された。そこでモレミ保護区の監視員がパトロールに使うバンとおなじグリーンとカーキに塗り替えた。神父を乗せて保護区を通過する前に、全員が監視員とおなじオリーヴグリーンの制服を着込んだ。ほんものの監視員か陸軍のパトロールに誰何《すいか》されたり、ツアーの一行に出会ったときには、聖職者を誘拐した民兵集団を捜しているといい抜けるつもりだった。どういう人間に確認をもとめられてもだいじょうぶなように、正式な書類を何種類も携えている。それもベルギー人が用意した。

ダンバラーが民心を鼓舞し、その他の事柄はすべて〝必要悪〟とその配下が手配する。大義を支援し、ボツワナ人が鉱山を取り戻すのを援《たす》けることによって利益を得るのが狙《ねら》いだ、という。セロンガはヨーロッパ人を信用していなかった。しかし、不都合なことが起きたら殺せばいい。そう考えて安心していた。

セロンガは、二号車の最後列に席を占めていた。神父はその脇《わき》の荷物を載せる狭い場所に横たわっている。セロンガの部下たちが後ろ手に縛り、足も縛って、そこに載せた。フードはかぶせられたままで、苦しそうな呼吸が聞こえる。車内は暑かった。フードをかぶっていると、もっと暑いにちがいない。フードをはずさない理由はふたつあった。ひとつは脱水状態にして神父を弱らせるためだ。もうひとつは、息をするときに、自分の吐いた息に含まれる二酸化炭素を吸うように仕向けるためだ。それで頭が朦朧《もうろう》としてくる。目的地に着いたとき、神父がそういう状態のほうが、協力させやすい。

神父は、ヒップ・ウェーダー（訳注　釣りなどで使う太腿までを覆うゴム長靴）や燃料容器数個のあいだに横たわっていた。他の車には、食糧、飲料水、武器、毛布、野営に用いる三メートル四方のカンバス製軍用テントなどがびっしり積まれている。

保護区を縦断すると、オカヴァンゴ・デルタの北のはずれに達した。湿度が急激に高くなったので、それがわかった。そうした気候も、この沼沢地を選んだ理由だった。虫にとって棲《す》みやすい環境だ。ことに水辺の蚊は、歩兵一個大隊に匹敵する警備手段になる。しかもこの歩哨《ほしよう》は食糧を供給する必要がない。

運転手たちは、大きなナツメヤシが密生する林の南側にマイクロバスをとめた。三日後の任務に、ふたたびこの四台が必要になる。セロンガ隊は、北のシャカウェにあるロヨラ教会（訳注 ロヨラの聖イグナチオはイエズス会の創始者）へ行く。それにより計画の第二段階に移る。ナツメヤシの太い幹と長い葉が、それまでのあいだ強い陽射《ひざ》しからマイクロバスを護《まも》ってくれる。パピルスが二メートルほどの高さに茂っているので、近くを通る者がいても見えないはずだ。

もうとっぷりと暮れていたので、民兵たちは野営した。周辺防御に歩哨が四名配された。一時間ごとに交替する手はずだった。出発は夜明けになる。

昨夜の保護区よりも、この水際《みずぎわ》のほうが夜の物音が騒々しかった。虫や鳥や蛙が、ひっきりなしにうなり、咆《ほ》え、叩くような音で鳴き、あるいは物悲しい啼《な》き声を発した。樹木や草が密に生えているため、そういった音が沼に抜けていかない。眠っている民兵の呼吸すら、セロンガには耳もとで聞こえるようでうるさかった。植物に囲まれた狭い場所に物音がこもり、まるでヘッドホンで聞いているようだった。だが、それもホワイトノイズとおなじだった。疲れ果ててはいるが満ち足りた気持ちのセロンガは、毛布にくるまると、すぐに眠りに落ちた。

物音のシンフォニーは、夜明け前にやんだ。民兵たちが目醒《めざ》めると、セロンガは連れていく六名を選んだ。野営地の指揮にはドナルド・パヴァントを残した。

　雨季が終わったばかりで、どす黒い水が沼地のかなり周辺までひろがっていた。六人がヒップ・ウェーダーを身につけているあいだに、セロンガはブラッドベリ神父の手足のいましめを解いた。フードははずさないように、さもないと、沼地をひきずっていくと脅した。口をきいてもいけない、と注意した。自分や部下の注意が、おしゃべりやお祈りのために緩慢になるのを避けたかったからだ。そして、部下のひとりが神父をおぶった。弱っている神父をひっぱって沼地を渉《わた》るような時間の余裕はない。

　民兵たちは、泥沼を進んでいった。三五〇メートルほどいったところの小さな島に、モーターボートを二艘《そう》もやってある。発見されにくいように、高い葦《あし》の茂みに隠してある。保護区監視員や密猟者に発見される気遣いはないと、セロンガは踏んでいた。沼地の島は格好の隠し場所だ。

　民兵の一隊は、陸地を進むときとおなじように、二列の密集縦隊で進んだ。セロンガは、どんなときでも部下の規律と秩序を重視する。

　岸から二〇〇メートルほどのあいだは、蚊がすさまじかった。それから先で恐ろしいのは、泥に潜っているアスプバイパーだけだ。この毒蛇は、一メートル近い体を長々とのばして、水底の沈泥《ちんでい》に埋もれていることがある。そして、平たい頭だけを岸や水面に出ている根や浮いている枝に載せている。牙《きば》がウェーダーを貫くことはないが、身をくねらせて深い水から跳びあがる場合がある。

一行は北東に向けてなおも渉っていった。蒲《がま》の茂みは慎重に通り抜け、幹の太いヌマスギは迂回《うかい》した。柔らかな沼底に生えるヌマスギは、ボウリングのピンみたいに倒れやすい。乾いた地面が盛りあがっているところや、沼の瘤《こぶ》を通った。木の根が絡《から》み合って高くなっているのだ。小さなトカゲ類は、こうした瘤を恒久的な棲《す》み処《か》にしている。何世代にもわたって、両生類が生まれ、虫や雨水で生き延び、つがい、瘤を去ることなく死んでゆく。

二艘のボートにたどり着くと、ふた手に分かれた。セロンガとブラッドベリ神父が、見張り二名とともに一艘に乗った。あとの四人が、べつの一艘に乗り込んだ。エンジンを始動し、明るくなりつつある曙光《しょこう》のなかを突進していった。

そうやって十時間あまり北へと進んだ。セロンガとダンバラーは、沼沢地の東北端を基地に定めていた。ダンバラーは脱出路を確保する必要があるが、バラニ鹹湖《かんこ》と峻険《しゅんけん》なツォディロ山地が西にある。北へ九〇キロメートルほど行けば、警備がさほど厳しくないナミビア国境がある。

二艘が目的地に達するころには、太陽が地平線近くに傾いていた。橙色《だいだいいろ》の長い光の幅《や》が、緑濃い平原や林の上のほうを照らしている。沼地はすでに暗く、水面は油で汚れた鏡のようだった。だが、沼のこのあたりは、セロンガたちがこれまで通ってきたところとは、景色がまるでちがっていた。木の生えていない対照的な形の低い丘が、水面からせりあがっている。およそ一二エーカーほどの広さの黒土を、地味《ちみ》のよいくすんだ茶色の腐植土が覆《おお》っている。そのこんもりした丘に、草葺《くさぶき》小屋が五軒あった。壁はバオバブの厚板だった。屋根は木の根を編み、泥で隙間《すきま》を埋めてある。中央にあるいちばん大きな小屋の壁や屋根の隙間から、バッテリーを電源とする明かりが漏れている。あとの狭い小屋には、配置されている民兵用の折り畳みベッド、補給物資、予備の武器、通信機器やビデオ機器その他、ベルギー人が運び込んだ装備が収められている。

ひと棟だけが、その島の他の建物とまったく異なっていた。棺桶《かんおけ》をふたつつなげたような細長い小屋で、床はべつとして、すべて波形鉄板でこしらえてあった。正面には鉄《てつ》格子《ごうし》、裏側にはトタン板の戸がある。戸はあいていた。なかにはなにもなく、だれもいなかった。

その小島の北と東の沼地は、木や植物や水中の根や倒木その他の障害物がすべて取り除かれていた。小屋を仕上げるときに、屋根の材料にそうしたものを使ったのだ。ベルギー人のアヴェンチュラII912水陸両用ウルトラライト・プレーンが着水できるように、五〇メートル弱の安全な水面をこしらえるためにも、そういう作業が必要だった。白い機体のちっちゃな複座水上機は、陸地と水面の両方におりられる。闇《やみ》がひろがるなかで、機首の尖《とが》ったその飛行機はいま、微動だもせず水面に浮かんでいる。その横には、ダンバラーが沼地を去るのに使う全長五・三メートルの木製カヌーがあった。動物が棲み処にしないように、ガラス繊維の防水布をかけてある。カヌーも水上機とおなじように沼の鏡のような水面にじっと浮かんでいた。重さが二七・五キログラムのカヌーは、島の地面に打ち込んだ杭《くい》にもやってある。じつはその杭は、ロアという神の小さなトーテム・ポールでもあった。ヌマスギを竜巻のような形に削ったもので、長さは九〇センチぐらいある。それが強大なる海の神ロア・アグウェを象徴している。

武装した番兵二名が、二十四時間態勢で島をパトロールしている。セロンガ隊が南岸に近づくと、強力な懐中電灯の光を向けられた。セロンガ隊の二艘は停止した。

「ボン・デュー」（訳注　ハイチのヴードゥー教の最高神。地方によって名称が異なる）セロンガはいった。

「通れ」声が聞こえ、懐中電灯がひとつ消された。セロンガが口にしたのは合言葉だった。彼らの守り神の名前だ。番兵のうちのひとりは、セロンガが戻ったことをダンバラーに報《しら》せにいった。

セロンガはすばやくウェーダーを脱ぎながら、民兵がブラッドベリ神父をかついで岸におろすのを見守った。神父が仰向《あおむ》けに倒れ、動くこともできずに、フードを通して苦しげな息をした。神父をおろした民兵は立ちはだかり、もうひとりが手を縛った。それが済むと、セロンガはそこへ行った。ブラッドベリ神父の腋《わき》を腕で抱えて立たせた。祭服が汗でぐっしょり濡《ぬ》れていた。

「行くぞ」セロンガはいった。

「声を聞いたおぼえがある」ブラッドベリ神父が、あえぎながらいった。

セロンガは、神父の細い腕をひっぱった。

「指揮官だな」ブラッドベリ神父がなおもいった。

「行くぞ」セロンガはくりかえした。

歩きだしたブラッドベリ神父がよろけ、セロンガは抱えあげなければならなかった。やがてブラッドベリ神父が立ち直り、温かく柔らかな地面をゆっくりとふたりは進んでいった。セロンガは中央の小屋に向かっていた。

「理解できない」ブラッドベリ神父が語を継いだ。「どうしてこんなことをする？」

セロンガは答えなかった。

「フードを」息を切らしていて、弱々しい声だった。「取ってくれてもいいだろう」

「そういう指示があれば」セロンガは答えた。

「だれの指示だ？」ブラッドベリ神父は執拗《しつよう》だった。「あなたが指揮官かと思っていた」

「この連中の指揮官だ」セロンガはいった。答えるべきではなかった。情報をあたえれば、それだけ探りを入れる手がかりが増える。

「では、われわれはこれからだれに会うんだ？」ブラッドベリ神父がきいた。

セロンガは、しゃべるなと神父に注意するのに飽き飽きしていた。もうすこしで小屋にはいれる。疲れ切っていたが、その小屋を見て力が湧《わ》いてきた。板壁の隙間から差し招くような柔らかい光が漏れているからではない。そこにだれがいるかがわかっているからだ。

「わたしのことはどうでもいい」ブラッドベリ神父がいった。「あなたは神の裁きを怖《おそ》れないのか？　あなたの魂を救ってあげよう」

魂だと。この男になにがわかる、とセロンガは思った。教わったことしか知らないくせに。こちらは生も死も目にしてきた。ヴードゥー教の力も見てきた。自分のやっていることに疑いは抱いていない。

「おまえは自分の魂と命の心配だけしていればいい」セロンガは諭した。

「それはもう済ませた」ブラッドベリ神父は答えた。「わたしは救われた」

「よかったな」セロンガが答えたところで、小屋に着いた。「では、これから他人の命を救う機会をあたえてやろう」

6

火曜日　午前十時十八分
メリーランド州キャンプ・スプリングズ

ロジャーズは、軍隊にはいってからほとんどずっと、夜明けとともに起きていた。兵士の教練を行ない、戦闘にくわわり、危機に対処しなければならなかった。だが、最近のロジャーズの世界は平穏そのものだ。カシミールでの任務について報告を提出し、ストライカーの新隊員の身上調書を提出し、リズ・ゴードンの長ったらしい診療を受けなければならない。だが、早起きする理由はなかった。

それに、よく眠れない。そのせいで、早く起きるのに以前よりも苦労している。さいわい、〈ディマジオのジョー〉の写真や切抜きやカフェインのおかげで、なんとか全速力に近いものが出せる。

ロジャーズは車をとめ、オプ・センターの建物に向けて歩いていった。雨はやんでいた。丸めた新聞を掌《てのひら》に叩《たた》きつけた。眉間《みけん》がずきずきする。基礎訓練のことを思い出した。新聞をきつく丸めてナイフのように使うことを教わった。それとはべつの訓練で、丸めた新聞か紙ナプキンを使って相手の戦闘能力を奪う方法を、教官が手ほどきしてくれた。近接戦闘が避けられないとき、丸めた紙くずを横のほうに投げるだけでいい。敵はぜったいにそっちに目を向ける。その瞬間に——ほんの一瞬でじゅうぶんだ——敵を殴りつけるか、刺すか、撃つ。

ロジャーズは、照明の明るい狭い受付エリアにはいった。若い女性警衛が入口をはいったところの防弾ガラス張りのブースに立っている。ロジャーズがはいってゆくと、その警衛がさっと敬礼をした。

「おはようございます、少将」警衛がいった。

「おはよう」ロジャーズは答え、足をとめた。「ヴァレンタイン」

「お通りください」警衛が答えて、エレベーターのドアをあけるボタンを押した。

〝ヴァレンタイン〟は、本日のロジャーズのパスワードだった。前の晩に電子メールを受信できるポケベルに秘話政府ネットを通じて送信される。たとえ顔を見てロジャーズだとわかっても、警衛のコンピュータに記録されているパスワードと一致しないと、施設内にははいれない。

ロジャーズはエレベーターに乗って地階へ行った。おりたとたんに、ボブ・ハーバートとぶつかりそうになった。

「ロバート！」ロジャーズは声をあげた。

「おはよう、マイク」ハーバートが静かにいった。

「きみのところへ行くつもりだった」ロジャーズはいった。

「貸してあるDVDでも返してくれるのか？」

「いや、ここのところ、フランク・キャプラの映画を見る気分じゃないんだ」ロジャーズは、ハーバートに《ワシントン・ポスト》を渡した。「ボツワナの誘拐事件の記事は読んだだろう？」

「ああ。上の階からまわってきた」ハーバートが新聞をひろげながら答えた。

「どう解釈する？」

「まだなんともいえない」ハーバートは正直に答えた。

「軍服からしてボツワナの正規軍ではないようだが」ロジャーズはなおもいった。

「そうだな」ハーバートは答えた。「ボツワナで民兵の活動があるという報告はこれまでなかったが、新しくできた組織かもしれない。ろくでもない武装勢力指導者が、ボツワナをソマリア化しようというわけだ。あるいはアンゴラやナミビアなどの近隣諸国から追い出された兵隊かもしれない」

「それがどうして神父を拉致《らち》する？」ロジャーズは疑問を投じた。いつになく落ち着かない態度で、足をばたばた動かしたり、軍服のボタンをいじくったりしていた。

「従軍聖職者がほしかったんじゃないか」ハーバートはいった。「あるいは、その神父がだれかの告解を聞いていて、その情報がほしいのかもしれない。どうしてそんなにこだわっているんだ、マイク？」

「拉致にかかわった民兵集団の規模と襲撃の時刻が気になる」ロジャーズはいった。「武器も持っていないひとりを拉致するのに、どうしてそんなおおぜいで押しかけたのか。こともあろうに明るくなってからやったのはなぜか。真夜中に五、六人で拉致すればすむことだ」

「たしかに」ハーバートが認めた。「しかし、これをきみが重要視している理由の説明にはならない。現地に知り合いでもいるのか？　誘拐の筋書きにピンと来るものがあるのか？」

「いや」ロジャーズは認めた。「ただ、この事件にはなにか――」考えを最後まで口にしなかった。

ハーバートは、ロジャーズを観察していた。そわそわしている。視線がいつものようにじっとしておらず、なにかを捜すようにあちこちに向けられている。不満げに口を曲げている。なにかをどこにしまったのかを忘れてしまったときのようだ。

ハーバートは新聞を裏返して、ちらりと見た。「なるほど。ちょっと考えたんだが、仮にこれがいままで休眠していた民兵集団だとすると、このターゲットを選んだのは、銃撃戦は避けつつ存在を示すためだったのかもしれない。仮に新しい民兵集団だとすると、兵士に現場で経験を積ませるのが目的だったのかもしれない。あるいは、教会までの所要時間の判断をまちがえたとも考えられる。たしか、独立戦争のとき、ジョージ・ワシントンにもそういうあやまちがあっただろう?」

「ああ」ロジャーズはいった。「デラウェア川を渡るのに予想以上の時間がかかった。イギリス軍がぐっすり眠っていて事なきを得たが」

「そうだったな。とにかく、アフリカ南部のどこかで厄介な事態が起こりかけているのかもしれない」ハーバートは新聞を車椅子《くるまいす》の脇《わき》の革ポケットに入れた。「現地の大使館に連絡して、これでどこかに危険がおよぶ気配があるのかどうかきいてみよう。新たな情報があるかどうかたしかめる。ところで、長官にきみはまだ出勤していないかときかれた」

とたんにロジャーズの表情が明るくなった。「CIOCから連絡があったのかな?」

「さあ」ハーバートは答えた。

「連絡があればきみにいうだろう」

「そうとはかぎらない。最初にナンバー2に伝えるのが条《すじ》だからな」

「聖書《グッド・ブック》ではそうなっている」ロジャーズはいった。グッド・ブックというのは、国家危機管理センターの規定・執行・運営手順が記された文書のことだ。この文書は聖書のように分厚く、理想化されている。非の打ちどころのない世界では人生はこうあるべきだと述べている。

「教皇ポールもついに信仰に目醒《めざ》めたか」ハーバートはいった。

「たしかめるしかあるまい」ロジャーズは応じた。

「さあどうぞ」

「そうする」ロジャーズは、車椅子の横を通った。「神父のことを調べてくれて、恩に着るよ」

「お安い御用だ」ハーバートは答えた。

ロジャーズはハーバートに軽く敬礼をして、廊下を進んでいった。フッドの最初のころの綽名《あだな》をひさしぶりに聞くのは、妙な感じだった。フッドが徹底して無私無欲なので、広報官だったアン・ファリスがそう名付けたのだ。皮肉なことに、それがいまはまったく当てはまらない。長官に就任すると間もなく、フッドはグッド・ブックに忠実に従うのをやめた。諜報《ちようほう》活動に差し障《さわ》りがあると判断して、それを捨てることを決意したのだ。敵がオプ・センターが状況に応じてどう動くかを知るには、政府の印刷局でグッド・ブックのコピーを手に入れるだけで済む。外国の敵にも、アメリカ政府の各情報機関という政敵にも、それは当てはまる。グッド・ブックをフッドが捨てたときに、教皇という綽名も消滅したはずだった。

長官室へ行くと、ドアが閉まっていた。首席補佐官の〝バグズ〟・ベネットがドアの向かいの小部屋にいた。長官は私用の電話中です、とベネットがいった。

「すぐに済むと思います」

「ありがとう」ロジャーズはいった。ドアは防音だ。その脇に立って、しばらく待った。

妻のシャロンと話をしているのかもしれない。フッド夫妻は、ついこのあいだ離婚の条件で合意に達した。フッドはほとんど打ち明け話をしないが、第一の目標は長女ハーレーの精神状態の回復だという。国連でテロリストの人質になったあと、ハーレーは半年間の入念な治療によってようやく心的外傷から回復しつつある。その危機のあと数週間は、泣き叫んだり、目を丸くして見つめたりするだけだった。

ハーレーの気持ちが、ロジャーズにはよくわかった。自分はハーレーよりもほんのすこし運がよかっただけだ。大人と思春期の子供のちがいは、怒りを溜《た》め込んだ期間の長さだろう。リズ・ゴードンは、〝どうにもできない怒り〟と呼んでいる。子供が感情面に痛打を受けると、不当な差別を受けたと感じる。そして、ハーレーのように殻にこもる。大人が打撃を受けたときには、埋もれていた恨みが掘り起こされる。それを吐き出す。攻撃的になっても心的外傷は治らないが、その人間が進みつづける燃料にはなる。

「終わりました」ベネットがいった。

ロジャーズはうなずいた。ノックするには及ばない。左隅の上に監視カメラがある。来ているのをフッドは知っているはずだ。

「おはよう、マイク」フッドがいった。

「おはようございます」

「かけてくれ」フッドはそれしかいわなかった。

二脚の肘掛《ひじか》け椅子のいっぽうに、ロジャーズは腰をおろした。フッドに悩みがあることに、もう気がついていた。悪い知らせがあるといつも、フッドは朝の挨拶《あいさつ》代わりのおしゃべりを省く。ただ、個人的な悩みなのか、オプ・センターの長官としての悩みなのかは、判断がつかなかった。それに、仕事上の悩みだとしても、どの悩みなのかまではわからない。

フッドがさっそく本題にはいった。

「マイク、結果を報《しら》せるフォックス上院議員の電子メールを受け取った」ロジャーズの顔をじっと見つめた。「CIOCはNCMCが戦闘能力を再建することを許可しないと、全会一致で決定した」

ロジャーズは、野球のバットで下腹を殴られたような心地を味わった。「案の定、愚かな決定だ」

「どういう決定にせよ、もう動かせない」フッドはいった。

「ストライカーを再編制できないんですか？」まだ信じられない思いで、ロジャーズはきいた。

フッドは目を伏せた。「できない」

「でも、CIOCにそんな指示はできない」ロジャーズは反論した。

「そういう指示だ――」

「ちがいます！」ロジャーズはいった。「ストライカーは、オプ・センターの綱領に明記されている。変更には議会の決議が必要です。たとえわれわれが未承認任務にストライカーを派遣したとしても、懲戒処分を受けるのは現場と本部の指揮官でなければならないと明記されています。綱領全文をフォックス議員に送ります」

「これは懲戒処分ではないと、わざわざ説明してある」フッドはいった。

「嘘《うそ》っぱちだ！」ロジャーズはどなった。フォックス上院議員には、以前から腹が立っていた。ロジャーズは怒りを抑えるのに苦労した。「フォックスやCIOCの連中が懲戒処分を望まないのは、地区首席検事の捜査が行なわれた場合、聴聞会《ちょうもんかい》が公開になるからだ。マスコミはフォックスを壁に押し付けて銃殺するだろう。われわれは核戦争を阻止したんだ。それを連中が知らないはずはない。あの女、ここを閉鎖しろと他の情報機関から圧力を受けているにちがいない。くそ、マーラー・チャタジーだって、われわれに有利な証言をしてくれることでしょうよ」

マーラー・チャタジー国連事務総長はインド人で、カシミールにおけるストライカーの軍事行動の前は、国連危機を処理したフッドのやりかたを激しく非難していた。

「マイク、われわれは軍を怒らせてしまったし、ニューデリーの大使館にもだいぶ迷惑をかけたんだ」フッドがいった。

「ふん、そいつは気の毒だった」ロジャーズはいった。「核攻撃に対処するほうがずっと楽だっただろうな」

「マイク、パキスタンとインドのあいだになにが起きようが、われわれが正式に関与することではなかった」フッドはいった。「干渉の意図はなく、偵察のために赴いただけだった。たしかに、人道的に正当な理由はある。向こうは向こうで、政治的問題を抱えている。CIOCがわれわれを思い切りぶん殴るのは、それがあるからだ」

「ちがう、思い切りぶん殴ってなんかいない。反則攻撃だ」ロジャーズは切り返した。「まともに攻撃する度胸などやつらにはない。車がないくせにドライブしたいわたしのジョニーおじさんとおなじだ。おじさんは不動産業者に電話して、家を見せてくれといいう。CIOCには車も金もない。われわれに便乗しているだけだ」

「まあ、われわれに便乗しているというのは当たっている」フッドはいった。「それも、こっそりと、じつにうまい手口で」

「けちな手紙を自分のケツに突っ込めと、いってくれたんでしょうね」

「いわなかった」フッドは答えた。

「なんだって？」ロジャーズは、バットの柄のほうで殴られたような心地を味わった。

「フォックス上院議員に、NCMCは決定に従うと返答した」

「だけど、あいつらは臆病者《おくびょうもの》なんだ、長官!」ロジャーズはどなった。「あんたは羊の群れにへいこらするのか」

フッドは黙っていた。ロジャーズはゆっくりと息を吸った。落ち着かないといけない。フッドを責めるのだけはやめないといけない。

「いいだろう」フッドがようやく口をひらいた。「やつらは臆病者だ。羊だ。だが、ひとつだけ褒めてやらないといけない」

「なにをですか?」

「われわれのやらなかったことをやった」フッドが答えた。「こいつを法に則《のっと》ってやったんだよ」コンピュータのファイルをあけて、モニターをロジャーズのほうに向けた。

「見てくれ」ロジャーズは渋々身を乗り出した。ちょっと気を静めないといけない。モニターを見た。フッドが呼び出したのは、オプ・センターの綱領の二四条四項だった。

第八段落が強調表示されている。そこを読んだ。その文章をいくら眺めても、ロジャーズにはこの成り行きが信じられなかった。ストライカーが現地で受けた痛手はすさまじかった、しかし、それは戦闘中のことだ。自分本位の柔弱な政治家の群れによって、こんなふうに滅ぼされ、辱《はずかし》めを受けるのは、じつに耐え難かった。

「アメリカ軍からあらたな将兵を配置換えするのは、〝国内における軍事行動と調達〟

の条項に該当する」フッドが説明した。「それをＣＩＯＣは事前に却下できるし、現にそうした。退役軍人も顧問以外の業務に雇い入れることを禁じた。それには九〇条九項、第五段落を根拠としている」

その部分をフッドが画面に出した。再採用の将兵はストライカーの隊本部が置かれているクォンテコーで実地試験を受けなければならない。それも軍事行動として、ＣＩＯＣの承認が必要であると、綱領に明記されていた。

ロジャーズは座り直した。フッドのいうとおりだ。フォックス上院議員と卑怯者《ひきようもの》の議員たちのやり口に、感心しそうになった。やつらはフッドとこちらの行動を綱領に則って阻止しただけではなく、目につく波風を立てないようにやってのけた。こちらが副長官を辞任することも願っているのだろうか、とふと思った。

たぶんそういう運びになるだろう。やつらをよろこばせるつもりはないが、こういう繁文縟礼《はんぶんじよくれい》に長くは耐えられそうにない。

フッドがモニターをもとの向きに戻し、身を乗り出した。両手を組んでいる。

「かっとなってすみませんでした」ロジャーズはあやまった。

「わたしにあやまることはない」フッドがいった。

「そんなことはないですよ」

「マイク、今回のはたしかに手厳しい打撃だ。しかし、わたしは綱領を丹念に読んだんだ。これは致命傷ではない」

こんどはロジャーズが身を乗り出す番だった。「説明してください」

フッドが、なにかをキイボードで打ち込んだ。「いくつか名前を挙げる」

「どうぞ」

「マリア・コルネハ、エイディーン・マーリー、ファラーハ・シブリー、デイヴィッド・バタット、ハロルド・ムーア、ザック・ベムラー」フッドはいった。「この連中の共通点は？」

「永年われわれの仕事をしてもらっている諜報員ですね」

「おおかたの者に、もうひとつ共通点がある」

「わたしにはわかりませんが」ロジャーズは正直にいった。

「エイディーン以外は、みんな軍隊経験がない」フッドはいった。「そして、いずれもいまも軍隊に所属していない」

「まだ話が読めないんですがね」ロジャーズはわびる口調になっていた。

「この連中は、ＣＩＯＣの決定にもオプ・センターの綱領にも支配されていない。つまり、われわれはふたたび現場で活動できるが、軍隊を使うわけではない。ストライカーの補充を行なうわけではない」

「潜入任務ですね」ようやく理解したロジャーズがいった。「緊急事態を解決するのに、外側からではなく内側からやるわけだ」

「そのとおり」フッドはいった。

ロジャーズは椅子《いす》に背中をあずけた。呑《の》み込みが悪いのが面目なかった。「まいった。それはいい」

「ありがとう。われわれは情報収集に関しては、文句のつけようがない権限がある。それについてはCIOCの統制を受けない。つまり、これは非合法作戦部隊《ブラック・オプ》として活用する。知る者は、きみとハーバートと、ほかにひとりかふたりだけだ。民間航空の旅客機に乗り、偽装身分で行動し、白昼おおっぴらに動きまわる」

「エドガー・アラン・ポーの〝手紙〟とおなじで、見えるところに隠す」

「そうだ」フッドはいった。「昔ながらのHUMINT（人間情報収集）活動を行なう」

ロジャーズはうなずいた。ボスを見くびっていた自分に腹が立った。とはいえ、フッドのそういう一面を見るのははじめてだった。チーム・プレイヤーという羊の皮を着た一匹狼《おおかみ》。

ロジャーズはそれがうれしかった。

「なにか意見は？」フッドがきいた。

「いまのところはなにも」ロジャーズは答えた。

「質問は？」

「ひとつだけ」

「答はこっちからいおう」フッドがにっこり笑った。「さっそく取りかかってくれ」

7

火曜日　午後五時三十六分
ボツワナ　オカヴァンゴ・デルタ

息ができるようになったのはありがたかった。

この苦行がはじまったころ、ブラッドベリ神父はパニックを起こす寸前だった。布で顔を覆《おお》われていると、息をするのも容易ではなく、なにも見えない。自分の息遣いはべつとして、物音もよく聞こえない。汗と息の水気に濡《ぬ》れたフードがへばりつく。そこなわれていない感覚は触感だけだったので、ブラッドベリ神父はそれだけを意識しようとした。平原のすさまじい暑さと、竈《かまど》のような車内で熱気が上昇するのを、過敏なまでに感じ取っていた。車が突きあげられ、落ち、曲がるといった動きも、ことさら激しく感じた。

車のフロアに長時間横たわっているうちに、ブラッドベリ神父は恐怖や苦痛を乗り越えようと努力した。いつもどおりには呼吸できなかったが、吸えるだけの空気を吸うことに集中した。緊張がほぐれると、酸素不足の頭脳があてもなくさまよいはじめた。いつしか夢を見ているような物思いにふけっていた。弱った肉体から魂が離れたかのようだった。暗い広大な空漠に浮かんでいるような心地がした。

自分は死ぬのだろうか、とふと思った。

キリスト教の殉教者たちは、これとおなじようなことを味わったのだろうか、と考えた。肉体が滅びるとき、魂が救われるのを、まざまざと感じることができたのだろうか。

ブラッドベリ神父は、いまのところ肉体を差し出すつもりはなかったが、聖者の仲間入りをすることを考えると気が休まった。

車がとまり、ブラッドベリ神父は瞑想《めいそう》から引き離された。何人もがおりるのがわかった。引き出されるのを待った。そうはならなかった。だれかが乗ってきて、フードの下のほうをめくり、ちぎったパンや水をあたえられた。やがてまたフードの紐《ひも》が締められて、ひと晩ほうっておかれた。何度もうとうとするのだが、そのたびにフードの布地を口に吸い込んでしまい、息が詰まって目が醒《さ》めた。それに、汗が冷えて寒気がした。

朝になると車からかつぎ出され、だれかの背中に背負われた。沼地にちがいないと思われるところに達すると、ブラッドベリ神父の肉体がよみがえり、生き生きとした。しばらくのあいだ、蚊やいろいろな刺す虫が、背中や腕や脚につきまとった。平原よりもずっと湿気がひどかった。きのうよりもさらに呼吸しづらかった。渇いた口に汗がはいり、べとつき、ねばねばした。それが糊《のり》のように固まって喉《のど》が詰まり、唾《つば》を呑むのにも苦労した。またしても激しい絶望に打ちひしがれた。だが、体が弱っていてあらがえなかった。どこであろうと、連れていかれるしかなかった。

目をあけるたびに、見えるのは黒ではなく濃いオレンジ色だった。太陽が昇っている。湿気がひどくなるにつれて、ブラッドベリ神父は脱水症状を起こしかけていた。目を醒ましているのが難しい。意識を失って、二度と回復しないのではないかと心配になった。とはいえ、失神していたにちがいない。一行がとまったとき、太陽はだいぶ低くなっているように思えた。

だが、はっきりとはわからなかった。足にねばりつくぬかるんだ地面を歩かされるときも、フードははずされなかった。ここに連れてきた理由の説明もなかった。なにかの建物に入れられるまで、なんの情報もあたえられなかった。

あいにく、それも口で伝えられたのではなかった。しかも、元気づけられるようなことではなかった。

敷物の上に連れてゆかれ、立っているよう命じられた。ここまでひっぱってきた男が、体から手を離した。フードを通して、真正面の光がぼやけて見えた。

「なにか飲ませてもらえないか?」かすれた声で、ブラッドベリ神父はいった。

うしろからヒュンという高いうなりが聞こえた。つぎの瞬間、肉を打つ鋭い音がして、膝《ひざ》の裏が燃えるように熱くなった。その熱が、電撃のように太腿《ふともも》と足首の両方へ伝わった。ブラッドベリ神父は思わず深く息を吸った。それと同時に、脚の力が抜け、がくんと膝を突いた。ようやく息を吐くことができたときには、哀れっぽいうめき声が漏れた。倒れていると、焼けるような痛みが激しくなった。鞭《むち》で打たれたのだと、すぐにわかった。

やがて手荒く立たされ、注意を促すために頭の横を平手で殴られた。

「しゃべるな」だれかが命じた。

そういった男は、すぐ前に立ちはだかっていた。おだやかだが有無をいわせない口調だった。殴られたせいで、ブラッドベリ神父は耳鳴りがしていた。首をまわして、男のほうに反対の耳を向けた。なぜか耳を傾けずにはいられない声だった。

「この島は雌鶏《めんどり》の血と祈りの舞踏で清められた神聖な土地だ」男はつづけた。「集団外部の聖職者の声は、われわれの信仰を受け入れるか、あるいは推進する場合のみ用いられる」

条《すじ》は通っているが、ブラッドベリ神父はその言葉に集中できなかった。脚に力がなく、ガタガタふるえていた。ふたたび倒れた。

「立たせてやれ」正面の男がいった。

力強い手がブラッドベリ神父の腋《わき》に差し込まれた。敷物の上から引きあげられた。その手がずっと体を支えていた。息が乱れていた。膝の裏が間断なくずきずき痛むようになっていた。頭がすさまじく熱くなり、水を欲し、首に力がなかった。ややあって支えていた手が離れた。ブラッドベリ神父はぐらぐら揺れながら必死で立っていた。聞こえるのは自分の呼吸だけだった。一分か二分たったころに、正面の男が口をひらいた。前よりも近づいている。ささやくような声だったが、畏敬《いけい》をおぼえずにはいられない力強い響きがあった。

「自分の立場がわかったところで、やってもらいたいことがある」その男がいった。

「あなたはだれだ？　何者だ？」ブラッドベリ神父は探りを入れようとした。声がかすれていた。自分の声とは思えなかった。

つぎの瞬間、恐ろしいヒュンというなりが聞こえた。鞭が当たった瞬間、ブラッドベリ神父は悲鳴をあげた。今回はもうすこし上の太腿のうしろだった。すさまじい痛みにたたらを踏み、つんのめった。土間に倒れて、あえぎ、情けない声を漏らした。子供のころ、父親に革紐で打たれたときのことがよみがえった。あのときもこんな声を出した。ブラッドベリ神父は、うつ伏せで身をよじり、フードの下で泣きわめいた。口からほとばしる声を抑えられなかった。縛られた手がロープをひっぱった。いましめを脱しようとしたのではない。苦痛以外の刺激をもとめて、体を動かさずにはいられなかったのだ。

「しゃべるなといったはずだ！」背後でだれかがどなった。ここに連れてきた男ではないようだ。べつの拷問者《ごうもんしゃ》に引き渡されたのだろう。鞭の扱いがうまいのかもしれない。どの村にも体刑の技倆《ぎりょう》に長《た》けた人間がいる。「指示がわかったらうなずけ」

ブラッドベリ神父は転がって体を丸め、うなずいた。自分がなにをしているかもわからなくなりかけていた。肉体は痛みを意識しているが、頭脳はぼうっとしている。口は渇いているが、髪や顔は汗でべとべとしている。いましめを必死で引っぱっているが、これほど弱ったことはなかった。

無傷なのは精神だけだった。二十年におよぶ思索と読書と祈りによって、精神は鍛えられ、研ぎ澄まされた。力を失わないためには、その部分が必要だった。

縛られた手の甲に鞭が咬《か》みついた。ブラッドベリ神父は小さな悲鳴をあげて、手を動かすのをやめた。カトリック要理の授業で注意力散漫な生徒の手の甲を打ったことを思い出し、神にわびた。ひきずられるようにして立たされた。膝が曲がったが、倒れはしなかった。力強い手に支えられていた。

「わたしを信じることだ」正面からやさしげな声が聞こえた。身をかがめて、情け深い口調でなおもいった。「おまえに危害をくわえたくはない。わたしの魂にかけて、そう願っている。痛みを創《つく》りあげるのは邪悪な行為だ。危害をくわえれば、悪霊《あくりょう》が寄ってくる。やつらはつねにわれわれを観察している。邪悪を糧《かて》に、力を増す。われわれに力を及ぼそうとする。そのようなことを、わたしは望まない。だが、わたしの民のために、おまえを協力させなければならない。こんなことを論じているひまはないのだ」

ブラッドベリ神父には、相手の話がよく理解できなかった。なにもかも混沌《こんとん》としていた。

「よし」そういうと、男は身を引いた。「これからおまえを電話のところへ連れていく。おまえたちの助祭宣教師七人を、われわれはずっと監視していた。携帯電話の番号もわかっている。七人に電話し、この国を出るよう命じるのだ。七人の出国が確認されれば、おまえはわれわれの野営地から出ていってもかまわない。そして、おまえもボツワナを去るのだ。おまえも含めて、不実な神を信じる聖職者には、すべて立ち去ってもらう」

「神は不実ではない」ブラッドベリ神父はいった。

鞭で打たれるものと思って身構えたが、打たれなかった。と、体の力を抜いたとたんに鞭が襲いかかった。こんどは腰のうしろを打たれた。衝撃が背中から首へと伝わり、ブラッドベリ神父は哀れっぽい悲鳴をあげた。周囲の人間は、ひとことも漏らさなかった。必要はなかった。決まりはさっき告げられている。

支えていた手に、他の人間の手がくわわった。ブラッドベリ神父は前にひっぱられた。鞭打たれた脚では体を支えられなかった。支えようとする気力も失っていた。

ブラッドベリ神父は、そのままひきずられていった。脚が悲鳴をあげていたが、黙らせる手立てがなかった。頭もずきずきしていた。さきほど殴られたからではなく、飢えと渇きのせいだった。ひとりの手に押されて、スツールに座らせられた。打たれた場所がスツールの角でこすられて、焼けるような痛みが走り、思わず腰を引いた。もう一度座らされた。もうひとりがフードの首の紐をほどいた。口の上までめくられた。蒸し暑い夜だったが、顔に当たる空気がひんやりと心地よかった。

「前にスピーカーホンがある」耳もとでひとりがいった。拉致《らち》したときにいた男だ。「まずジョーンズ助祭に電話をかける」

もうだれも体を押さえていなかった。ブラッドベリ神父はすこし身をかがめたが、スツールから落ちはしなかった。後ろ手に縛られたまま、両脚をひろげた。腕が錘《おもり》になって、倒れずにすんでいるのだ。手と脚の鞭で打たれた個所のすさまじい痛みが消えなかった。腕がふるえた。目尻《めじり》から涙がこぼれた。乾いた唇がわなないた。辱《はずかし》められ、見捨てられた心地だった。だが、痛みや約束には奪われないたったひとつのものが、まだ残っていた。

「教会に戻り、荷物をまとめて帰国するようにいえ」男が命じた。「それ以外のことをしゃべったら、電話を切り、鞭で打つ」

「あなた」ブラッドベリ神父はしわがれた声でいった。「わたしは……ボツワナ人です。ジョーンズ助祭も……おなじです。この国を去るようにいうことは……できない」

痩《や》せた肩に鞭がふりおろされた。激しい打撃の勢いで上体が起き、のけぞった。口をあけたが、声は出なかった。痛みのために声帯と肺が麻痺《まひ》した。電話から体を遠ざけた格好で、ブラッドベリ神父は背を反らせたまま凍りついた。やがて肺に残っていたわずかな空気が吐き出された。頭がガクンと倒れる。鞭打ちの痛みが、もう体が憶《おぼ》えている焼け付くような激痛に変わった。

「指示をもう一度いおうか？」男がきいた。

ブラッドベリ神父は激しくかぶりをふった。鞭打ちのあとの苦痛を和らげるのに、それがいくぶん役立った。

「これから携帯電話にかける」男はいった。「話がしたくないというなら、助祭を追跡して殺すしかない。わかるな？」

ブラッドベリ神父はうなずいた。「それでも……あなたがたのいうとおりには……しない」と告げた。

もう一度打たれるものと思った。ふるえがとまらず、体を安定させることもできず、つぎの鞭打ちに備える力は残っていなかった。鞭はふりおろされず、だれかがフードの首の紐を締めた。そして、立ちあがらせようとした。脚が自分のもののようではなく、倒れそうになった。腕の肉をつかまれ、がっちり押さえられた。痛かったが、鞭で打たれた部分の痛みのほうがひどかった。

表に引きずり出された。べつの建物に連れていかれ、手荒にほうり込まれた。手がうしろで縛られたままだったので、顎《あご》を引いて倒れる衝撃を和らげようとした。倒れなかった。波形鉄板の壁にぶつかり、戸のほうへ跳ね返った。戸には鉄格子《てつごうし》があり、すばやく閉じられた戸と壁のあいだに挟まれる格好になった。脚はあいかわらず力がなかったが、それは関係なかった。くずおれそうになっても、倒れられなかった。その余地がない。左や右に身をよじったが、あがきがとれなかった。両側の壁は、痛む肩の幅しかなかった。

「ああ神よ」とつぶやいたとき、独房に入れられたのだと気づいた。眠ることはおろか、座ることすらできないくらい狭い独房に。

フードの下で、ブラッドベリ神父は呼吸亢進《こうしん》に陥った。恐れおののき、鉄格子に頬を押しつけた。落ち着かなければならない。自分の苦境や苦痛から意識をそらす必要がある。この行動を指揮している男、くだんの小屋にいる男は、けっして邪悪な人間ではないと、自分にいい聞かせた。それが感じられる。声でわかる。だが、強い決意も感じ取れた。そういう気持ちは理性を曇らせる。

縛られた手と手を組んだ。ぎゅっと握り合わせる。

「恵みあふれる聖マリア、主はあなたとともにおられます」濡《ぬ》れた布ごしに、ブラッドベリ神父は天使祝詞を唱えた。

つまるところ、滅びるのは肉体だけなのだ。肉体を護《まも》るために魂を穢《けが》すようなことはしたくない。だが、だからといって、友人である助祭たちの生命を案じるのを抑えることはできないし、自分に七人の助祭を犠牲にする権利がないことは認めざるを得なかった。

それよりも心配なのは、この第二の祖国のことだった。白魔術と黒魔術の話をする集団はたったひとつしかない。その集団は、文明のはじまりとおなじぐらい古くから存在し、黒魔術のもたらす苦痛を知っている者たちにとっては、ものすごく恐ろしい存在なのだ。超自然的な魔法を使ううえに、麻薬、拷問、殺人といった邪悪な行為で知られているからだ。

その集団は、この国とアフリカ大陸を――いや、ひいては世界を――破滅に追い込む力を持っている。

8

火曜日　午後五時五十五分
メリーランド州　キャンプ・スプリングズ

フッドの提案する新情報部隊のことを、ハーバートはロジャーズから聞いた。ロジャーズが執務室へ来て、フッドとの話し合いの内容をかいつまんで説明した。そして、新部隊に参加してもらいたいと思っているひとびとに連絡をとるために出ていった。

その提案を聞いたハーバートは不服だった。フッドがこういうやりかたをした理由はわからないでもない。ロジャーズはストライカーを二度失っている。カシミールにおける損耗が一度目で、二度目は連邦議会議事堂《キャピトル・ヒル》の鏡板張りの会議室で失った。立ち直るためのなにかが、ロジャーズには必要だった。ブリーフィング、激励、褒美《ほうび》をちらつかせたのが効果覿面《てきめん》だったようだ。ハーバートのところへ来たとき、ロジャーズは溌溂《はつらつ》としていた。

だが、情報問題の責任者はこちらなのだ。フッドはこちらに先に相談すべきだった。ロジャーズが手をつけると同時に、この新部隊のことを知らされてしかるべきだった。

この新しい企てについてフッドが説明したのは、午後五時の日々情報ブリーフィングのあとだった。情報ブリーフィングは、毎日午前九時と午後五時の二度行なわれる。朝のブリーフィングは、ヨーロッパと中東での動きをフッドに説明するためのものだ。それらの地域では、もう一日の活動がはじまっている。夕方のブリーフィングでは、オプ・センターの関与する情報活動と、極東での出来事について打ち合わせがなされる。

十五分間の新情報説明のあと、フッドはミシシッピ出身の情報官をじっと見つめた。

「ご機嫌斜めだな」フッドがいった。

「そうですよ」ハーバートは答えた。

「マイクの新しい作戦のことだろう」

「当たりです。わたしの意見はいつから危険視されているんですかね？」

「そんなことはまったくない」フッドがきっぱりといった。

「それじゃ、マイクの自尊心はいつからそんなに傷つきやすくなったんですかね？」ハーバートはいった。

「ボブ、マイクひとりに準備を任せたのは、そういうことが理由ではないんだ」

「それじゃ、どんな理由があるんです？」ハーバートはぷりぷりしながらたずねた。

「きみがとがめを受けないようにするためだよ」フッドがいった。

「だれがとがめるんです？」ハーバートは意表を衝《つ》かれた。

「CIOだ」フッドがいった。「わたしの勘では、昨夜の決定はマイクに圧力をかけて辞めさせる目的もあったと思う。フォックス議員もその他の議員も、公開の聴聞会《ちょうもんかい》になっては困るし、マイクにはいてほしくない。仕事はできるが、いうことをきかないからな。官僚の目からすれば、それではうまくない。で、解決策は？　担当する主な仕事を奪う。それがいちばんの懲罰になる。マイクはやることがなくなってしまう」

「わかりましたよ。そういうことなんでしょうね」

「そこで、マイクにべつの仕事をあたえた」フッドが語を継いだ。「それをきみの情報活動に組み込んだら、CIOにあらたな攻撃材料をあたえることになる。きみの予算や人員を削れといってくるにちがいない。わたしがマイクにあたえたのは、CIOの決定に沿い、なおかつマイクの職務の範疇《はんちゅう》でもある仕事だ。フォックス議員らがわたしのこの方策に文句をつける場合、まずきみに質問するだろう。きみは自分はなにも関係ないと正直に答えられる。職務や資産を攻撃される気遣いはない」

ハーバートはまだ不機嫌だった。いままでは自分に腹が立っていた。フッドがこういうやりかたをしたのには理由があると、悟るべきだった。恨んだり妬《ねた》んだりしてはいけなかった。

ハーバートは、説明してもらったことに礼をいった。そして、くよくよするのはやめて、建設的な仕事をしようと、執務室へひきかえした。諜報員《ちょうほういん》は感情を殺すことを身につけなければならない。感情は頭脳の働きを鈍らせ、能率を落とさせる。デスクワークばかりやるようになってから、それを忘れがちになっていた。自分を採用する前にフッドが真っ先にきいたことのなかに、みごとな質問があった。ハーバートと妻は、ベイルートのアメリカ大使館爆弾テロに巻き込まれたとき、CIAの諜報員をつとめていた。フッドはハーバートに、自分を下半身不随にし、妻を殺したテロリストが相手でも、情報を交換するかと質問した。

ハーバートはイエスと答えた。それからつけくわえた。「その前にそいつらを殺していなければの話です」

今回のことをじっくり考えたなら、こちらが泥をかぶらないようにフッドが配慮したのだと気づいていたはずだ。プロフェッショナルならそうする。部下のことを慮《おもんぱか》る。

執務室に戻ったとたんに、デスクの電話が鳴った。補佐官のステイシーが、エドガー・クラインからだと告げた。それを聞いて、ハーバートは驚いた。一九八〇年代にいっしょに仕事をしたことがある相手だった。ヨハネスブルク出身のクラインは、当時南アフリカ秘密情報部にくわわったところだった。インド洋に面したアフリカ沿岸諸国のテロリスト訓練キャンプに関する情報を、ふたりはたがいに提供した。南アフリカ秘密情報部は、軍事データ以外の海外情報の収集・参照・評価を担当していた。情報部の資源（訳注　諜報員や情報提供者）が、海外の反アパルトヘイト活動家をスパイするのに使われていることを知って、クラインは一九八七年に辞職した。クラインは熱心なカトリックで、国家によるアパルトヘイトその他の排斥行為には反対だった。その後、ローマに移り、教皇庁《ヴァチカン》の保安局にくわわったあたりで、ハーバートとの連絡が途絶えていた。クラインは善良な男で、プロフェッショナルとしての腕もたしかだが、なにを考えているのかわからないところがある。こちらに知らせたいことだけしかいわない。味方ならそれでも不都合はない。とにかく油断のない男なのだ。

ハーバートは、車椅子《くるまいす》をデスクの奥へ入れて、受話器を取った。「ガンサー国際研究センターです」

「ロバート?」先方がきいた。

「ああ、ロバートだ」ハーバートは答えた。「ほんとうに祭式係長かね?」

「そうだよ」

それがクラインの暗号名だった。当時二十三歳だった若き諜報員が、モザンビーク海峡沿岸で活動していたころに、CIAが名付けたのだ。ガンサー国際研究センターに連絡するときに、クラインはつねにその暗号名を使った。情報処理のためにハーバートが設置した小さなオフィスは、ガンサー国際研究センターを名乗っていた。むろんのこと、若いころに読んだ『アフリカの内幕』などの著作で知られるジョン・ガンサーにちなんだのだ。

「なあ、わたしは以前から唱えていただろう。一日を楽しくはじめるには、新しい友だちにさよならをいうのがいちばんいい、と」ハーバートはいった。「それも、できれば異性がいい。しかし、一日を楽しく終えるには、古い友だちに〝やあ〟というのが、まちがいなくいちばんだね。こいつ、元気か？」

「元気だとも」クラインがきっぱりといった。「そっちは？」

エドガー・クラインを他の諜報員とまちがえる気遣いはまったくない。いまもアフリカーンスのなまりがかなりある。英語とオランダ語をかけあわせた南アフリカのその言語には、一種独特のなまりがある。クラインはボーア人の先祖から、それを色濃く受け継いでいる。

「あいかわらず馬鹿《ばか》げた外交問題の後片付けをしているよ」ハーバートは答えた。「どこからかけているんだ？」

「ワシントン行きの旅客機に乗っている」クラインがいった。

「まさか！　それじゃ会えるんだな？」

「そうだね。ちょっと急で申しわけないが、予定があいていたら晩飯でもどうかな」

「これから？」

「そう」クラインが答えた。

「予定があっても断わるさ」ハーバートはいった。

「ありがたい。ぎりぎりになってすまないが、予定が立たなかったもので」

「平気だよ」ハーバートは安心させようとしてそういった。「それはそうと、前とおなじ部門にいるのかな？」

言葉に気をつけなければならなかった。旅客機に乗っていると、クラインが注意している。つまり電話が秘話ではない。

「まさにそうなんだ」クラインが答えた。「きみも変わりないようだね」

「ここが気に入っているんだ。もう一度爆弾でも使わない限り、簡単には追い出されない」

心外だというようなうめき声が聞こえた。「そんなことをいっていいのか、ロバート」

「どうして？」ハーバートは応じた。「CIAを追い出されたときがそうだった」

「知っているが。でもなあ」

「祭式係長、きみは永年つきあってきた連中がよくなかった」ハーバートはからかった。

「自分を笑わないのなら、泣くしかないんだ。それで、どこで会おうか？」

「ウォーターゲート・ホテルに泊まる」クラインがいった。「八時には着くだろう」

「わかった。バーで待っている。きみをもう一度鍛え直す必要があるみたいだな」

「部屋で会いたいんだが」クラインが、急に真剣な口調でいった。

「ああ、いいよ」

「八四年二月二十二日に泊まったのとおなじ部屋だ。憶《おぼ》えているね？」

「憶えている」ハーバートはいった。「ずいぶん感傷的だな」

「そうなんだ」クラインがいった。「ルーム・サービスを頼もう」

「いいよ。そっちのおごりなら」

「もちろんだ。主があたえてくださる」

「それじゃそこで」ハーバートは答えた。「心配するな。なんだろうと、ふたりで解決しよう」

「頼りにしている」

ハーバートは電話を切った。つい習慣で時計を見たが、時刻など即座に忘れた。クラインのことを考えていた。

一九八四年にクラインがウォーターゲート・ホテルに泊まったことはない。テロリストの部屋番号や住所を伝えるのに、かってそういう符牒《ふちょう》を使っていた。日付が番号に当たる。二月二十二日ということは、クラインの部屋は二二二号室だ。フロントで部屋の番号を質問されたくないということは、偽名で旅をしているのだろう。

エドガー・クラインは、ワシントンDCに滞在した記録を残したくない。おなじ理由から、ジョージタウン大学に教皇庁が常時確保している宿舎は使わない。大学に行けば、監視カメラで撮影される。以前の仕事仲間に顔を見られるおそれもある。

そういう予防措置を講じるとは、どういう危機が生じたのだろう？　とハーバートは怪訝《けげん》に思った。世界各国の指導者の外国訪問に関するホワイトハウスのデータベースにアクセスした。教皇が近々どこかの国へ行く予定はない。あるいはローマ教皇庁そのものに対する陰謀が存在するのか。

なんであるにせよ、突発的に起きたにちがいない。そうでなかったら、クラインが来ることをあらかじめ報《しら》せたはずだ。

とにかく、ささやかな仕事ができた。ＣＩＯＣの決定で腹が煮えていたところだった。古い友だちや仲間の役に立つことができれば、気分も直るというものだ。

どういう問題だろうと考えているうちに、車椅子の右のポケットにふと視線が向いた。腹立ちのあまり集中が乱れ、一日ずっと忘れていたことを思い出した。

これがその問題の答かもしれない。

9

ボツワナ　オカヴァンゴ・デルタ
水曜日　午前一時四十分

小屋のなかは銀行の金庫室なみの暗闇《くらやみ》で、空気がよどみ、息苦しかった。昼間のあいだずっと強まっていた沼地の熱気はおさまってきた。もう太陽に灼《や》かれていないので、鉄板焼きの皿みたいではなくなった。しかし、湿気はあいかわらずで、ことに小屋のなかはひどかった。とはいえ、アンリ・ゼネにはひとつ確信していることがあった。こっちも暑苦しいが、頑固な神父はもっと暑いはずだ。

身長一七五センチで禿頭《はげあたま》のゼネは、ブリーフ一枚という格好で、長さが一二五センチしかないカンバスの折り畳みベッドに腰かけた。竹の笠《かさ》から垂れている白いナイロンの紗《しゃ》の蚊帳《かや》が、ベッドを囲み、床まで届いている。ゼネは蚊帳の入口を閉じた。そして日焼けした背中をそろそろとベッドに横たえた。暑くてシャツを着ていられなかったのだが、陽射《ひざ》しはジャングルの厚い樹冠をも貫くほど強かった。ベッドにはラバーフォームのマットレスが敷かれ、あとは枕《まくら》があるだけだ。いつものキングサイズのベッドと羽根枕とはちがうが、それでも驚くほど寝心地がよかった。いや、疲れているおかげかもしれない。

どのしつらえも、ベルギー生まれのゼネには風変わりだった。この孤絶した沼地も、辺鄙《へんぴ》な国も、広大なアフリカ大陸も異様に見える。だが、五十三歳のゼネは、ここに来るとうずくような刺激をおぼえる。

自分のやろうとしていることにも、刺激をおぼえていた。

ダイヤモンド商の息子のゼネは、これまでずっとアントウェルペン（アントワープ）近郊で生活してきた。水上交通の栄えているシェルト川に臨むアントウェルペンは、十六世紀なかばからヨーロッパの主要商業都市だった。一五七六年にスペインの略奪を受けて没落し、シェルト川の海運もすたれた。その後、きわだった存在を示すのに、一八六三年という近世まで待たねばならなかった。国王レオポルド一世と二世が、国の工業化とアントウェルペン港の近代化の計画を大規模に推進した。こんにちのアントウェルペンは、たいへん現代的な街で、金融、工業、ダイヤモンド取り引きの中心地となっている。

どれもこれも、アンリ・ゼネにとっては、アントウェルペンを懐《なつ》かしく思えない理由になっている。

歴史や文化や交通の便には関係なく、アントウェルペンは金融のために存在している。

最近のヨーロッパの都市はたいがいそうだ。ゼネ本人もおなじだ。企業買収は嫌いではないが、やりがいのある事業ではなくなっている。だからこの〝グループ〟をまとめあげた。仲間もみんな退屈している。退屈もみんながここに来た理由のひとつにちがいない。

ボツワナでは、ものの見かたがアントウェルペンとはまったくちがう。たとえば、アフリカでは時代の尺度は世紀ではなく累代《るいだい》だ。太陽が見つめてきたのは、山や平野の隆起や崩壊であって、ビルや道路の開発ではない。星が空から眺めてきたのは、進化のゆっくりした進行であって、文明人の寿命ではない。ひとびとはヨーロッパでは話にも聞いたことがないような終始一貫した忍耐力を具《そな》えている。ゼネはここでいつしか壮大な思考にふけることがあるが、ヨーロッパ人らしい短気はなかなか捨てられない。

このアフリカは古代そのままのところがあって、新鮮で、複雑でない。目的がはっきりしている。住んでいるひとびとにとっては、踊るか死ぬか、ふたつにひとつだ。捕食者は獲物を殺さなければならない。獲物は捕食者から逃げなければならない。そういった単純さが、ゼネの相棒のボーダンの性に合った。弁護士や金融機関に護《まも》られているヨーロッパとはちがい、ここでは危険が大きく、それだけ刺激的だった。

布教がどれだけひろがっているかを確認するためにゼネがここに来たのは、二日前だった。眠るのすら難儀だというのを、まず思い知った。さまざまな物音、暑さ、小さな島の岸辺の水溜《みずた》まりで繁殖する蚊。そんな難儀を強いられるのもおもしろいと、ゼネは思った。

そう思えるのは、その気になれば数十メートル離れたところにある脱出手段が使えるからだ。アヴェンチュラIIに乗って、専用飛行場へ飛び、そこから文明世界に戻る。刺激はほしいが、幻想は抱いていない。

ダンバラーとはちがう。ダンバラーは抽象的空論家《イデオローグ》だ。その名のとおり理論家であり、現実家ではない。

ゼネは、目にはいる汗を枕の端で拭《ぬぐ》った。汗が引くように、そっと腹ばいになった。そこでダンバラーのことを考え、思わずにやにやした。おかげで構想を実行に移すのが、どれほど楽だったかわからない。理論や信仰と人間性への洞察がいかに優れていても、ダンバラーにはこの計画の実体は見抜けない。

八カ月前、ダンバラーはいまとはまったくちがう分野で、ゼネに協力した。当時はトマス・バートンという名で、齢《とし》は三十三歳、ゼネが毎月買い付けを行なう鉱山の篩《ふる》い係だった。篩い係は、水を流している樋《とい》の横に立つ。坑内のこの樋には、つねに一定の照明が当たるようになっている。不規則な間隔で網があり、水はなんなく流れるが、小石や土くれはそこにひっかかる。ダイヤモンドがないときには、篩い係はそういった屑《くず》が先に流れるように網をはずす。網の目は、先へ行けば行くほど細かくなる。先のほうの篩い係は、小さなダイヤモンドを見つける訓練を受けている。ダイヤモンドの粉末でも、科学や工業では使い道がある。プリズム、研磨や切断、微小スイッチのようなマイクロ工学に使われる。粉末ダイヤモンドを砂と分けるには、扇風機を使い、細かい粒子を吹き飛ばして、重いダイヤモンドが残るようにする。

バートンは、この樋の末端で働いていた。勢いよく流れる水や扇風機の音のなかでも聞こえるようなよく響く声の持ち主だった。ゼネがそれを知っていたのは、毎日午後二時になると、バートンが昔ながらのヴー・ドゥー——フランス語の〝おまえ・ふたり〟と同音——の教えを唱えるからだった。バートンは、篩い分けの作業をしながら、命と死の美しさやそのふたつの宇宙とのつながりについて、即興の演説を行なった。あるときは、脱皮により死なずにひとつの生命を終える蛇の偉大さを語る。人間もじっくり時間をかけて〝第二の皮〟を見つければ、死を脱ぎ捨てることができると説く。鉱山の監督たちは、バートンの好きなように演説をさせていた。他の篩い係は話を楽しんでいて、十分か十五分の霊的な話を聞いたあとは、一段と熱心に働くようになったからだ。ゼネは一度バートンの演説をじっくりと聞いた。神は勤勉な者をひいきする、という話だった。〝白い技《わざ》〟つまり善行について語り、教えを実践する人間に好かれる者は光明を見出《みいだ》すと告げた。さらにボツワナ人にしかない力と性質について語った。ごく普遍的な元気の出る話だった。この演説は、キリスト教、ヒンドゥー教、イスラム教など、どの宗教に当てはめてもおかしくないと、ゼネは思った。

アントウェルペンに帰ったときにはじめて、ゼネはバートンのいわんとしていることを理解した。バートンがどういう人間であるか、何者であるかを悟った。ゼネはうとうとしながら、バートンの演説についてディナーの席で五人のビジネスマンと話し合ったときのことを思い出していた。ゼネの話が終わると、そのうちのひとり――アルベール・ボーダンが、椅子《いす》に背をあずけて、にっこり笑った。ボーダンは七十代のフランスの企業家で、さまざまな分野の事業を手がけている。ゼネの父親は、ボーダンの野心的な事業にかなり投資していた。

「自分が目にしたものがなんであるか、わかっているのかね?」ボーダンがきいた。

「どういう意味ですか」ゼネはきき返した。

「ボツワナできみが見たもののことだよ、アンリ。パパがボン・デューについて説教していたんだ」年配の企業家は教えた。

「だれがなにをどうしていたんだって?」リシャール・ベケットというビジネスマンがきいた。

「パパは祭司、ボン・デューは最高神だ」ボーダンが説明した。

「まだよくわからない」ゼネはいった。

「きみが見たのはヴードゥー教の説教だ。白と黒の技《わざ》の宗教だよ。善い魔法と悪い魔法といってもいい。《ナショナル・ジオグラフィック》で読んだことがある」

　そこでゼネはにわかに悟った。ヴー・ドゥーではなく、英語でいうヴードゥーのことだったのだ。

　そこに集っていた六人は、もうひとつべつのことに気づいた。ゼネが見たものは、買い付けに行った鉱山とおなじだ。ヴードゥーの教えは、一般に知られているよりもずっと深く、古く、富んでいる。その富を掘り起こせばいいだけだ。昔ながらの信者、改宗する可能性のあるひとびとに、直接語りかける。

　そして、その力を解き放つ。

10

火曜日 午後八時零分
ワシントンDC

ウォーターゲートは、ボブ・ハーバートの好みのホテルだった。ワシントンでいちばん好きだという意味ではない。世界中でいちばん好きだった。

好きな理由は、ホテルの来歴とはあまり関係がない。ウォーターゲートには、リチャード・ニクソン大統領と不法侵入事件の悪評がつきまとっている。じつのところ、ニクソンは気の毒だったと思う。大統領候補はたいがい、ニクソンの配下がやったようなことをやっている。幸か不幸か、ウォーターゲート事件の場合は現場で捕まってしまった。それだけならまだしも、嘆かわしいのは、優秀な頭脳を具えたニクソンが、きりもみから脱する初歩的な技術すら身につけていなかったことだ。

ハーバートがこのホテルが好きなのは、そういうことではなく、個人的な結びつきがあるからだ。一九八三年のことだった。車椅子での生活や、妻を失った毎日に、まだなじんでいなかった。リハビリテーション施設が、ホテルのすぐ近所にあった。どうにもうまくいかなかった訓練のあとで、ハーバートはウォーターゲート・ホテルでディナーを食べようと思った。ひとりで出かけるのは、それがはじめてだった。

そのころはまだ、世の中もホテルも車椅子向けではなかった。順応するのが容易ではなかった。周囲の人間が〝かわいそうなひと〟というまなざしを向けていると思い込んでいたことも、適応を妨げた。CIAの諜報員《ちょうほういん》だったハーバートは、目立たないことに慣れていた。

ハーバートは、ホテルにようやくたどり着き、席についた。とたんにとなりのテーブルの客ふたりが、話しかけてきた。しばらくして、いっしょに食事をしようと、ふたりがハーバートを誘った。

そのときの相手が、エリザベスとボブのドール夫妻だった。

体の障害の話はしなかった。田舎育ちのよさについて話し合った。料理の話をした。テレビ番組、映画、小説について意見を交わした。表面的にはどうということのない出来事だったが、ハーバートにとっては運命的な瞬間だった。ドール夫妻に食事に誘われたことで、自分が健康そのものに思えたのだ。

その後、ハーバートはしばしばそこへ行った。ウォーターゲートは試金石になった。人間の価値は、自由に動けるかどうかではなく、内面によって評価されることを、そこで思い出した。

だから、それ以後にホテルがスロープをこしらえてくれても、不愉快には思わなかった。

ハーバートは、エレベーターには行かなかった。内線電話がならんでいるところへ行った。そこで車椅子の肘掛《ひじか》けからノート・パソコンを出し、無線LANでインターネットに接続した。つながったところで、二二二号室に電話をかけた。情報関係者は敵が多い。手の込んだ極端な手段で、復讐《ふくしゅう》をしようとするやからもいる。電話してきたのがそういう策略を企《たくら》んでいる人間ではなく、たしかにエドガー・クラインだというのを確認しなければならない。

クラインが出た。「もしもし」

「いるかどうかたしかめただけだ」ハーバートはいった。

「五分前に着いた」クラインが答えた。

「航空会社と便名は？」

クラインが何者かに強制されている場合、まちがった情報を伝えて、来るなと警告できる。

「ルフトハンザ四一八便」クラインがいった。

ハーバートは、インターネットでルフトハンザ航空の時刻表を検索した。それが出るあいだにきいた。「機種は？」

「ボーイング747。座席は1B。ヒレを食べた」

ハーバートはにやりとした。つぎの瞬間、ルフトハンザ航空のホームページで、便が確認できた。着陸予定時刻は三時四十五分だったが、遅れて到着していた。「これから行く」

三分後、ハーバートは二二号室のドアをノックしていた。ブロンドの髪が短く顎《あご》のしゃくれた長身の男が出た。エドガー・クラインにまちがいない。以前よりもすこし肥え、目のまわりがぼってりしているが、齢をとればみんなそうなる。

クラインがにっこり笑って、手を差し出した。ハーバートは握手に応じず、部屋にはいって、ドアを閉めた。室内にさっと視線を走らせる。ベッドには蓋《ふた》をあけたスーツケース。まだなにも出していない。ツイードの替え上着とネクタイが重ねてデスクの椅子の背にかけてある。靴はベッドの足もとのほうだ。長いフライトのあとでは、だれもがそうする。たしかに到着したばかりのようだ。ごまかそうとしているようすはない。

そこでようやく、ハーバートはクラインのほうを向き、手を握った。

「会えてよかった、ロバート」クラインがいった。

奥床しいしゃべりかたは、以前とおなじだった。それに、にこやかではあるが、プロの賭博師《とばくし》がポーカーの最中に新顔や軽口に向けるような笑みだった。使い慣れている礼儀正しい笑みで、不正直ではないが、内心を表わしてはいない。

「こっちも会えてよかった」ハーバートは答えた。「ベイルート以来、一度も会っていなかったんじゃないか？」

「そうだ」

「いまのわたしを見てどう思う？」ハーバートはきいた。

「あそこで起きたことに負けはしなかったようだね」と、クラインは評した。

「負けると思ったのか？」

「いや」車椅子を顎で示した。「そいつにはアフターバーナーがついているのか？」

「ああ、こいつがね」ハーバートは、力強い両手をあげてみせた。

クラインがまた礼儀正しくほほえんで、部屋の奥を示した。そのしぐさに、ハーバートはいつになく心がざわついた。齢をとって、物事がすなおに信じられなくなったせいかもしれない。あるいはべつのなにかだろうか。熟練スパイのアンテナが、なにかを探知しているのか。

　それとも、ただの被害妄想かもしれない、と自分にいい聞かせた。

「なにか飲む？」クラインがきいた。

「コークがあれば」車椅子を奥に進めながら、ハーバートは答えた。このホテルの客室にはいるのは、はじめてだった。ベッドのそばでとめて、クラインが小型冷蔵庫のほうへ行くのを見ていた。ルームキイをまわして、クラインがコークを一本出した。

「ほかには？」

「いらない」ハーバートはいった。「ほしいのはコークと最新情報だけだ」

「食事をする約束だった」クラインがいった。「なにかとろうか？」

「まだだいじょうぶだ。それに、きみは食べたところだろう」

「やられた」クラインがいった。

「で、こっちへ来た理由は？」

「このワシントンDCにいるザヴァラ枢機卿《すうききよう》やニューヨークのミューリエタ枢機卿と話をするためだ」コークをハーバートに渡しながら、クラインは答えた。「アフリカ南部にアメリカ人宣教師をもっと送り込みたいので」

「それも早急に、ということだな？」

クラインはうなずいた。そこでがらりと態度が変わった。明るいブルーの目の輝きがいくぶん失《う》せた。薄い唇が結ばれた。部屋のなかをうろうろと歩きはじめた。「われわれはアフリカで、爆発寸前の危機的状況に直面しているんだ、ロバート」クラインはゆっくりといった。「しかも、関係があるのは教皇庁《ヴァチカン》だけじゃない」

「ブラッドベリ神父誘拐事件のことだな」

「そうだ」クラインのポーカーフェイスに、かすかな驚きが浮かんだ。「それについてなにを知っている？」

「そっちが先にいえ」ハーバートは、コークを差しあげた。「こっちは喉《のど》がからからだ」

「いいだろう」クラインが、やっぱりなという口調でいった。ボブ・ハーバートが先に情報を教えることはない。たとえ相手が同盟者でも、他人より多くの情報をつかんでいるほうがつねに有利だ。きょうの味方はあすの敵かもしれない。

「ポイス・ブラッドベリ神父は民兵集団に拉致《らち》された。その指導者はリーアン・セロンガだろうと、われわれは判断している」クラインがいった。「知っているか?」

「まったく知らない」ハーバートはいった。

「セロンガは元ボツワナ軍将校で、ブッシュバイパーなる組織の編成にかかわった。かなり強力な情報機関で、ボツワナがイギリスのくびきを脱するのに貢献した」

「ブッシュバイパーなら知っている」ハーバートはいった。嫌な話になってきた。ブッシュバイパーが名ばかりではない実体をふたたび現わしたとなると、いま起きているのは小規模な孤立した軍事行動ではないかもしれない。

「セロンガは、二週間前に、ボツワナのマチャネングという村で目撃されている」クラインが話をつづけた。「ダンバラーという宗教指導者の集会に出席していた」

「それは本名なのか?」ハーバートは、ノート・パソコンをひらきながらたずねた。

「つまり、苗字《みょうじ》なのか、部族名なのか、あるいは称号のたぐいなのか?」

「ヴードゥー教の神はさまざまな名を持っているんだが、そのひとつだ。それしかわかっていない。それに、じかに姿を見ることができない。画像ファイルもない」

「その名前では、という意味だな」

「そのとおり」

「しかし、ダンバラーなる人物がいたから、その集会をだれかに見張らせたんだろう」

ハーバートはいった。

「そうだ」クラインが認めた。

ハーバートは、ダンバラーのつづりをクラインにきいて、新しいファイルにメモをとった。

「アフリカの宗教活動を、われわれはふだんから注視している」クラインはさらにいった。「それも使徒（教皇庁）の仕事の一環でね」

「宿敵の情報を集めるわけだ」ハーバートはいった。

「どんな宿敵がいるかわかりはしない――」

「裏でそれをあやつっている者もいるだろうし」新興宗教のたぐいには、政治活動が隠されている場合が多い。宗教を利用したほうが、大衆をつかみやすいからだ。

「そのとおりだよ」クラインが相槌《あいづち》を打った。「今回のような集会はデジタル画像にして、マスター・ファイルに保存される。ほんとうに民衆のあいだから生まれたのか、それともべつの場所が起源なのか、突き止める必要がある。ほんものの宗教活動は、一定の段階で頂点に達して、また地下に戻る傾向がある。政治目的を隠している団体は、たいがい資金が豊富で、それも海外から金が流れ込んでいることがままある。そういう団体は、だいたいにおいて尻《しり》すぼみにはならない」

「だから脅威になりうる」ハーバートは指摘した。

「そうだ。でも、それが脅《おびや》かすのはカトリック教会の目標だけではない。アフリカ大陸の政治的安定にとって危険な要因でもある。われわれは教区のひとびとの生命と健康と暮らしを守ることに重点を置いている。今回の件でも、神による救済ばかりを問題としているわけではないんだ」

「よくわかった」ハーバートは断言した。

「セロンガの身許《みもと》を突き止めてから、われわれはダンバラーの集会の画像をあらためて検討した」クラインは説明した。

「集会というのは、どれぐらいの規模なんだ？」ハーバートは口を挟んだ。

「最初は小規模で、鉱山労働者十数人だった」クラインがいった。「やがて家族も出るようになって、人数が増えた。村の広場や畑に集まるようになった」

「話の内容は？」

「鉱山での演説とほぼおなじだ」

「わかった」ハーバートはいった。「話の腰を折ってすまないが、リーアン・セロンガについて、きみがいいかけていたのは――」

「生き残っているブッシュバイパーのメンバーは、彼ひとりではないということだ」

「そうか。それできみはこっちへ来たんだな。これがアフリカ南部における政治的意図のある軍事行動だった場合、アメリカの力で封じ込めてほしいというわけだ」

「封じ込めるのにくわわってくれ、といっておこう」クラインは答えた。「いろいろな形があるだろうが、まずは情報がほしい」

クラインは、面目なさそうな口ぶりだった。なにも恥じることはないと、ハーバートは思った。正直いって大歓迎だ。国同士のいさかいをアメリカに仲裁してほしいと思う国はいくらでもある。アメリカは支えとなってやり、敵の圧力を受け止める。

「エドガー、ブラッドベリ神父が狙《ねら》われた理由に心当たりはないか？」ハーバートはきいた。

「まったくない」クラインはいった。「いまもいったが、情報がないんだ」

「ブラッドベリ神父の教区に特殊なところは？」

「ブラッドベリ神父が司《つかさど》っていた――失礼、司っているのは、ボツワナでもっとも人数の多い宣教団だ」首をふり、口をへの字にした。「いやはや、とんでもないことを口にした」

「ついいってしまうようなことだ」ハーバートはいった。「わたしは鈍いから、気づかないで百万回もやっているだろう」言葉を切った。「なにか話していないことがあるのならべつだが」

「なにもない」クラインはいった。「ほかになにか起きたと思っていたら、ちゃんと話す」

「そうか」ハーバートはいった。「それならいいんだ。いまも司っているブラッドベリ神父の話に戻ろう。そのつぎに規模の大きい宣教団は？」

「あとは小教区十カ所があって、それぞれ助祭宣教師が三、四人いる」クラインはいった。「いずれも監視されている」

「だれに？」

「ボツワナの地方治安官と軍の潜入情報員」クラインが答えた。

「なるほど。それで、ヴァチカンではまだ身代金《みのしろきん》を要求されていないんだな？」

クラインはうなずいた。

「つまり、誘拐犯はブラッドベリ神父を必要としている」ハーバートはいった。「金が目的でないとしたら、なにかをやらせるつもりだ。書類に署名させる、ラジオかテレビに出す、政策や計画を放棄させる。神父の死体を使って改宗者や聖職者を脅そうとしているのかもしれない。ブラッドベリ神父がどこへ連れていかれたか、見当はつかないか?」

「まったくわからない」クラインがいった。「努力していないわけではないんだ。拉致から一時間後には、モレミ野生動物保護区の監視員が地上の民兵を捜索した。軍は二時間後に出動して、地域の捜索を行なった。なにも発見できなかった。あいにく、捜す範囲はあまりにも広い。誘拐犯は分散するか、隠れるか、サファリ・ツアー団体に化けたのかもしれない。ツアーの団体はつねに二百ぐらいが動いている」

「トラック運転手に事情を聞く、アマチュア無線士に問い合わせる、といったことは?」

「両方ともやった。警察はいまもアマチュア無線士への問い合わせをつづけている。誘拐作戦は無線をまったく使わずに行なわれたようだ。かなり綿密な計画であることはたしかだが、目的がまったくわからない」クラインは歩きまわるのをやめて、ハーバートの顔をじっと見た。「ぼくの知っていることはこれでぜんぶだ」

「わたしがこれまで見てきた新政治結社の拉致逃亡と、手口がまったくおなじだな」ハーバートはいった。

「ぼくもそう思う。新しい宗教団体ではなく反乱分子の行動の可能性が高い」

「ただ、ボツワナ政府がこの民兵集団に関係しているとは思えない。経済は強く、政府は安定している。こういうことをやって得るものはない」

「そう思う」クラインがいった。「とすると、なにが考えられるか？　宗教と武装勢力が合体したようなものか？　ブッシュバイパーがボツワナの独立を勝ち取り、それでいまの繁栄がある。その安定を崩すような勢力に、ブッシュバイパーがかかわろうとするだろうか」

「否定はできない。しかし、同僚の意見にうなずけるものがあった。けさこの事件のことを教えてくれたのは、マイク・ロジャーズ少将なんだ。メッセージのたぐいだったのではないかとわたしは思う。リーアン・セロンガが夜明け後にツーリスト・センターを襲撃した理由はそこにある。全員を虐殺《ぎゃくさつ》できる武器と兵隊がいた。でもやらなかった」

「それがどういうメッセージだというんだ？」クラインが疑問を投げた。

こんどはクラインが探りを入れていた。推測にすぎないので、ハーバートは先に意見をいうのにやぶさかでなかった。

「いろいろ考えられる」ハーバートはいった。「政府の反発を和らげるためだったのかもしれない。武器は持っているが使わなかったというのを示す。政府が過激に反応しないように」

「ようすを見ようと判断するように」クラインが考えたことを口にした。

「そのとおり」

「ボツワナ国民が誘拐されたのに」

「きみがいう国民は、法律的な概念だろう」ハーバートは指摘した。「一般のボツワナ人にとって、国民というのは何百年、あるいは何千年も祖先をたどれるような人間のことだ」

「たしかに」クラインはいった。「それが道理だ。ほかにこの誘拐の手口が暗示していることは？」

「ダンバラーはもっぱら軍事行動に頼るほどの力はないが、やむをえない場合は戦闘も厭《いと》わない、という単純なことかもしれない」ハーバートはいった。「それもまた政府の反応を鈍らせる。アフリカでもっとも安定した政府であるのが自慢だからな。ボツワナ政府は、これをたんなる突発的事件のように見せかけるだろう。簡単に処理できると。ようすを見て、今後なにが起きるかによって、出方を決めるんじゃないだろうか」

「しかし、どこかの時点で、ボツワナ軍はこの民兵と対決しなければならないだろう」

「ダンバラーの計画の最終段階が過激でなかったら、そうとはかぎらない」ハーバートは指摘した。「そもそもダンバラーがからんでいるのかどうかもわかっていない。陰謀の全容すら見当がついていない。でも、ここへ来る前に、データベースで多少下調べをした。ブッシュバイパーは、ボツワナのその地域で作戦行動を行なっていた準軍事組織四個のうちのひとつだった。武器をどこから調達していたか、知っているか？」

「まさかボツワナ軍からではないだろうね」

「ちがう。もっとよくない。何年も前のわれわれの仇敵《きゆうてき》だ」

「だれなんだ？」クラインが執拗《しつよう》にきいた。

「マスケット銃士」ハーバートは答えた。「アルベール・ボーダン」

11

水曜日　午前三時三十五分
フランス　パリ

アルベール・ボーダンはいつも晩《おそ》くまで働く。若いころ、フランスがナチス・ドイツに占領されていたときからそうだった。

ボーダンは、シャン・ド・マルス公園を見おろすアパルトマンのテラスに座っていた。夜気は冷え冷えしていたが、心地よかった。低い薄い雲が、パリの繁華街の明かりを受け、どす黒いオレンジに染まっている。左手ではエッフェル塔の航空障害灯がまたたいている。塔の先端は流れる雲と絡《から》み合っている。

エッフェル塔を最初に見たのも、たしか夜だった。連合軍のパリ到達後だ。それでようやくボーダンと父親はパリに来ても安全になった。なんという夜だったことか。ドイツ軍参謀のサイドカー付オートバイを盗み、ボーダン少年がサイドカーに腹ばいに乗った。ボーダンは夜更《よふ》かしに慣れていた。これまでも仕事の大部分は夜にやった。だが、その晩はほかの晩とはまったくちがう。軽油のにおいがいまなお鼻を刺すような気がする。田園地帯を走りぬけるとき、父親とふたりで歌ったフランス民謡がいまも聞こえるようだ。パリに着いたときには、声も出なくなっていた。サイドカーでさんざん揺られて、尻の感覚もなくなっていた。

それでもへいちゃらだった。とてつもない旅だった。とてつもない少年時代を過ごした。

そして、とてつもない勝利をものにした。

モーリス・ボーダンは、有名な〝レジスタンスの車掌〟ジャン・ルベクと協力していた。ルベクは、鉄道部品を生産しているリヨンとパリを往復する機関車を動かしていた。リヨンはフランス中東部にあってスイスに近いので、レジスタンスも本拠を置いていた。要員をフランス国内の他の土地へ派遣したり、中立国に安全に密出国させたりするのが容易だからだ。

ドイツ軍は、ルベクを捕らえようと、いつもかなりの規模の部隊を送り込んだ。〝泥のなかのいもむし《ディー・シュラム・ラウペ》〟と呼ぶ連中のところへ補給物資を運ぶのを阻《はば》もうとした。ドイツ軍はそんなふうに愚弄《ぐろう》してはいたが、けっしてあなどってはいなかった。一九四〇年のフランス降伏から終戦に至るまで、フランスのレジスタンスはしぶとく闘った。ドイツ軍の作戦に対する破壊工作を行ない、不足しがちの資源をフランスに投入することを強いた。

ボーダンと父親モーリスは、レジスタンスに当初からくわわっていた。母親は亡《な》くなっていた。モーリスは、レールの継ぎ目板を製造する小さな工場を経営していた。ルベクとは三十年来の付き合いだった。偶然ながら、一八八三年三月八日という誕生日までおなじだった。ある晩に訪れたルベクが、モーリスにケーキを渡した。敷き紙のナプキンに、ル・レセプティフ——受容——つまり自由フランスのために闘う意思があるかどうかをたずねる言葉が書いてあった。その意思があるなら、列車に積み込む最初の木箱の左端に、X字形の切込みを入れること。モーリスはそうした。それからというもの、弾薬や無線機の予備部品や人間をルベクの列車でひそかに運ぶさまざまな方法を編み出した。ふたりとも奇跡的に終戦まで生き延びた。なんの皮肉か、悲しいことにルベクは一九四五年末の列車事故で死んだ。戦後、レジスタンスの闘士だったひとびとを帰国させるのに手を尽くしていたときのことだった。

そのころボーダンは十二歳だった。午後二時までは学校で勉強し、家に帰ると小さな工場の掃除をした。削りかすを毎日集めなければならなかった。鉄が不足していたので、スクラップを熔《と》かして再利用した。自分の弾薬工場で旋盤で加工したばかりのオイルまみれの金属の鼻を刺すにおいを嗅《か》ぐと、いまもあのころを思い出す。

熱心な仲間と準軍事組織の計画を練るときもおなじだ。

父親は息子をレジスタンスの作戦に積極的に参加させた。

フランスがドイツに隷属《れいぞく》していたら、生きて大人になってもなんにもならない。それが父親の理屈だった。

知り合いの少年と喧嘩《けんか》したり、女の子をいじめたりして、ドイツ兵の注意をそらすこともあった。大人が牽制《けんせい》しているあいだに、列車にこっそりなにかを持ち込むこともあった。こうして死の危険を冒すスリルのことは、他人にうまく伝えられたためしがない。十四歳になるいとこのサムエルが破壊工作の犯人だと疑われて殺されるのを、ボーダンは目《ま》の当たりにした。男や女が石塀の前に引きずっていかれて銃殺され、木や街灯で縛り首になる。トラクターや干草の梱《こり》に縛り付けられて、銃剣の練習に使われることすらあった。ボーダンもそういう目に遭うおそれがじゅうぶんにあった。危険は人生の一部、賭《か》けの醍醐味《だいごみ》は報酬の一部――そんな考えかたをしていた。そういった感覚が、戦後も残っていた。おそれを知らない精神が、父親の事業を一九五〇年代には航空機に、一九六〇年代には武器弾薬にまで拡大した。

三十代半ばに達すると、ボーダンはかなり裕福になっていた。だが、残念なことがふたつあった。ひとつは、ボーダン帝国が大きくなる前に父親が死んだことだった。もうひとつは、第二次世界大戦後の世界でフランスが軍事的・政治的に大きな勢力にならなかったことだった。ヨーロッパ大陸最大の自由国家フランスは、一九五四年のインドシナからの撤退と一九六二年のアルジェリア独立により、軍事・政治両面で弱体化した。

世界情勢におけるフランスの威信を回復することを願い、レジスタンス指導者であったシャルル・ド・ゴールが大統領に選ばれた。ド・ゴールは、アメリカとＮＡＴＯからのフランス軍の独立を、最優先事項のひとつとした。残念なことに、それによりフランスは冷戦での役割を放棄したことになった。フランスは、アメリカ陣営にもソ連陣営にも属さない独立の立場を守った。つまりはどちらにも信用されなかった。一九六〇年代と七〇年代にドイツと日本が経済大国にのしあがったのも、フランスの予想になかったことだった。二十世紀後半にフランスが存在感を示した分野は、ワインと映画と観光だけだった。

だが、二十世紀は終わったとはいえ、アルベール・ボーダンはまだ終わっていない。少年時代にレジスタンス闘士だったボーダンには、怖《おそ》れるものがなにもなかった。敗北を受け入れないことが身についていた。往時の経験を通じ、規模の小さい献身的な集団を、強力な部隊にまとめあげる方法も学んでいる。

ジェット機の音が耳にはいった。低空を飛ぶ航空機が、雲の上で漏斗状の白い光芒《こうぼう》を投じている。南のほうは激しい嵐《あらし》にちがいない。ふだんはこんな夜更けにパリの真上を飛ばない。

ジェット機の爆音が遠ざかるのを、しばしじっと聞いていた。それから、緑の目でパリの暗いスカイラインをひとしきり眺めた。

南はたしかに荒れ模様だった。その嵐が、これから世界を席捲《せっけん》する。ボーダンは夜通し眠らず、母国のために闘った前の偉大な戦争の劇的な出来事、危険な賭け、しびれるような刺激をあらためて味わっていた。

だが、こんどの戦争の結果は、まったくちがうものになるはずだ。この戦いでフランス人の生命が失われることはない。戦いの場は外国だ。巧妙な計画と隠密《おんみつ》行動によってどれほどのことが達成できるかを、世界に示すことになる。

もうひとつのことも成し遂げる。世界の権力機構の中軸を、一部の好戦的な国家からひと握りの人間の手へと移すことになる。爆弾や経済制裁にもびくともしない男たちの手に。

その男たちは、世界に冠たる祖国の地位を二世紀ぶりに取り戻すはずだ。

12

メリーランド州　キャンプ・スプリングズ
火曜日　午後九時四十九分

　ポール・フッドと話し合ったあと、ボブ・ハーバートへの説明を済ませると、ロジャーズは副長官室に戻った。数週間ぶりにやる気がみなぎっていた。

　一年以上前にロジャーズはフッドに、情報収集にくわえて必要とあれば敵部隊に浸透できる能力を備えているHUMINTチームを発足させてはどうかという話をしていた。さまざまな事情から、その案は棚上げになっていた。それがよみがえったのが、ロジャーズはうれしかった。HUMINTチームの先鋒《せんぽう》に立ったからといって、ストライカーの損耗の痛手が和らぐわけではないというのは、自分でもわかっていた。ヒマラヤの作戦の際に指揮官として判断を誤ったという気持ちは、消えるものではない。ストライカーを補充した場合にくらべれば、達成できる事柄の範囲も限られているというのもわかっている。しかし、フッドの果断は、何事も二の足を踏んでいては指揮官はつとまらないということを、思い出させてくれた。

自己憐憫《れんびん》にひたっていてもだめだ。

ロジャーズはまず、フッドとの話し合いで名前の出た諜報員《ちょうほういん》のファイルをひらくことからはじめた。オプ・センターは、一度でも使ったことのある工作員は、すべてその後の動向も把握している。ボブ・ハーバートは〝補助工作員《コー・オペラティヴ》〟――略してCO――と呼んでいる。COはオプ・センターに電子的監視を受けていることを知らない。マット・ストールの部下のパトリシア・アロヨ主任コンピュータ技師が、クレジット・カードの使用から電話料金に至るまで、あらゆるデータをハッキングで入手している。こうした手段を講じているのには、ふたつ理由がある。まず、オプ・センターは必要が生じた場合、フリーランスの諜報員と迅速に連絡をとる必要がある。秘密工作員は、辞める者も多い。よく行方をくらまし、住所を変更し、身許《みもと》まで変えることがある。だが、たとえクレジット・カードの番号が異なっていても、買うものの好みや、電話で連絡する相手は、そう変わらない。そういうパターンを見つけ出し、新しいクレジット・カードや電話番号を追跡するのは、そう難しいことではない。

COの動向を監視するもうひとつの理由は、潜在的な協力者が、潜在的な敵と交わっていないのを確認するためだ。携帯電話への発信は、注意深く傍受される。パトリシアは、発信者の番号を大使館職員の登録されている電話番号と照合するソフトウェアを開発した。大使館など外国の政府機関の職員の四〇パーセント近くが、情報収集に携わっている。納税書類や銀行口座も調べて、収支が合うかどうかを確認する。家族の記録も収集される。可能であればコンピュータのパスワードを突き止めて、電子メールを読む。悪意のない経験豊富な諜報員でも、罠《わな》にかかったり、誘惑されたり、買収されたり、脅迫されることはありうる。

マリア・コルネハ、デイヴィッド・バタット、エイディーン・マーリーの消息は簡単にわかる。

スペインのインターポール捜査官マリア・コルネハは三十八歳で、ついこのあいだダレル・マキャスキーと結婚した。マキャスキーはオプ・センターのＮＡＦＩＬ（国内・海外情報連絡官）で、先にワシントンＤＣに戻り、マリアがマドリードの仕事の片をつけるのを待っている。一週間後にはマリアがやってくるはずだ。

五十三歳のデイヴィッド・バタットは、元ＣＩＡニューヨーク支局長だった。先ごろアゼルバイジャンの石油施設に対するテロリストの破壊工作をオプ・センターが食い止めるのに協力したあと、ニューヨークに戻っている。三十六歳のエイディーン・マーリーは、いまもワシントンＤＣにいる。元国務省職員のエイディーン・マーリーは、二年前にマリアと協力してスペイン内乱を食い止めた。いまはオプ・センターと国務省の両方で政治顧問をつとめている。

他の工作員たちは、世界各地にいる。二十八歳のファラーハ・シブリーは、いまもイスラエル北部のキリヤット・シェモナーで警察官をつとめている。サイェレット・ハドルジム（イスラム教ドルーズ派少数精鋭偵察部隊）で七年の軍務をこなしたレバノン生まれのイスラエル人は、ベカア渓谷での作戦の際にオプ・センターに協力した。四十九歳のハロルド・ムーアは、ロンドンと東京を往復している。ムーアはマキャスキーが採用したアメリカ政府の秘密捜査官で、オプ・センターが最初に対処した危機で、スペースシャトルにテロリストが仕掛けた爆弾を発見して処理するのに寄与した。功労をあまり認められなかったと感じたムーアは、早々と辞職し、いまはロンドン警視庁の特殊作戦対テロ部と日本外務省の情報分析局の顧問というふたつの仕事をこなしている。

二十九歳のザック・ベムラーは、ニューヨークを拠点にしている。国際安全保障問題を専攻して、プリンストン大学ウッドロー・ウィルソン公事・国際問題大学院を優等で卒業し、博士号を得ている。ＣＩＡとＦＢＩに勧誘されたが、多国籍投資機関のワールド・フィナンシャル・コンサルタンツに就職した。オプ・センターがロシア軍のはぐれ者の将軍たちのロシア政府転覆を阻止したあと、当時政治担当官だったマーサ・マッコールが、ベムラーに連絡をとった。ベムラーは、プリンストン大学でマーサの妹のクリスティーンとつきあっていた。マーサとベムラーは協力して、将軍たちのスイスとケイマン諸島の銀行口座を回収した。その二千五百万ドルは、フッドとロシアのオルロフ将軍のオプ・センターの統合諜報作戦の資金に使われた。

必要とする人員と接触する方法はわかっている。雇う金もある。しかし、数々の問題点がある。ベテランと新人をいっしょにすべきか？　新しい発想と古い発想をかけ合わせるのか？　そもそも、フルタイムでオプ・センターの仕事をやってもいいと考えるだろうか？　引き受けてくれるとして、基地はどこにするのか？　フリーランスばかりの作戦というのは有効なのか？　また、兵站《へいたん》面の問題もある。軍の輸送機は衛星や地上から常時監視されているから、まとまった一個の部隊として軍用機で移動することはできない。航空基地に到着すれば、発見され、追跡される可能性がある。とはいえ、民間航空機一機に全員いっしょに乗るのも賢明ではない。ひとりが正体を見破られた場合、全員が危険にさらされる。

部隊運営のやりかたも考えなければならない。秘密諜報員は、兵隊ではなく芸術家に近い。創造的な仕事なのだ。集団で行動するのを好まず、規則に縛られるのを嫌う。

情報分野の専門家であるハーバートの知恵を借りよう、とロジャーズは思った。こういうチームを発足させることになった経緯についても話しておきたかった。なにしろこのチームのことで頭がいっぱいで、蚊帳《かや》の外に置かれたハーバートが機嫌をそこねているにちがいないと気づいたのは、だいぶたってからだった。もと諜報員のハーバートは、ポーカーフェイスがうまい。不満に思っているのを知られたくないのかもしれない。ハーバートもチーム・プレイヤーなのだ。せっかくの熱意に水をかけたくないと思ったにちがいない。

あいにく、ハーバートは一日ずっと多忙だった。ロジャーズも人事ファイルやオプ・センターの業務でひまがなかった。世界各地の日々の軍事報告もそこに含まれる。潜在的な敵ばかりではなく、以前の同盟者についても、詳しく知っておきたかった。危機管理組織の幹部は、どこに援助を求めるか、あるいはどこを敵にまわすことになるか、予想もつかない。

午後六時に夜勤チームが出勤してきた。それでロジャーズは新チームとその試運転の場所だけを考えられるようになった。確実なものを提示できる準備ができてから、諜報員たちに話をするつもりだった。

午後十時前に、ハーバートがようやくロジャーズの電話に出た。

「きみのいうとおりだった」ハーバートが開口いちばんそういった。

「よかった」ロジャーズはきいた。「なにが？」

「ボツワナで重大事が起きている」

ハーバートに新聞を渡してから、何百年もたったような心地がした。それほど長い一日だった。

エドガー・クラインとの話し合いのことをハーバートが伝えるあいだ、ロジャーズはじっと耳を傾けていた。狭い地域の小事件のように思えたが、アルベール・ボーダンの名前が出て、それが一変した。情報の世界では、ボーダンはマスケット銃士として知られている。

「やつはこれにどうかかわっているんだ？」ロジャーズはきいた。

「かかわっているという確証はない」ハーバートはいった。「しかし、ボーダンと三十数年前のブッシュバイパーには結びつきがあった」

ロジャーズは不安にかられるとともに、興味を惹《ひ》かれた。ボーダンは力のある人物だが、正体ははっきりしない。世界中に張り巡らしたネットワークによって、一九六〇年代初頭から反政府勢力、ならず者国家、内戦状態の発展途上国のさまざまな陣営に武器を供給していた疑いが持たれている。税関、警察、港湾施設、工場などに手下を配して、禁輸や武器売買禁止令をかいくぐっている。中南米の反政府勢力、アフリカの軍閥、中東諸国に武器を売っている。一九八〇年代のイラン・イラク戦争が八年の長きにわたってつづいたのは、低価格の武器をボーダンが両国に売ったからだといわれている。最初に銃を売ったときに儲《もう》けはなくても、弾薬やスペアパーツの需要がつづくので、そこで儲けていた。反政府勢力や小国は、ボーダンの武器を必要としているので、国連やインターポールなどの国際組織の捜査にはぜったいに協力しない。フランスの政界や軍にも影響力を及ぼしているので、そういった方面も捜査への協力を拒む。ボーダンは、数年前にトゥールーズでオプ・センターが戦った外国人を排斥するテロ集団新ジャコバン派にも、資金を提供していたのではないかと思われる。

「ボーダンが関与しているとすれば、小さな事件では終わらないだろうな」ハーバートがいった。

「それに、長期化する」ロジャーズはつけくわえた。「何者が黒幕にせよ、教皇庁《ヴァチカン》を巻き込むというのは承知のうえだ」

「むしろそれが狙《ねら》いじゃないか。クラインは、これはたんなる一カ所への襲撃ではなく、離教を引き起こすのが目的ではないかと考えている」

「なにをなにから?」

「土着信仰を持つひとびとをカトリックから引き離そうとしている、というんだ。宗教同士が闘うように仕向けた場合、西欧全体が爆発する決定的要因になる。アフリカ、中東、中央アジアで武器消費が急増し――」

「ボーダンにとって無限大の市場がひろがる」ロジャーズは結んだ。

「そうだ。むろん、ボーダンがからんでいればの話だがね。今回の聖職者拉致《らち》の背後には、われわれに予想もできないべつの国際的な大物がいるのかもしれない」

「ブラッドベリ神父拉致から地域戦争へと飛躍するのも、まだ時期尚早だと思うね。そうなるには時間がかかる」

「たしかに」

「それに、短期間の戦争など、ボーダンのようなやつにとっては、たいした商売にはならないだろう」ロジャーズはいった。

「それはそうだが、アフリカを舞台にした戦争シミュレーションによると、各地に飛び火する危険性がある」ハーバートは注意した。「われわれが流れをつかんだころには、近隣諸国の政府がばたばたと崩壊しているかもしれない。ボツワナの地域戦争は、公民権をあたえられていない国民のあいだにありとあらゆる騒擾《そうじょう》を起こす引き金になりかねない」

「その戦争シミュレーションは、超大国が乗り出して争いを収めるしかないという結論だったな。カシミールでわれわれがやったように」ロジャーズは答えた。「相手国を制圧できるだけの武器を備えた国はいくらでもある。そうした国が手を出したら困る」

「ボーダンもそうなったら困る。それだけはありがたいな」ハーバートはいった。「ボーダンも商売にならなくなる。だからこそ、まだ見つからないパズルの断片があるのかどうか、われわれは見きわめないといけない」

「クラインの希望は？」ロジャーズはきいた。

「二度目の話のときに、ボーダンの活動についてフランス政府当局からきき出すのは無理だと釘《くぎ》を刺した。トゥールーズの馬鹿《ばか》野郎どもとボーダンの関係を探ろうとしたとき、ぴしゃりとドアを閉ざされた」

「教皇庁のほうが、われわれよりも内応者を見つけやすいだろう」ロジャーズは指摘した。「フランスはどの国よりもカトリック教徒が多い。たしか、九〇パーセントぐらいじゃなかったか」

「そのとおりだが、国粋主義に凝り固まっているからな。フランス人が反カトリック行為を犯しているとは、クラインもいいにくい」

「仮にその可能性があったとしても」ロジャーズは相槌《あいづち》を打った。

「そうだとしても、べつの手段で突き止めなければならない。もし調べているのがばれて、見込みちがいだった場合、教皇庁は四千五百万の機嫌をそこねた信者を抱え込むはめになる」

ハーバートが話をしているあいだに、ロジャーズはパトリシア・アロヨの専用データベースにアクセスした。バローン、大佐、ベルナール・ベンザマンと打ち込んだ。四十代のバローンは、フランスのGIGN（国家憲兵隊対テロ部隊）に所属する堅忍不抜の経験豊富な将校だった。バローンの対テロ部隊とオプ・センターは協力して、新ジャコバン派がフランス国内のアルジェリアおよびモロッコ系住民を虐殺《ぎゃくさつ》するのを阻止した。バローンの力を借りることができれば、この難問を解決するめどがつくかもしれない。

「わたしの感じでは、ボーダンはべつの方向から追ったほうがいいと思う」ハーバートはなおもいった。「われわれもしくはヴァチカン保安局が、現地の宗教やカルトに詳しい人間を早急に見つけないといけない。そういった動きを見ながら、ボーダンの消息を追うんだ」

「ポールが賛成してくれるかな？」ロジャーズは疑問を投げた。「計画自体はともかく、拙速だと思われないか？」

「だいじょうぶだろう」ハーバートはいった。「まず人道的理由があるし、つぎに情報収集という単純な問題もある。だれもまだ対策に乗り出していないが、爆発するおそれはじゅうぶんにある」

「ポールはそういう危険には手を出したくないんじゃないか。ＣＩＯＣとフォックス上院議員に手厳しくやられていることもあるし」

「やらざるをえないだろう」ハーバートは答えた。「現実の事件だし、われわれは協力を要請された。ヴァチカン保安局は、ＣＩＡやＮＳＡの関与を望まない。アメリカ政府も宗教戦争にはかかわりたくない。少数の宗教・民族集団の戦争だ。ポールははっきりした答を出さざるをえない」

そういう選択肢を前にした教皇フッドの答は、ロジャーズにも予想できた。フッドはどんなときでも、政治より部下を優先する。だが、ロジャーズもずぶのしろうとではないから、たとえ任務が成功してもまずいことになりかねないのは承知していた。オプ・

センターの価値を高めるどころか、ヴァチカンと結びつきのない情報機関すべてを敵にまわすかもしれない。他の情報機関は、《ワシントン・ポスト》の記事の暗示するところを見抜いていないかもしれないし、オプ・センターがしくじればいいと思っているかもしれない。

「ほかのことはともかくとして」ハーバートがいった。「今回の誘拐事件を手がけるとなると、きみの新チームは本格的に稼動《かどう》するわけだ」

「そうだな」ロジャーズはいった。「ボブ、その件について話し合いたいと思っていたところ――」

「話し合うことはなにもない」ハーバートはさえぎった。

「あるはずだ」ロジャーズはいい返した。「ポールはけさ唐突にHUMINTを持ち出し、わたしは即座に乗った」

「当然じゃないか」ハーバートはなだめた。

「負傷したきみを乗り越えてまでやりたくない」ロジャーズはいった。

ハーバートは大声で笑った。「マイク、わたしは気質も経験も現場で部隊を動かすのには向いていないし、そういう時間の余裕もない」ロジャーズを安心させようとしてそういった。「きみの仕事だ。仲のいい友だちでもある同僚のご機嫌を伺うよりも、ほかにもっと大事な仕事があるんじゃないか」

ハーバートが口でいうほど無関心だとは思えなかったが、ロジャーズは礼をいった。ハーバートが最新の状況を伝えるためにフッドに電話しようとしたとき、バローン大佐のファイルがひらいた。

「切らないでくれ」ロジャーズはいった。「われわれに手を貸してくれそうな人間のファイルを見ているところなんだ」

「だれだ？」

「バローン大佐」

「名案だ」ハーバートはいった。「信頼できる男だ」

「だから連絡をとりたかったんだが」ロジャーズはいった。「残念なことにMIA（戦闘中行方不明）だ」

「パトリシアが見失ったという意味か？」

「ちがう」ファイルを読んでいるうちに、ロジャーズは胸苦しさをおぼえた。「バローンは行方を絶った。GIGNの給料支払名簿によれば、ほぼ二年前から出勤していない。それ以来、なんの消息もない」

「潜入捜査に従事しているのかもしれない」ハーバートは意見をいった。

「そうとも考えられるが」

バローン大佐が、それまでに敵対した人間と衝突した可能性もある。バローンが行方不明になったのは、新ジャコバン派との戦いの直後だ。それも飛躍が過ぎるかもしれないのだが、かといってその可能性は無視できない。

「ダレルに調べてもらおう」ロジャーズは、元FBI捜査官のマキャスキー宛《あて》の電子メールを書きながらいった。「ヨーロッパのコネからダレルが新情報を入手できるかもしれない」

フッドの意見はあとで報《しら》せる、とハーバートがいった。そして電話を切った。ロジャーズは、工作員候補者のリストをあらためて見た。フッドがオプ・センターの介入を却下するとは思えない。アメリカ政府高官がヴァチカンからの要請を拒むことはありえない。たとえ非公式の要請であろうと。つまり、予測していたよりもずっと早くチームをまとめなければならない。

スペースシャトル〈アトランティス〉を救うために、未熟なストライカー・チームを使わなければならなかったときのことが、突然脳裏によみがえった。あのときもこのデスクに向かっていた。時刻もほぼおなじ。そして、フッドから電話があった。

「二三〇〇時までに出動準備ができるか?」

もちろんできます、とそのとき答えた。そして、その晩、ストライカーはめざましい働きをした。

毎回めざましい働きをしてきた。

目が潤《うる》んだ。悲しみではなく、誇りゆえに。数週間ぶりの笑顔が戻り、ロジャーズはファイルに視線を戻し、目前の仕事を再開した。

13

水曜日　午前五時五十八分
ボツワナ　オカヴァンゴ・デルタ

最初の数時間は、ブラッドベリ神父も誘惑と闘っていた。フードの濡《ぬ》れた内側をなめまいとした。

ボートをもやってあった小島に運ばれるあいだに、ブラッドベリ神父の髪とフードと衣服は沼の水でずぶ濡れになっていた。気温が下がった夜のあいだに、そのどろりとした汚泥《おでい》が水と分離した。泥は糊《のり》のように固まり、水分だけがフードの内側に垂れてきた。はじめは水が口にはいらないようにしていたが、渇きと疲労のために、頭がぼうっとしてきた。祈りにも何事にも集中できず、脚の痛みと渇きばかりが気になった。理性は脇《わき》に追いやられた。ついに舌と唇を使って、口の端にフードの布地を押し込んだ。歯でくわえ、水分を吸った。ぬめぬめしていて、舌を刺激した。ほとんどは自分の汗なのだろう。渇きは癒《いや》されなかったが、体は呑《の》み込むものができたのに満足していた。おそらく無駄な労力だっただろう。しかし、難破した船乗りが海水を飲む気持ちがよくわかった。益よりも害のほうが大きくても、肉体が選択の余地をあたえないのだ。肉体はなんでもいいからほしがる。生き延びたいという欲求が、道理をしのぐ。

座るだけの隙間《すきま》がなかったので、ブラッドベリ神父は夜通し独房のいっぽうに寄りかかっていた。壁に頬を当てることもあれば、額を当てることもあった。疲れのために目が灼《や》けるように痛かったので、ずっと閉じていた。どこかべつの場所にいるのだと思おうとした。脚が痛くなり、脚力が落ちていることに気づいた。氾濫原《はんらんげん》では、車がないとどこへも行けない。戻ったらそれを変えよう。マウンへ行くのにスクーターを使っているが、自転車にしたほうがいいかもしれない。マウンの無教派礼拝堂のことを思い、礼拝を取り仕切るためにやってくるさまざまな聖職者たちと話ができたら楽しいだろうと想像した。聖書や信仰や教理の話をしよう。

一瞬、笑みが浮かんだ。つぎの瞬間にはすすり泣いていた。小教区に戻りたい。毎日の暮らしをつくづく考えると、神に忠誠を示すためにできることをすべてやっていたとはいえない。おつとめをなまけてはいない。それはたしかだ。信仰も揺るぎない。でも、それだけでいいのか？　もっと一所懸命にやらなければならないことが、いくつもあるのではないか？

それに関連して、助祭宣教師たちのことを考えた。なにが正しいのか、よくわからなかった。福音をひろめること自体を護《まも》るのか、それとも福音をひろめる人間を護るのか？

自分の至らない点を考えている場合ではない、とブラッドベリ神父は結論を下した。くよくよ考えていると、残された力や決意に悪い影響がある。こうして閉じ込めるのは、それが狙《ねら》いだろう。助祭宣教師たちに電話をかけさせるために、意志をくじこうとしているのだ。

何度か手のいましめをゆるめようとした。後ろ手に縛られているので、どちらの方向にもたいして動かせない。ロープでこすられた手首の皮が剝《む》けたのでやめた。声に出さずに祈った。壁と壁のあいだが狭いので、しゃがむこともできず、眠れなかった。汗がときどき伝い落ち、そのたびに肌がちくちくしていらだたしかった。何時間かたったと思われるころに、両脚がつりはじめた。独房のなかもフードの下も空気が不足していて、気が休まらなかった。

頭脳は疲れるいっぽうで、不安がぶり返した。冷たい水や果物や食べ物や眠りのことを考えずにはいられなかった。考えれば考えるほどあこがれはつのった。祈ろうとしても、注意が乱れるばかりだった。

夜が明けて、迎えが来たとき、ブラッドベリ神父は朦朧《もうろう》としていた。耳と口のなかと瞼《まぶた》の下に綿を詰め込まれているような感じだった。壁から引き剝《は》がされた。沼の汚泥が固まったのだ。髪はフードにへばりついていた。服もフードも、泥で壁に貼《は》りついていた。連れ出されると、立っていようとしたが、膝《ひざ》が曲がってしまい、横から膝に釘《くぎ》を打ち込まれたかのような痛みが走った。体重を支えようとすると、すさまじい痛みに襲われた。脚の力が抜け、四つの手で支えられた。ふたつが腰のあたりを押さえ、あとのふたつが上腕をつかんだ。どこだかわからないが、いいように動かされていった。あふれる陽光とおいしい空気は、ほとんどフードを通らず、いらだたしかった。深く息を吸ったが、朝の爽《さわ》やかさは満足に味わえなかった。

またしても建物らしきところへ連れていかれた。昨夜の建物とおなじかもしれない。知るすべはなかった。そこへ行っても、座ることは許されなかった。連れてきた男たちは、手を放さなかった。ひとりが縛った手首を引きあげた。背中が引っぱられる。以前資料で読んだ異端審問官の拷問《ごうもん》の手順――吊《つ》るし刑のことが頭に浮かんだ。こうして後ろ手に縛り、ロープで吊るして、途中まで落としてがくんととめる。その衝撃で、肩の骨がはずれる。

暖かく、また汗が出かけていたが、ブラッドベリ神父はふるえはじめた。痛めつけられるのは怖《おそ》ろしかった。だが、まちがった理念のために拷問されるほうが、もっと怖ろしかった。自分には殉教者になれるほどの信念がない。

「もっと近づけろ」正面にいる人間がいった。昨夜話しかけたのとおなじ男だ。やさしい声をしている。けさはいっそうおだやかな感じだった。朝の祈りを終えたばかりのような声ではないか、とブラッドベリ神父は思った。

ブラッドベリ神父はうながされて進み出た。脚に力をこめた。この異端審問官と直面するときには、せめて自力で立っていたいと思ったのだ。だめだった。汗がフードの下に溜《た》まった。布地が吸い込む間もないほど早く溜まった。フードだけでもはずしてもらえないかと思った。

「考えは変わったか？」前の男がきいた。

ブラッドベリ神父は考えるのをやめた。腹の底から、「いいえ」と答えた。しわがれたつぶやきしか出なかった。

前方から音が聞こえた。だれかが近づいてくる。言葉と殴打《おうだ》のどちらを予期すればよいのか、見当がつかなかった。力をあたえたまえと、無言で祈った。

「まあ落ち着け」相手はいった。「殴らせはしない。きょうはな。物事には釣り合いが必要だ。怒りと慈悲。さもないと、どちらも意味がない」

「ありがとう」ブラッドベリ神父はいった。

「それに、強制されると拒否するという人間もいる。そうでないときには、自主的にやるような場合でも」

声の主は、かなり近づいていた。昨夜よりもずっと近い。それに、こちらをなだめているような、妙に心休まる声でもあった。若々しくもある。ブラッドベリ神父は、その声に含まれる初々《うい うい》しさをはじめて聞き取った。

「神の勤めを果たしている宣教師を呼び戻すようなことは、一度たりともやらない」ブラッドベリ神父は、かすれた声でいった。

「一度たりとも？」相手がきき返した。

ブラッドベリ神父は疲れ、集中できず、思い出せなかった。やったことがあるだろうか？　なかったと思う。これからはどうか？　自信はなかった。相手の質問に答えられなかった。

「洪水やハリケーンが近づいているようなときには、注意するだろう」

「ええ」ブラッドベリ神父は認めた。「しかしそれは、自分たちが助かるためではなく、他者を援《たす》けるためだ」

「でも、残って死ねとはいわないはずだ」

「たしかに」

「命は大切なものだから、おまえは宣教師たちにそこを離れるように命じる」相手はいった。「さて、おまえの部下は危険にさらされている。神々は自分たちの土地を取り戻し、信者が昔の寺院に戻ることを望んでいる。わたしは神々の望みをかなえようとしている」

「民の望みはどうだ？」

「おまえは告解を聞いている。多くの人間の望みを知っている。人間は罪深い。楽な暮らしがしたい。これまでよりもよい道を示すのが、神々の使者のつとめだ」

「すべての人間がそれを望んでいるわけではない」ブラッドベリ神父は喉《のど》から声を絞り出した。

「おまえはそう断言できる立場にない」

「自分の小教区のことなら――」

「わたしの教えがひろまっている地域のことは知るまい」相手は反論した。「おまえたちが生き延びてべつの土地で宣教できるかどうかは、おまえしだいだ。見栄《みえ》ではなく知恵に従って行動しろ。ただし、ぐずぐずするな」

箴言《しんげん》一六章一八節がブラッドベリ神父の頭に浮かんだ。「驕慢《たかぶり》は滅亡《ほろび》にさきだち、誇る心は傾跌《たおれ》にさきだつ」

聖書のその一節を思い出させるのが、相手の狙いであったかもしれない。迷いを生じさせるために。拉致《らち》されてからずっと受けている仕打ちはすべて、物事を認識する機能を狂わせるのが目的だった。それがわかっていても、その効果が弱まるわけではなかった。また、相手の言葉に真実が含まれていることに変わりはない。自分にはだれかを故意に危険に陥《おとし》れる権利はない。自分の命はともかくとして、魂はどうなのか？　昨夜浮かんだ疑問がよみがえった。他人が危険にさらされているのを知りながら、それを救う手立てを講じなかった者のことを、神はどう思うか？　いまその答が明らかになったような気がする。あるいはあらがう力を失っただけだろうか。しかし、信仰に反することをやれといわれたわけではない。生命を救うのを手伝うようにといわれているのだ。

突然、激しい怒りが湧《わ》き起こった。第二の祖国を捨てろと自分たちに強要しているこの連中は、いったい何者か。全能の神の言葉を口にするなと要求するとは、なんという不埒《ふらち》なやからか。だが、宣教師たちや神に代わって決断を下す権利があるだろうかと自問すると同時に、怒りはたちまち消えた。

時間が必要だが、それは望めない。フードをはずしてなにか飲みたい。新鮮な空気を味わいたい。座り、横たわり、眠ることができたら、どんなにいいだろう。とことん考える時間がほしい。そういったことを頼んだらどうかと思った。

「考えられない」ブラッドベリ神父はつぶやいた。

「おまえは考えることを求められていない」相手は冷ややかにいった。「電話をかければ、食べ物をやり、休ませてやる。頭がすっきりすれば、自分が賢明なことをしたというのがわかるはずだ。人命を救うことにもなる」

「わたしの仕事は魂を救うことだ」ブラッドベリ神父は答えた。

「では、生き延びてそれをやるんだな――べつの土地で」

たとえ闘う意志が残っていたとしても、なんのために闘うのか、ブラッドベリ神父にはよくわからなかった。敵もわからない。正しい大義のために闘うのかすらわからない。なにもかもがはっきりしない。この男のいうことは正しい。頭を明晰《めいせき》にしないといけない。それには時間が必要だ。時間を得るには、方法はひとつしかない。

「わかった」ブラッドベリ神父はいった。「あなたのいうとおりにしよう。電話をかける」

首のまわりで手が動くのがわかった。フードがはずされるのかと期待でうずうずしたが、途中までめくられただけだった。口が出るところまで前が持ちあげられ、右側も耳の上までめくられた。ひんやりする空気が、天国の息吹《いぶき》のようだった。歩かされ、そっとひざまずかされた。予想どおりのやさしい扱いだった。水筒の生ぬるい水も飲ませてもらった。それも神の贈り物だった。

「最初はジョーンズ助祭にかける」くだんとはべつの男が命じた。声に聞き憶《おぼ》えがあった。昨夜この部屋につれてきたどら声の男だ。

力強い手で肩を押さえられたままで、番号のボタンを押す音が聞こえた。スピーカーホンだときのういわれたのを、ブラッドベリ神父は思い出した。

きちんと世話をされているというように、と命じられた。それにつづいて、助祭に指示をあたえる。さらに、ケープタウンの司教区で合流すると伝える。それ以外はなにもいってはならない。

ジョーンズ助祭が電話に出た。若い助祭は、ブラッドベリ神父の声を聞いて、興奮するとともに、ほっとしたようだった。できるだけ明瞭《めいりょう》な力強い声で、ブラッドベリ神父は教会に戻り、荷造りをして、ケープタウンに向かうよう命じた。

「どういうことですか？」ジョーンズ助祭がきいた。「なにが起きているんです？」

「会ったときに説明する」ブラッドベリ神父は答えた。それでいいというように、肩をぎゅっと握られた。

「指示に従います」ジョーンズ助祭が答えた。

ジョーンズ助祭がブラッドベリ神父の判断に異議を唱えたことは一度もない。マーチ助祭も同様だった。他の助祭宣教師も指示に従うと答えた。

電話を終えると、ブラッドベリ神父は籐椅子《とういす》に座らされた。脚が曲がりにくく、尻《しり》がこわばっていて、腰かけるのが容易ではなかった。座面が膝の裏側をこすり、ブラッドベリ神父は跳びあがった。きのう鞭《むち》で打たれた場所だ。フードをはずされ、いましめを解かれるのを待った。だが、べつの椅子がそばに置かれる音がしただけだった。

「いまから水と食べ物をやる」ずっと指示をあたえていた男がいった。「そのあとで眠らせてやる」

「待て！」ブラッドベリ神父は鋭い声を発した。「解放するといったではないか――」

「やることをやったら自由にする」男はきっぱりといった。

「だが、指示されたとおりにした」

「さっきはな。もっとやってもらうことがある」

戸が閉まる音がした。悲鳴をあげたかったが、大声を出す力が残っていなかった。裏切られ、虚仮《こけ》にされたという気がした。

水筒がふたたび唇に押しつけられた。

「おまえが飲まなきゃ、おれが飲む」どら声の男が、横でいった。「こっちも忙しい」

ブラッドベリ神父は、生温かい金属をくわえた。喉は渇いていたが、できるだけゆっくりと飲んだ。それから、座ったままで、バナナ、パパイヤ、メロンを口に運ばれた。

ブラッドベリ神父はじっと考えていた。

体力がいくらか回復すると、理性もよみがえった。いましがたの出来事を思い返すと、激しい不安に襲われた。人生最大のあやまちを犯したかもしれないと気づいた。

ボツワナを呑《の》み込む洪水を引き起こすのに利用されたおそれがある。

14

メリーランド州　キャンプ・スプリングズ

水曜日　午前六時零分

ボブ・ハーバートから電話があったとき、ポール・フッドは髭《ひげ》を剃《そ》っていた。ハーバートはもう出勤していた。エドガー・クラインのことをふたりは先刻話し合った。必要な支援はなんでも行なうようにと、フッドはハーバートに指示していた。

「お邪魔でしたか？」ハーバートはきいた。

「顔をこすっているだけだ」いいながら、フッドは髭剃りを終えた。「どうした？」

裸の肩にかけていたハンドタオルを取り、頬と顎《あご》を拭《ふ》いた。息子のアレグザンダーがよく髭剃りを見物したことを思い出し、ちくりと胸が痛んだ。アレグザンダーが髭を剃るころには、もういっしょにいてやれない。まったくどうしてこんなことになったのか。

ハーバートの物柔らかな南部なまりが、フッドを現実に引き戻した。

「エド・クラインからたったいま連絡がありました」ハーバートがいった。「数カ所にポイス・ブラッドベリから電話があったそうです」

「拉致された司祭だな」

「そう、ブラッドベリ神父です」ハーバートが答えた。

「元気なのか？」

「わかっていません。現地で宣教活動を行なっている自分の小教区の助祭宣教師ひとりひとりに電話してきて、荷物をまとめ、ケープタウンの司教区に戻るよう命じたとのことです」

「本人にまちがいないんだな？」

「ええ。助祭のひとりが、数週間前に話し合ったことをたずねました。おたがいしか知らないことをちゃんと答えたそうです」

「ブラッドベリ神父は、宣教師を呼び戻す理由をいったのか？」フッドはきいた。

「いいえ。自分はだいじょうぶだし、あとからケープタウンへ行くといっただけで、あとはなにも。現在と今後の自分の居場所やこれからのことなどは、なにもいわなかったそうです。宣教師の携帯電話にかかってきた通話の記録を、クラインが入手しました」

「それで？」

「なにもわかりません」ハーバートはいった。「番号を突き止められないようにしてありました。ストールの話では、現地のコンピュータに何者かがハッキングで侵入し、番号が表示されると同時に消去したのではないかと。あるいは発信源そのものに機能が備わっているのかもしれません。われわれのTAC-SATもそうです」

「つまり、犯人グループにそういった技術に通じている人間がいるか、あるいはそういう人間を雇えるわけだな」フッドはいった。

「そうです」ハーバートはいった。「ダンバラーが浮上してからでないと、つぎの手を打ちようがありません。それまでにやりたいことがふたつあります。まず、ボツワナにだれかを送り込まないといけません。情報資源が現地に必要です。つぎに、ボーダンがからんでいると仮定して、やつが大詰めにどう出るつもりでいるかを読んでおかなければならない」

「どうやって読む？」

「革命に必要なものがふたつあります」

「銃と金だな」フッドはいった。

「そのとおり」ハーバートはなおもいった。「ボーダンの会社がボツワナに資金をひそかに送っているかどうかを、たしかめるのが肝心です」

「そうだな」フッドはしばし考えた。「ウォール街時代の同僚が手を貸してくれるかもしれない。電話してみよう」

「長官がスリリングな金融界で過ごした歳月が、きっと役に立つと思っていましたよ」

ハーバートはからかった。

「株のほうはぜんぜん儲《もう》からないがね」フッドは、寝室へ行きながら時計を見た。エミー・フェローチェが、シルバー・サックスでフッドといっしょに仕事をしていたころには、東京や香港《ホンコン》の証券取引所の状況を知るために、午前四時に出社していた。いまエミーはFBI金融課で、ホワイトカラー犯罪の捜査を担当している。一年以上連絡をとっていないが、いまも早起きにちがいない。

「頼みがあるんだが」フッドはいった。

「どうぞ」ハーバートは答えた。

「ダレルに声をかけておいてくれ。FBI《ビューロー》の知り合いに電話をかけるといっておいてくれ。縄張りを荒らされたら嫌だろう」

「気配りはやめたらどうですか」ハーバートは茶化した。

「ああ」フッドは答えた。

エミーと話をしたらすぐに連絡する、とフッドはいった。だが、電話を切る前に、ハーバートがもうひとつつけくわえた。

「けさ出勤したら、藤間重雄のボイスメールが届いていました」

「聞いたことがある名前だな」

「藤間は日本外務省情報分析局長です。北朝鮮でのわれわれの作戦のあと、日本の安全保障を充実させた人物です」

「そうだった」

「アンリ・ゼネなる人物についてなにか情報はないかという問い合わせです」ハーバートはいった。

「何者だ?」

「ボーダン国際産業の重役です。でも、やっている仕事はそれだけではない。ゼネは自分の本業のために、アフリカに行っていることが多い」

「本業とは?」

ハーバートは答えた。「ダイヤモンド」

15

木曜日　午前八時零分
ワシントンDC

〈ディマジオのジョー〉は、スパイが打ち合わせをしそうな店ではなかった。開けっぴろげで、照明が明るく、監視カメラもある。ひとの出入りも激しく、だいたいにおいて騒々しい。

ロジャーズがエイディーン・マーリー、デイヴィッド・バタット、ダレル・マキャスキーに来てもらったのは、まさにそういう店だからだった。仕事を捜している若者や政治マニアは、議員や国務省職員や有名人を観察し、聞き耳を立てる。情報がほしいスパイはバーへ行く。暗いこともあるが、人間は酔うと用心をおこたりがちになる。内密の情報は、酒をおごったり、セックスを餌《えさ》にして得ることが多い。〝モカチーノ〟一杯で政府を売る人間はどこにもいない。

ワシントンDC近辺に住んでいないのはバタットだけだったが、すぐに行くという返事があった。元CIA局員のバタットは、木曜日にラガーディア空港発の朝一番のシャトル便に乗り、タクシーで駆けつけると請け合った。

ロジャーズが最初に着いた。コーヒーと菓子パンをひとつ買って、隅のテーブルを占領した。出入口に向いて座った。数分後にマキャスキーが来た。痩《や》せた強靭《きょうじん》な体つきの小柄な元FBI捜査官は、疲れたようすだった。なめし皮のような顔が土気色で、青い目が血走っていた。

「あまり眠っていないみたいだな」ロジャーズはいった。

マキャスキーが、レーズン・ビスコット二枚とダブル・エスプレッソ二杯を持って腰をおろした。「ほとんど寝ていない。ほぼ徹夜で、きみの友だちの失踪《しっそう》について調べていた」

「バローンのことか」ロジャーズは小声でいった。

マキャスキーがうなずき、顔を近づけた。「フランスとインターポールの知り合いに電話した。大佐は潜入捜査には関係していないと、はっきりいわれた。二カ月前に図書館に本を返しにいったきり、帰ってこなかったそうだ」

「信じられるのか？」

「わたしに一度も嘘《うそ》をついたことのない連中だ」マキャスキーがいった。

ロジャーズはうなずいた。それを聞いて、ひどく胸が痛んだ。バローンのような男は、仕事を通じておおぜい敵をこしらえる。ボーダンのような男には、こういう報復を行なうだけの影響力がある。

「バローン大佐については、それが一部始終だ」マキャスキーがいった。「インターポールに銀行取引、クレジット・カードの買い物、親類や友人への電話を調べてもらった──なにもない」

「くそ」ロジャーズはつぶやいた。

「まったくだ」マキャスキーが相槌《あいづち》を打った。

「いや、ありがとう、ダレル」ロジャーズは礼をいった。

マキャスキーが、一杯目のダブル・エスプレッソに口をつけた。「そのあと、マリアと揉《も》めてね」

「なんで揉めた？」

「彼女、不安なんだ」マキャスキーがいった。

「結婚が不安なのか、それともアメリカに来るのが不安なのか？」ロジャーズはきいた。

「わからない。なにもかもだろう」マキャスキーが不満げな声を出した。

「悩むことはない」ロジャーズはいった。「新婚さんは一度はPHSDの発作を起こす」

「PHSD？」

「ハネムーン後ストレス障害」ロジャーズはいった。

「かついでるんだろう」

「半分は真面目《まじめ》だ。そんな障害はない。だけどなあ、ダレル、親類や友人や軍隊仲間がそういうふうになるのを、何度も見ているんだよ。バハマ諸島やタヒチから帰ると、突然気づくわけだ。〝しまった。楽しいデートはもうおしまいで、年季奉公がはじまるんだわ〟というわけさ」

「なるほど」マキャスキーが、ビスコットを一枚かじり、ダブル・エスプレッソをまたひと口飲んだ。「まあ、それもいくぶんあるだろうが、それだけじゃないと思う。インターポールという心の支えがなくなるわけだし、そんなときにワシントンＤＣでの都会生活に順応し、興味が持てる新しいことを見つけなければならない——それがマリアは不安なんだ」

「マリアはひと休みしてもいいころだよ」ロジャーズはいった。

「本人もそう思っていた」マキャスキーが答えた。

「なにかがあって、気が変わったのか？」ロジャーズはきいた。

「そうなんだ。ボブがけさマリアに電話した」と、マキャスキーは打ち明けた。

「ボブがマリアに電話したって？」ロジャーズはきき返した。

マキャスキーがうなずいた。

ロジャーズはむっとした。マリア・コルネハは、ロジャーズが選んだ少数の候補者のうちのひとりで、ハーバートがそれを知らないわけはない。しかし、ハーバートはチーム・プレイヤーだ。連絡したのは、現地で事件が起きたからにちがいない。ロジャーズの携帯電話には秘話機能がないので、オプ・センターに行ってからでないと事情はたしかめられない。

「なにを頼んだんだ？」ロジャーズはきいた。

「国防省に関するなにかを確認してもらいたかったようだ」

「どういうことなのか、わかるか？」

「見当もつかない。どんなことでもマリアにはおなじだったろう」マキャスキーはなおもいった。「重要な仕事を頼まれて、マリアはすっかり元気づいた。以前のオフィスからわたしに電話してきたんだ。興奮するのも無理はない。情報を聞きだす相手は知っているし、熟知した分野で、どこを捜せばいいかわかっている。参加しているという意識になる」

「これまでずっと仕事をしていたところだものな」ロジャーズはいった。「出発直前になって古巣を訪問か――こいつは厄介だな」

「わかっている」マキャスキーはいった。「だけど、彼女もガキじゃない。おたがいにじっくり話し合った。こっちに来れば、仕事も家も近所づきあいも、万事一からやり直しだというのは、承知のうえだ。楽しみなことだっていっぱいあるんだよ。だけど、きみがいまいったように、いざ末永くいっしょに暮らすと決めると、それに欠けていることばかりが頭に浮かぶんだな」

「癖になっている物事をやめるときの禁断症状だな」

「ずばりそうだ」マキャスキーは答えた。「マリアはいまそういう状態だよ。とにかく、朝の四時半にはそうだった。電話してきてわたしを起こしたと思ったら、〝ダレル、わたし、早まったかもしれない。仕事をやめられるかどうかわからない〟というようなことをいうんだ」

「気の毒になあ」ロジャーズはいった。

「そういってくれるのはうれしいよ」

ロジャーズは、コーヒーをぐびりと飲んだ。マリアを新チームにくわえるという話を持ち出すのに、格好のタイミングなのか、それとも最悪のタイミングなのか、判断がつかなかった。

ボツワナの状況からして、選択の余地はないと思った。それに、マキャスキーがよろこびそうなことを思いついていた。

「それで、マリアが現場に復帰したいといったら、きみはどうするつもりだ？」ロジャーズはきいた。

「わからない。問題は、彼女がどこでそういう機会を持てるかだろうな」ふたたび顔を近づけた。「きのうのクラブハウスの噂《うわさ》では、きみが新ＨＵＭＩＮＴ作戦の先鋒《せんぽう》をつとめるそうだね。ほんとうか？」

ロジャーズはうなずいた。ハーバートが漏らしたにちがいない。情報関係の戦友を蚊《か》帳《や》の外には置きたくないのだろう。

マキャスキーは座り直した。「おい、マイク。説明してもらえるとありがたいんだがね」

「いまここで説明する。そのために呼んだ」ロジャーズは答えた。「いやはや、この件ではポールに不意討ちを食らったばかりなんだ」

マキャスキーが難しい顔をした。

「マリアのほうだが、ボブが電話をかけた理由は知らない。この新チームは、わたしが担当している。ボブは関係ない。それに、きみが困るようなら、わたしはマリアをチームに誘わない」

そういいながらも、ロジャーズは、そんなことはいうべきではなかったと思った。ヨーロッパにほかに頼る人間はいないかもしれない。それでも、なにか方策があるはずだ。

「わたしにはなんともいえない、マイク」マキャスキーは、正直にいった。「わたしはマリアを愛している。ずっとそうだ。前には、現場に出ている彼女を失うのが嫌で別れた。理屈に合わないかもしれないが」

「そんなことはないよ」

「でも、けさ話をして、たとえうちで働くにせよ、九時から五時の事務職ではマリアが満足できないというのがよくわかった」

「パリを一度見たら、田舎になんかいられない」ロジャーズはいった。

「そんなところだな」マキャスキーは答えた。

「そうしなくてもいいようにしよう」

「どうやって？」

「パートタイムで現場に出てもらうときの場所をあんばいする。それに、現場といっても、レッド・ゾーンには行かせない」

レッド・ゾーンとは危険が大きい地域のことだ。戦闘地域の敵後背などが、それにあたる。ホワイト・ゾーンは、敵の非軍事組織への潜入だ。マリアがいまやっている同盟国での情報収集は、グリーン・ゾーン作戦になる。

「それならうまくいくかもしれない」マキャスキーはいった。「だけど、わたしがマリアを統制《コントロール》するのは嫌だな」

「きみにできるわけがないだろう」ロジャーズはいった。

「たしかに。彼女を死なせたくないだけだ」

ロジャーズは、壁の時計をちらりと見た。

「なあ、ダレル、この話はあとにしよう。マリアを使いたいという話をするために呼んだわけではないんだ。きみが知っているワシントンDCや海外の人間の協力が必要になるかもしれないから、こうしてHUMINTチームの話をしているんだ」

「それならオフィスで会えばいいのに、どうしてこんなところで？」マキャスキーがきいた。

「ほかにふたり来る」ロジャーズはいった。「そのふたりが、ひと目の多い場所でどうふるまうかを見たい」

「溶け込むのが上手かどうか、ということだな」

「当たり」

まるでそれが合図でもあったかのように、エイディーン・マーリーが店にはいってくるのが目にはいった。いや、最初に目に留まったのは、エイディーンの鮮やかな赤毛だった。前に見たときよりも髪が長く、前ほどふっくらとはしていない顔を囲んでいる。黄色がかった薄茶のあかぬけたパンツスーツを着て、なぜか背が高くなったように見える。権力の回廊で働いていると、変わるのだろう。自信をあらたに得る人間もいれば、つぶれてしまう人間もいる。政治コンサルタントという仕事が三十六歳のエイディーンの身ごなしをいっそう美しくしていたので、ロジャーズはよろこんだ。

ロジャーズが手をふり、ふたりは立ちあがった。エイディーンが人混みを縫って進んだ。浮かべている笑みはほんものだった。それもワシントンDCではめったに見られない。

テーブルに来たエイディーンは、ロジャーズに心のこもった抱擁をした。「お元気ですか？」

「上々だよ」ロジャーズはいった。「きれいになったなあ」

「ありがとう」エイディーンがマキャスキーのほうを向き、手を差し出した。「ご結婚なさったんですって。おめでとうございます。マリアはほんとうにすばらしいひとよ」

「そう、ほんとうにそうだよ」マキャスキーはいった。

エイディーンは、スペイン全土にひろがりかけた内乱をマリアとマキャスキーが阻止するにあたって密接に協力している。

なにがいいかと、マキャスキーがきいた。お手数でなければデカフ（訳注　カフェイン抜きのコーヒー）とクロワッサンを、とエイディーンが頼んだ。飲み終えたエスプレッソ一杯をさげるついでに、マキャスキーはカウンターへ行った。

ロジャーズは、エイディーンの顔をしげしげと見た。「デカフだって？」

「家を出るまでに三杯も飲んだし、途中でも一杯飲んだんです」そういいながら、エイディーンはスツールに腰かけた。ショルダー・バッグを、脚のあいだの床に置いた。

「暗いうちに起きて仕事の大半を片付けるんです。集中できるから。頭がすっきりしているあいだに《ムーア・クック・ジャーナル》の下調べと記事を書くのをやって、そのあとでその日の会議の詰め込み勉強をするんですよ」

《ムーア・クック・ジャーナル》は、国際問題が国内政策にあたえる影響に関する記事が中心の季刊誌だ。保守派の孤立主義者による小規模なシンクタンクが発行しており、情報産業で広く購読されている。

「コンサルタントの仕事は順調？」ロジャーズはたずねた。

「働く時間は長くて、お金はまあまあ、福利厚生はひどい。でも、毎日ちがうひとに会えるし、やればやるだけ手管が上手になるのはいいですね。ひとの知らないことを知るのと、脅して雇わせるのがコツなんです」

「情報保険だな」

「そんなふうなものですね」エイディーンは答えた。「安定した仕事をすればいいんでしょうが、オプ・センターを辞めるときにすんなりいきませんでしたからね。もう一度最初からやり直したくはないし」

かすかな苦い思いが、その言葉に込められていた。上司であるマーサ・マッコールが暗殺されたあと、エイディーンは仕事がつづけられなくなった——それに、オプ・センターには、長期の休養をあたえる余裕がなかった。

エイディーンは急いで語を継いだ。「考えてみれば、もう一年以上お目にかかっていませんでしたね。ほんとうにお元気ですか？」

「まあまあだ」ロジャーズはいった。「カシミールの件は聞いているだろう」

エイディーンがこくりとうなずいた。「お気の毒にと思いました。オーガスト大佐はいかがですか？」

「元気だよ」ロジャーズはいった。「あの任務はわたしの責任でやったことだ。わたしの汚点だ。それに、オーガストはだいたいが前向きな人間だからね」

「将軍は後ろ向きなんですか」エイディーンがいった。

「返す言葉もない。歴史マニアだものな」

「過去から学んだことを未来に活用する、とおっしゃればいいんですよ」エイディーンが答えた。「そうでなかったら、歴史を学ぶ意味がないでしょう」

「たしかに」

「長官やボブは？」

エイディーンは会話がうまい、とロジャーズは思った。嫌な話題はぱっと打ち切る。臨機応変に自分の意見をいい、つぎの話に進む。

「ふたりもおなじようなものだな」ロジャーズはいった。「アン・ファリスがオプ・センターを辞めたのは知っているね」

「ええ、自然な理由で辞めたのならいいんだけどと思っていました」縮小による解雇やもっといい仕事に就くことを、そう婉曲《えんきょく》に表現した。裏を返せば、フッドとの関係が原因ではなく、職業上の理由からアンが辞めたのであればいいのだがといいたいのだ。

「すこしちがう」ロジャーズは打ち明けた。「予算削減があった。それでわたしもストライカーを失った」

「このあいだの損耗のことではなくて？　チームそのものを？」エイディーンが念を押した。

ロジャーズはうなずいた。

エイディーンは驚いていた。ワシントンDCの情報網にはまだ噂が伝わっていないのだ。

「ひどすぎます、将軍」

「平気だ。反則パンチを食らったが、われわれは闘いつづけるよ。それがきょうここへ来てもらった理由でもある」

マキャスキーが、エイディーンのデカフを持って戻ってきた。エイディーンは、ロジャーズに視線を据えたまま礼をいった。

「新しいチームをまとめているところだ」ロジャーズは静かにいった。「きわめて隠密《おんみつ》に、きみがマーサとやっていたのとおなじたぐいの仕事をやる。参加してもらえないだろうかと思った」

エイディーンは、ロジャーズからマキャスキーへと視線を移した。「マリアもいっしよですか？」

「まだわからない」ロジャーズは答えた。

「わたしにはわかっている」マキャスキーがいった。「マイクに頼まれたら、マリアはふたつ返事で応じるだろう。わたしがプロポーズしたときとは大ちがいだ」

「マイク本人は、頼もうかどうしようかと迷っているところでね」ロジャーズははっきりと告げた。

三人が新チームの話を進める前に、デイヴィッド・バタットが店にはいってきた。ファイルの写真で見て顔を知っていたロジャーズが、手招きした。バタットに関して、ロジャーズにはなんの予断もなかった。身上調書によれば、バタットはアフガニスタン戦争中にムジャヒディン・ゲリラ戦士との連絡官をつとめていた。その後昇進して、CIAニューヨーク支局長になった。テロリストの国連安保理議場襲撃に部下のアナベル・ハンプトンが関与したため、現場工作員の身分に落とされた。アゼルバイジャンのバクーに配置されていたときに、オプ・センターと力を合わせ、カスピ海で地域紛争が勃発《ぼっぱつ》するのを防いだ。

バタットは、だらしのない服装の小男で、ロジャーズが見慣れているような初々《ういうい》しい新兵たちとはちがい、こざっぱりしたところはまったくなかった。だが、そもそもこんどの新チームは軍人が中心ではないのだ。サウスキャロライナ州知事エドワード・ラトレッジなど南部諸州の代表が、北部の代表とはじめて顔を合わせたときの気持ちが、わかるような気がした。北部の連中はうわべを飾らず、階級やきらびやかな装《よそお》いを敬わない。それでも、協力してアメリカの独立を勝ち取ったのだ、とロジャーズは自分にいい聞かせた。

バタットがテーブルに来た。ニューヨーク大学のスウェットシャツを着て、《ニューヨーク・タイムズ》を腋《わき》に抱えている。あとはなにも持っていない。身軽な旅をする人間は、ロジャーズの好みだった。

薄くなりかけた短い髪を、バタットがなでつけた。ロジャーズとマキャスキーに名前を告げた。

ロジャーズはエイディーンを紹介した。バタットが、驚いたようにサングラスの奥のもじゃもじゃ眉毛《まゆげ》をあげた。

「《MCJ》に記事を書いているエイディーン・マーリーだね」

「そうです」エイディーンがいった。

「マスコミのヒステリックな報道が民間の対テロ準備にあたえた影響についての記事を読んだ」バタットがいった。「それについてぜひ話がしたい」

「わたしの調査結果に反対なんですか?」エイディーンがきいた。

「賛成だ。現象面では」バタットがスツールを引き出して、腰かけた。「テロ攻撃の予測と回避は両立しない。予測すれば大衆がパニックを起こし、攻撃そのものより悪い結果をもたらす。いや、それ自体が攻撃なんだ」

「模擬攻撃です」

「心理攻撃は、けっして見せかけだけの攻撃ではない」と、バタットは応じた。

「そうですね。でも、防御はずっと楽ですよ」エイディーンは意見を差し挟んだ。「啓《けい》蒙《もう》は無知よりも深く浸透するものです」

「啓蒙について議論しているのではないよ」バタットはエイディーンの言葉を斥《しりぞ》けた。「重要なのは恐怖だといいたいんだ。版図を拡大しようとすればちっぽけな王国を失うことになるという恐怖を、独裁者の頭に植えつけなければならない。フルシチョフがキューバからミサイルを引き揚げたのは、〝おっと、待ってくれ！　わたしが愚かだった〟と急に改心したからではない。相互確証破壊の恐ろしさを承知していたからだ。だから、そういう考えは捨てることだ。危機が起きてからそれを統制するなどありえない。きみの記事は、つまるところそういう趣旨だろう」

「あなたの解決策はどういうものですか？」エイディーンがきいた。

ロジャーズは興味津々《しんしん》で聞いていた。いわゆる専門家の最大の特徴は、まちがっていることもあるし、正しいこともあるという点だ。どんな場合にでも通用する結論などありえない。しかし、議論を聞いている分にはおもしろい。

「わたしの解決策は、積極的攻勢だ」バタットが答えた。「敵がビルを攻撃すれば、市街を攻撃する。市街を攻撃されたら、町や都市全体を破壊する。都市を攻撃されたら、国を瓦礫《がれき》の山にする」

「法体系で攻撃後の始末をつけるというのではだめなの？」

「それでは敵に宣伝の場をあたえることになる。そんなのは願い下げだ」

「監視しなければならない邪悪な連中がいることを、世間に知らしめるのに役立つでしょう」

「ひとついわせてくれ」バタットが応じた。「テレビは傍観者のものだ。わたしは敵には死んでもらいたいと思う」

「この問題は、とことん話し合いたいわね」エイディーンがいった。

すこし棘《とげ》のある口調だった。しかし、エイディーンはここでも、過度に感情的になる前に議論を棚上げにする手さばきを示した。バタットのほうは、自分の意見のあるワシントンDCの熱意あふれる人間そのものといった感じだ。それで目立つかというと、むしろ逆だ。ふたりともごくふつうの一般市民に見える。

「デイヴィッド、なにかいるか？」マキャスキーがきいた。「あ、いや、戦術核兵器じゃないぞ」

「結構」バタットはいった。「機内でクッキーを食べた」ロジャーズの顔を見た。「元気でしたか？」

「生き延びはした」ロジャーズは答えた。

「海外でのことは新聞で読みましたよ」バタットがいった。「あなたがたのことを誇りに思っています。アメリカ国民も、こうした仕事に携わる者もみんな」

「ありがとう」ロジャーズはいった。「マーリーさんにも話していたんだが、あのことのために、いくつか変更を余儀なくされたんだ」

「感謝の念というものがなくて責任逃ればかりしている官僚どものやることだ。想像はつきます。わたしにできることは？」

「まったく新しいスポーツ・チームを結成するにあたって、選手候補に打診しているところなんだ」

「やりますよ」バタットがいった。

「いいのか？」マキャスキーが念を押した。

「いいとも」バタットが答えた。

「ありがたい」ロジャーズはエイディーンのほうを見た。「きみはどうする？」

エイディーンは一瞬ためらってから答えた。「とても興味があります。もうちょっと話がしたいんですが」

「わかった」ロジャーズはいった。

ためらいの原因が、オプ・センターに対する恨みなのか、独立独歩でやりたいからなのか、バタットに腹が立っているからなのか、ロジャーズにはよくわからなかった。たぶんそれぞれがすこしずつ混じっているのだろう。

「仕事場へ行って、本格的に話し合ったらどうだろう」ロジャーズはいった。

エイディーンがうなずいた。

「質問」バタットがいった。「チームに試合をさせるのはいつになりそうだ？　そのスケジュールに合わせて身辺整理をしたい」

ロジャーズはコーヒーを飲み干し、時計を見てから答えた。「約六時間後」

16

メリーランド州　キャンプ・スプリングズ
木曜日　午前八時十二分

ボブ・ハーバートの信頼する人間はごく少数しかいない。一〇〇パーセント信頼する人間となると、さらにすくない。

エドガー・クラインが、その最小のリストに載ったことはなかった。最小でないほうのリストに載せるのすら、どうかと思う。クラインには、護《まも》らなければならない自己の利益がある。ヴァチカンとその中枢《ちゅうすう》の保全が、クラインにとっての最優先事項だ。それは納得しているし、尊重するつもりだった。しかし、自分たちの利害をおろそかにはできない。そこで、フリーランスのエイプリル・ライトに連絡をとった。

エイプリルは、アメリカの首都の街路を毎日歩いている監視のプロフェッショナル百人のうちのひとりだった。競争相手であるアメリカの他の情報機関をスパイするために雇われている者もいる。外国人を見張るためにアメリカの組織が雇っている者もいれば、その逆もいる。配達人の制服を着たり、観光客や土産物売りに化けたり、ジョギングをやっているふりをしている。チームを組んで、テレビ局のレポーターや映画を製作している大学生をよそおう場合もある。着替えを入れたハンドバッグを持っている者もいる。監視カメラがあるような場所で見張るときには、何度か着替える必要がある。

エイプリルは元女優だった。出演するのはもっぱら小劇場だったので、顔は知られていない。ハーバートの亡妻の親友だった。いまはパイロットと結婚していて、幼い娘がひとりいる。きょうは、ベビーシッター、子供を散歩に連れ出した母親、子供のいるホームレスの女性という三種類の変装をする予定だった。どの変装のときも、デジタルカメラを隠し持つ。〝ホームレス〟の場合は、茶色い紙袋の底に隠す。写真を撮りたいときには、らっぱ飲みのふりをする。この仕事が得意だし、気に入っていた。ハーバートしか知らない秘密でもあった。仕事ができるのは、パイロットの夫がいないときに限られていた。

ウォーターゲート・ホテルを見張ってほしい、とハーバートはエイプリルに頼んだ。クラインが出かけて行く先と会いにくる人間について知りたい。エイプリルの活動開始は午後十時で、ベビーシッターをよそおい、一階におりてきて、内線電話の近くに座っる。午前二時まで赤ん坊をあやし、つぎはホームレスになって、外からクラインの部屋の窓を見張る。夜明け直前に、早起きの母親になって、ロビーを何度かまわる。だれかが内線電話を使うときには、かならずそばにいるようにする。クラインがホテルを出たときには、あとを跟《つ》ける。エイプリルをホテルに運んできた運転手が、そのために待機している。

ハーバートは、フッドとの打ち合わせのために、クラインに午前八時にオプ・センターに来てもらうことにした。午前二時、エイプリルが途中経過報告を行なった。七時四十五分に、最終報告があった。ハーバートは礼をいって、帰宅していいと告げた。それまでに、マット・ストールのコンピュータ班に指示して、スペイン発ボツワナ行きの便を調べさせた。知っておきたいことがあった。

クラインはタクシーで来た。ハーバートは一階まで出迎えて、そのまま長官室へ案内した。クラインはフッドの前の肘掛《ひじか》け椅子《いす》に座った。ハーバートはドアをはいったところに車椅子で陣取った。フッドの指示で、政治問題渉外担当官のロン・プラマーも会議にくわわった。かつてCIAで西ヨーロッパ担当情報分析官だったプラマーは、ハーバートに一分遅れてやってきた。ドアを閉めたプラマーは、腕をぎゅっと組んで、ドアに寄りかかった。プラマーは小柄で、茶色の髪が薄くなりかかり、目と目のあいだが広い。太い黒縁眼鏡をかけ、大きな鉤鼻《かぎばな》の持ち主だった。プラマーの集中力と熱意はオプ・センターにとってありがたかった。カシミールの扱いにくい状況は、プラマーの努力で爆発をまぬがれた。

ハーバートはクラインに、前夜の状況をたずねた。順調だという答だった。けさのミサの前に、クラインはザヴァラ枢機卿《すうききよう》と会っていた。オプ・センターの用事が終わったら、ニューヨークへ行ってミューリエタ枢機卿に会う、とのことだった。

「枢機卿から目当てのものをもらえたんだね？」ハーバートはきいた。

「そのとおり」クラインがいった。「ヴィクター・マックス司教にボツワナへ行っていただく手配をした。ニューヨークでぼくと会うことになっている」

「マックス司教というのは、人権問題を推進している人物だね？」

「そうだ」クラインがいった。「支援を明確に示すために、マックス司教がブラッドベリ司祭の職務を引き継ぐ。ハボローネへ行き、そこから国内便でマウンへ行く。助祭のうち二名に、現地に残って司教を出迎えるよう指示した」

「司教も助祭も危険な立場に置かれる。それはわかっているんだな」ハーバートはいった。「本人たちも承知しているんだな」

「もちろん」

「マスコミへの発表は？」フッドがきいた。

「こっちから報道を依頼することはしないが、声明は発表します。われわれを脅して追い払うことはできないというのを、ダンバラーにわからせるためです。ハボローネにレポーターを派遣する報道機関もあるだろうが、声明はそれだけで、記者会見もやりません。布教は支援するが現地の宗教派閥とのあからさまな対決は避けるという狭い道を歩むことを、ローマカトリック教会は選びました」

「司教の身の安全のために、どんな予防措置を講じるつもりですか？」フッドがきいた。

「現地の警察当局と協力しています」

「それだけ？」ハーバートは疑問を投げた。

クラインは、旧知の情報官の顔を見つめた。「ほかにも方策が用意してある。司教は安全だ」

「それは疑っていない」ハーバートはいった。

「どうして？」クラインがきき返した。

「だって、エドガー、きみはマドリード協定を発動したんだろう」ハーバートは答えた。

ハーバートがクラインの驚きの表情を見るのは、それがはじめてだった。「せっせと働いていたようだな」

「おたがいにね」

「ちょっと待ってくれ」フッドがいった。「その協定のことをよく知らないんだが」

「三年前にヴァチカンはスペイン国防省と秘密協約を結んだんです」ハーバートは説明した。「ヴァチカンの積極的な支援の見返りとして、スペイン国王は発展途上国でローマカトリック教会に対して武力行使が行なわれた場合、地上部隊を派遣することを約束しました」

クラインは、手をふって否定した。「マドリード協定は、秘密でもなんでもない」

「ローマ文書館所蔵のオンラインでは読めない部外秘の友愛ヴァチカン議事録が読める立場であれば、そうだろうよ。あるいはマドリードのスペイン国防省の同盟関係書類を閲覧できれば」ハーバートはずばりといった。「わたしですら、この取り決めのことを知ったのは、たった六時間ほど前の午前二時十五分だった。スペインのわれわれの手先に連絡したんだ。そういった取り決めが存在しないかどうか、調べてもらった」

「調べさせたきっかけは?」クラインがきいた。

「真夜中にロドリゲス国防副長官の訪問を受けただろう」ハーバートが答えた。

クラインの陽気な表情が翳《かげ》った。「ぼくを監視していたのか」

「そうだ」

「裏切られた気持ちだよ、ボブ」

「同感だね」ハーバートはおだやかに答えた。「支援をもとめながら、隠していたことがあった」

「あのときはたいして話すようなことはなかった」

「それだけ伏せていればたくさんだ」ハーバートは指摘した。

「秘密保全のことがあるから、教えたり話し合ったりしたくなかった」クラインが説明した。「第三国がその手の支援を行なうとなると、現在の危機がいっそう拡大するおそれがある」

「おい、きみたち。どうやら事情が呑《の》み込めていないのは、わたしだけのようだ」フッドがいった。「ボブ、どうなっているのか、説明してくれないか」

「はっきりしていると思ったことは、すべて話したつもりなんですがね」ハーバートはいった。「エドガーは、ブラッドベリ神父の所在を突き止めるのに、われわれの力を借りたいといった。マイクに説明して、出動準備をはじめたところ、べつの勢力がからんでいるとわかった。そうなると、この難局は、こっちが思いこまされていたのとはちがって、さらに拡大する可能性があるわけです」

　藤間重雄から問い合わせがあったことを、ハーバートはクラインに知らせたくなかった。ひょっとして関係がないかもしれない。しかし、関係があるとすれば、藤間との接触は胸に畳んでおきたい。

　フッドが、クラインの顔を見た。「そちらの意見は？」

「スペイン軍の介入は、ボブがいうこの〝難局〟において非常に微妙な問題です」クラインがいった。「ヴァチカンはたしかにスペイン軍と防衛上の取り決めを結んでいる。ただ、その協定は、スペイン軍全体におよぶものではないんです。総司令部戦闘群《グルッポ・デル・クアルテル・ヘネラル》に所属するUED——緊急展開特殊部隊《ウニダード・エスペシアル・デル・デスプリエゲ》だけです」

「スペイン軍のストライカーにあたる特殊部隊です」ハーバートが補足した。「兵員二百名の緊急展開部隊です。地中海沿岸のバレンシアに駐屯しています」

「そのとおり」クラインがいった。「出動を依頼できるのは、教皇猊下《げいか》とヴァチカンそのものが差し迫った脅威にさらされているときにかぎられる。この話をしなかったのは、公式にボツワナに投入されることはありえないからだ」

「マウンにあるブラッドベリ神父の小教区に、観光客をよそおって行くんだろう」

クラインが、さきほどよりもさらに愕然《がくぜん》とした表情を浮かべた。「どうしてそう思う？」

「それが道理にかなったやりかただからだよ」ハーバートはきっぱりといった。「きみらは、あす司教が到着する前に兵士を配置につけたい。だが、ブッシュバイパーに何者が手を貸しているのか見当がつかないから、スペイン軍の輸送機は使えない。コンピュータ班にスペインからボツワナへ行く空の便を調べさせた。バレンシアからマドリードを経由してハボローネへ行く航空券を、スペイン人数人が予約している。偽名を使っているが、Eチケットのセキュリティのために個人の電話番号を登録している。昨年、地中海で次世代の指揮統制訓練システムの演習が行なわれたときの記録が、国防総省に残っている。将来的に身分を隠す可能性のある人間に、国防総省はそういった戦術情報を教えないようにしている。ホセ・サンフリアン少佐という名前が浮かびあがった。少佐はさっきいった特殊部隊UEDの対テロ作戦専門家だ」

「これでぼくの知っていることはすべて知ったわけだ」クラインがいった。「いや、ぼくよりも知識は豊富になった」

恨みがましい口調だった。すまないとハーバートは思った。だが、この仕事では友情よりも国家の安全保障や同僚の生命を優先させなければならない。クラインもプロフェッショナルだ。こちらの行為をよくよく考えれば、気を取り直してくれるだろう。まして、オプ・センターにブラッドベリ神父捜索を頼んできたのは、クラインのほうなのだ。

「手の内がすべてさらけ出されたところで、クラインさん、われわれに対する要望を聞かせてくれませんか」フッドはいった。

クラインが、ハーバートの顔をじっと見た。「手の内は見せているんだろうね、ボブ？」

「ほかにもスパイ行為をやっているのではないかというのか？」ハーバートがきき返した。

「ちがう。ボツワナで人命を救うためにこちらが知っておくべきことが、ほかにあるんじゃないか？」

「いまのところはない」ハーバートはいった。

クラインは信じていないような目つきだった。ハーバートはへいちゃらだった。

「クラインさん、われわれになにをしろと？」フッドは重ねてきいた。

「おおざっぱにいうと、秘密裡《り》の情報支援はすべてお願いしたい」クラインがそれに答えた。

「だとすると、手をつけなければいけない範囲はきわめて広い」フッドはいった。「事件関係者とそれを支援している可能性のある人間の現在の活動と、セロンガとその一派のこれまでの経歴はつかんでいる」

「たしかに範囲が広いし、変動が激しいですね」クラインが認めた。「われわれの見るところ、厄介な問題は三つに大別できる。ひとつはブラッドベリ神父にかかわる状況。それがいちばんの心配事です。神父を奪回しないといけない。しかし、単純な誘拐でないことは明らかだ。ブラッドベリ神父は、宣教師にボツワナを出るよう指示した。おそらくは強要されて。これはダンバラーなる人物の活動と結びついている反カトリック運動の序章の可能性が大きい」

「カルトの指導者だな」フッドはつぶやいた。

「そうです」クラインが答えた。「第二の問題は、ブラッドベリ神父を迅速に無事奪回できなかった場合、ダンバラーが神父をどうするつもりでいるかを知る必要があるということです」

「そのカルトからヴァチカンにはなんの連絡もなかったということだね」

「なんの接触もありません。われわれの知る限りでは、ダンバラーは事務所はおろか教会すら持っていません。問題のカルトを設立する前の本名すらわかっていない」

「三つ目の問題は、クラインさん？」フッドは促した。

「これはヴァチカンにはあまり関係のない問題ですが、ボツワナと近隣諸国にとって厄介な問題になる可能性があります」クラインが答えた。「さきほどそちらが指摘なさった問題ですよ。何者がダンバラーを支援しているのか。アルベール・ボーダンがこの動きに関与しているのかどうかもわかっていません。仮にボーダンがかかわっているとしたら、特定の宗教をひろめるのが目的ではないことはたしかです」

「騒ぎを起こすのには、ボーダンの側になんらかの理由がある」フッドはいった。

クラインがうなずいた。

「ボブ、われわれが調べたNATOファイルをボーダンが閲覧できるかどうか調べてくれ」フッドはいった。

「おそらく閲覧できるでしょうね」ハーバートは答えた。「いずれにせよ、背後にいる連中は、司教が警護もなく行くはずはないと考えるはずです」

「クラインさん、これが長引くと、ヴァチカンはどういう危機に見舞われるおそれがあるのかね？」

「たいへんな危機ですよ。ブラッドベリ神父を取り戻すのだけが目的なら、ボツワナの教会をしばらく空き家にしてもかまわないでしょう。しかし、そうではない。ヴァチカン自体の信用にかかわります。ボツワナばかりか世界各地で文字どおりわれわれを信じているひとびとに対する真剣な取り組みを疑われます。戦いに明け暮れるこの激動の時代に、ローマカトリック教会は昔とはちがって、消極的な姿勢を示すわけにはいかないのです」

「話題を変えよう」フッドはいった。「マックス司教がブラッドベリ神父の後任をつとめるのを、ダンバラーは座視できる立場にあるだろうか？」

「わかりません」クラインは正直にいった。「ヴァチカンの決意を見て、激しい手立てに踏み切るのを思いとどまればよいと願ってはいますが」

「司教を拉致《らち》する、というようなことだな」

クラインがうなずいた。

「ダンバラーの狙《ねら》いがそこにあったとしたら？」ハーバートが疑問を投げた。「ローマカトリック教会に戦いを挑み、自分が大胆不敵であることを示すのが、ダンバラーの目的だとしたら？そこへ、外国人が臆《おく》せず自分の土地に舞い戻ってくる」

「そうなったら、われわれはきわめて深刻な事態を抱え込むことになる」クラインは認めた。「ボツワナであろうとどこだろうと、教会が宣教活動をやめることはありえない」

フッドはプラマーにたずねた。「ロン、ボツワナで内戦が起きた場合、どういう影響がひろがる？」

「政治がらみの戦争でも、ひどい状況になるでしょうね」プラマーが答えた。「それだけでも、数万の難民が南アフリカに逃れようとして、国境付近で暴力事件が起きる危険性がある。しかし、宗教的暴動が起きていて、非キリスト教徒がカトリックに襲いかかろうとしているのだとすると、南アフリカで少数派のヒンドゥー教徒やイスラム教徒が刺激を受け――いや、そそのかされ――同様の活動を開始するおそれがあります」

クラインがつけくわえた。「それに、地域紛争が起きたら、南ア政府はただちに国境を閉鎖し、自国の労働者を護《まも》ろうとする。貿易収入の減少はぜったいに避けたいはずですからね。南アの産業に混乱が生じると、アフリカ南部の鉄鋼、トウモロコシ、羊毛、各種金属、ダイヤモンドの国際市場に影響が出る」

ダイヤモンドと聞いて、フッドとハーバートが目配せを交わした。クラインは気づいたふうはなかった。

「宗教戦争の場合、ボツワナの西、東、北でも深刻な問題が起きるおそれがあります」プラマーは説明をつづけた。「西のナミビアはキリスト教徒が八割から九割、残りは土着の伝統的な宗教の信者です」

「そういう宗教を信じている連中が、ダンバラーに惹《ひ》かれている。ダンバラーのカルトは、いろいろな古い信仰をもとにしている」クラインが指摘した。「東のジンバブエはもっとたいへんだ。伝統宗教とキリスト教の比率が二対一だ。北のアンゴラでは激しい迫害が行なわれるだろう。キリスト教徒の大部分はカトリックだが、伝統宗教との比率は一対四でかなり分が悪い。宗教とは関係のない部族同士の争いも起きるにちがいない」

「一カ所に周到に火をつければ、地域全体が爆発する」プラマーがいった。「いや、爆発ぐらいではすまない。ありとあらゆる分野がかかわってくる――政治、宗教、経済、社会――原形をとどめる破片すら残らないだろう。それを組み立て直すことなど不可能だ」

「わかった。話を戻そう」フッドはいった。「ボツワナ政府はなにをしているのか、この難局を処理する意気込みはあるのか？」

「ボツワナ政府は、いまのところ、捜索のほかにはなにもやってない」クラインがいった。「ロッジにいたひとびとから事情を聞き、誘拐犯たちの動きを追っています。しかし、ダンバラーやそのカルトの意図に気づいていないから、過剰な反応を示して状況を悪化させるのは避けたいと思っているようです」

「過激な宗教組織や反乱分子が地方にいるのが知られていないわけがない」プラマーが洞察を述べた。「こうした事件は前にもあったはずです。外国には知られないように処理してきたんですよ」

「では、ヴァチカンとダンバラーの争いがエスカレートしたらどうなる、ロン？」フッドは質問した。

「ダンバラーが一定の権力基盤を築いたと中央政府が判断した場合、当然、そちらと交渉するでしょう」プラマーが答えた。「いまもいったように、カルトというのはアフリカではめずらしくない。これまでとちがうのは、ローマカトリックの聖職者を誘拐したことです」

「ダンバラーと正面切って戦うと、一種の正当な勢力として認めてしまう危険性がある」ハーバートが、クラインにいった。

「交渉するのもおなじだ」クラインが答えた。

「交渉にはいろいろな段階がある」フッドは指摘した。「ボツワナ政府なら、ダンバラーの行動を正当化することなく対話をはじめられる。ボツワナ大統領――なんという名前だった？」

「ブテレ」クラインがいった。「マイケル・ブテレ」

「ダンバラーの行動にブッシュバイパーと外国の権益がからんでいる可能性があるのを、ブテレ大統領は知っているんだな？」フッドはきいた。

「元ブッシュバイパーのメンバーがかかわっている可能性があることは伝えましたよ」クラインが認めた。「しかし、ブッシュバイパーはいまでもイギリスを追い出した英雄と見られているので、大統領としては、反政府勢力だと非難するのは避けたい。アルベール・ボーダンについては、なにも教えていません」

「どうして?」ハーバートがきいた。「最終目標はボツワナ政府かもしれないんだ。情報を教えるべきだろう」

「われわれはヴァチカンとフランスの関係のほうを重く見ている」クラインが答えた。「関与している確実な証拠がない限り、フランスの大物企業家の名前を挙げるわけにはいかない」

「それなら、フランス政府に伝えればいい」ハーバートはいった。「疑わしいとだけでも」

「それはまずいよ、ボブ」プラマーがいった。「ひょっとして政府中枢《ちゅうすう》にボーダンの後援者がいるかもしれない」

「われわれもそう判断した」クラインがいった。「フランス政府高官がフランス国内のヴァチカン関係者と敵対するようなことは避けたい。さっきもいったが、第一の問題は、聖職者と宣教師の安全をはかることだ」

「それが当然だな」フッドはきっぱりといった。

クラインの意見を裏打ちするためではなく、ハーバートの暴走を抑えるために、フッドはそういったのだ。口を出して正解だった。うっかりと見過ごしていたが、ハーバートはいつになく抑制がきかなくなっている。もじもじしたり、顔をしかめたりして、視線も落ち着かない。スペイン軍との取り決めをクラインが黙っていたから機嫌をそこねているのではないだろう。この作戦のHUMINTを自分が指揮したいのだ。何カ国もが関係し、あちこちで火種がくすぶっているから、仕事には事欠かないはずだ。それでも、マイク・ロジャーズがこの一件でチームの采配《さいはい》をふるうのが、うらやましくてしかたないのだろう。

フッドは、プラマーに向かっていった。「なにか意見は、ロン？」

「ふたつあります」プラマーが答えた。「ひとつ、オプ・センターはかなり用心深く行動しなければならない。国際問題だけではなく、国内のほうも考慮しないといけません。できればわれわれの行動は、極秘でなされ、だれにも気づかれないほうが望ましい」

「賛成」ハーバートがいった。

「そうはいっても」プラマーが語を継いだ。「これが爆発するのは食い止めなければならない。われわれの要員と関与に非常口戦略さえ用意できれば、クラインさんが必要とする情報支援をすべて行なうべきでしょう」

「われわれが介入するとして、国際面での恐ろしい炉心溶融《メルトダウン》の想定《シナリオ》はどんなものだ？」

「明白ですよ。われわれに直接属している人間が、ボツワナ国民の行動をスパイしているところを捕らえられる。アメリカ合衆国がアフリカの小国の宗教運動をいじめているのがばれるというのは、世間体が悪いでしょうね」

「そのフランス人がダンバラーとつるんでいるとしたら、われわれがさらし者になることはまちがいない」ハーバートがいった。

フッドは、ハーバートに視線を向けた。「ボブ、それにはどういう備えが必要だ?」

「それはクラインしだいですね」ハーバートは、ヴァチカン保安局幹部のほうを向いた。

「理想をいえば、こっちの人間を司教に同行させたほうがいい。できれば聖職者に変装して。しかし、そうすると、どういう人間なのかとマスコミは当然問い合わせるでしょうね」

「そのとおり」クラインがいった。

「でも、べつの方法がある」ハーバートはいった。

「どんな?」

「スペインの観光客といっしょに行かせる。エドガー、それなら問題はないだろう?」

「どうかな」クラインは正直に打ち明けた。「ホセ・サンフリアン少佐は、外部の人間とはいっしょにやらないといわれた」

「そこはブレット・オーガストがなんとかしてくれるだろう」フッドは請け合った。

「オーガスト大佐は、NATOのたいがいの国の将校とたいへんいい関係にある」

「UED指揮官さえ了承すれば、ヴァチカンはなにも反対しません」クラインがきっぱりといった。「その秘密潜入作戦にだれを使うつもりですか?」

「インターポールを最近辞めたばかりの女性だ。何週間か休みをとって旅行しても不思議はない」ハーバートが代わりに答えた。「マリア・コルネハ＝マキャスキー」

17

木曜日　午後四時三十分
ボツワナ　マウン

マウン・センター行きのバスが四時に到着し、観光客四十二人がおりた。一時間後に折り返す予定だった。それに乗り遅れると、ツーリスト・センターを出発するには、明朝午前十一時まで待たなければならない。タクシーは料金が高いし、日没後はほとんど通らない。町や幹線道路からはずれると地形の変化が激しく、夜の運転には向かない。レンタカーを使うのは、もっぱら幹線道路を使ってハボローネやもうひとつの大きな街であるフランシスタウンへ行く外国人ぐらいのものだった。

三十八歳のエリオット・ジョーンズ助祭は、午後二時過ぎに聖十字教会に帰り着いた。ジンバブエとの国境に近いトノタから北西に進んで戻るのに、二十四時間以上かかった。まずフランシスタウンまで自転車で行き、ツアー・バスに乗って、マカディカディ鹹湖《かんこ》をめぐり、西に進んだ。鹹湖のツーリスト・センターで、マウン行きのバスが来るのを待った。マウンからもう一度、教会のとなりのツーリスト・センター行きのバスに乗らなければならなかった。教会でキャノン助祭と落ち合い、ボツワナを去る支度をするつもりだった。

ジョーンズ助祭は、ブラッドベリ神父の指示に納得していなかった。脅しに屈して会衆を見捨てるのが嫌だった。肉体より魂のほうが大切だ。自分の身を案じるのではなく、魂を救うのが仕事なのだ。

教会に戻るあいだに、ブラッドベリ神父に何度か電話をかけた。応答はなかった。旧友であり師でもあるブラッドベリ神父のことが、ジョーンズ助祭は心配だった。

ようやく教会に戻るとすぐに、ケープタウンの大司教から電話がかかってきた。計画が変更された。あすの午後、マウンへ行くこと。ただし、飛行機で南アフリカへ向かうのではない。ワシントンDCから来るヴィクター・マックス司教の到着を待ち、教会に案内する。ケープタウンのパトリック大司教の専属秘書はジョーンズ助祭に、もうひとり助祭をともなうようにと指示した。切符や食べ物を買ったり、荷物を取りにいくときに、司教に付き添っている人間がひとりはいないと困るからだ、といわれた。

聖十字教会が放棄されないと知って、ジョーンズ助祭はよろこんだ。残ることを司教に許可してもらえるかもしれない。アメリカの司教に会うのははじめてで、それにもわくわくした。いっしょにいることになる時間は短いだろうが、楽しみだった。外国人聖職者は、視座や発想がまったくちがう場合が多い。アメリカ人はだいたいにおいて率直で、情報に通じている。ブラッドベリ神父について新しい情報をつかんでいるかもしれないし、ボツワナの現況について気が休まるような見通しを伝えてくれるかもしれない。ケープタウンの大司教は、危機の実態を知っているとしても、なにも教えてくれない。サミュエル・ホールデン・キャノン助祭は、ジョーンズ助祭とはべつの長旅をしていた。ボツワナ、ナミビア、アンゴラの国境線近くの標高一三七五メートルのツォディロ山に点々とある村のすべてが、キャノン助祭の小教区だった。キャノン助祭は、ラバとジープとバスを使って、マウンに着いた。到着が遅く、したがってケープタウン行きの朝のバスに乗れなかった助祭は、サム・キャノン助祭だけだった。ジョーンズ助祭は、二十四歳のキャノン助祭に大司教の指示を伝えた。ジョーンズ助祭といっしょにマウンで司教を迎えるのは光栄ですと、キャノン助祭はいった。

ふたりは、布教から戻ったときに使う助祭宿舎へ行った。汚れたスータンを脱いでシャワーを浴び、清潔なスータンに着替えた。ブラッドベリ神父がいないあいだ、観光客向けに教会のおつとめをしなければならない。ジョーンズ助祭は狭いキッチンで紅茶をいれると、それを持ってベランダに出た。ふたりして籐椅子《とういす》に座り、だだっ広い平坦《へいたん》な氾濫原《はんらんげん》を眺めた。暖かく乾燥した夕方で、この季節の常として風がない。空は雲もなく、琥珀色《こはくいろ》の太陽はだいぶ傾いていた。

「この事件の背後にはなにがあるんだと思いますか？」キャノン助祭がきいた。

エリオット・ジョーンズ助祭は、あまり政治に興味があるほうではなかった。ロンドンのケンジントンで、アッパー・ミドル・クラスの家庭に育った。政治史に興味をおぼえたのは、それが大好きなふたつのこと——美術と信仰——に大きな関係があるときだけだった。

「よくわからない」ジョーンズ助祭は答えた。「スーダンのマフディーの話を知っているか？」

「一八八〇年代にイギリス軍と戦ったイスラム指導者ですね？」

「そうだ。イギリス軍はかの有名なゴードン将軍が率いていた」

「チャールトン・ヘストン主演の〈カーツーム〉を見ましたよ」キャノン助祭は気恥ずかしそうだった。

ジョーンズ助祭は頬をゆるめた。「大司教図書館のビデオだな？」

キャノン助祭がうなずいた。

「わたしも見た」ジョーンズ助祭は笑みを向けた。「そのふたりの戦いに興味を持ったのは、十三歳のときだった。ゴードンは熱心なキリスト教徒で、クリミア戦争に参加し、太平天国の乱を鎮圧し、ノアの箱舟を捜した。わたしはずっとノアの箱舟を捜したいと思っていたんだ。聖書やほかの資料や手がかりを見て、アララト山地を捜そうと。ゴードン将軍の日記が本になっているのを見つけて、その熱心な探求に感動した。ハルトゥーム（カーツーム）のイギリスに忠誠な臣民を護《まも》らなければならなくなって、ゴードン将軍はそれをあきらめた。

マフディーを自称していたのはムハンマド・アフマドという四十歳のイスラム指導者だ。アフマドは聞く耳を持つ者たちに永年説教していた。そうしたひとびとの多くは飢え、家もなく、希望もなかった。一八八一年、自分はこの世における神の副摂政《ふくせっしょう》であると、アフマドは確信する。イスラムの民の苦難は、イスラム教でいう不信心者、すなわち異教徒の存在が原因だと確信する。アフマドは聖戦《ジハード》を宣言して各地を転戦し、自分の世界観に不賛成な者を虐殺《ぎゃくさつ》し、拷問《ごうもん》した。チャールズ・ゴードン将軍とスーダン人兵士数百人のみが、ハルトゥームに立てこもって抵抗した。アフマドは、ゴードン将軍の部隊とそれに従った市民数千人を皆殺しにした」

「最初のイスラム原理主義者ですね」キャノン助祭がいった。

「そうとはいい切れない」ジョーンズ助祭は答えた。「しかし、はじめてイギリスのすべての新聞に載った人物ではある」

「今回の紛争と似たところがいろいろあるというんですか？」

「そうだ。ブラッドベリ神父誘拐や、助祭宣教師の国外退出要求は、国や民族とは縁がないような気がする。あきらかに宗教問題だ」

「あらたなマフディーの出現だと？」

「わたしはそう思う」ジョーンズ助祭はきっぱりといった。

「なんらかの形で政府がひそかにかかわっている可能性は？」

「ローマカトリック教会は、村々で食糧、教育、医療をほどこしている。平和をひろめる仕事だ。ボツワナ政府には、われわれを追い出す理由がない」

「では、わたしがここに帰ってきたときにンデベレ所長がいったことを、どう説明します？」キャノン助祭がいった。「ブラッドベリ神父は兵隊に連れ去られたといっていますよ」

「兵隊は雇える」ジョーンズ助祭が指摘した。

「それでは忠誠に問題があるでしょう。勇猛果敢に戦うかどうかわからない」

「仕事さえやれば申し分ないだろう。ましてや、おおぜい雇えばいいことだ。わたしもンデベレ所長の話を聞いた。神父を拉致《らち》するのに、四、五十人が来たそうだ。つまり、誘拐犯はある種の声明を発表したつもりなんだろう」

キャノン助祭は、しきりと首をふった。「正直いって、こういうことはよくわかりません。親たちは政治の話をよくしていましたが、ぼくはくわわらなかったんです。必要な答はすべて聖書にあると思っていました。聖書が導いてくれると。神の言葉が」

ジョーンズ助祭はにっこり笑った。「ゴードン将軍もまさにそう思ったんだ。とどのつまりは、弾薬がもうすこしあればありがたかっただろうが」

「マフディーはどうなったんです？」

「みずからの勝利によって命を奪われた」ジョーンズ助祭は答えた。

「どういうことですか？」

「聖戦士たちはハルトゥーム防御軍を皆殺しにして、死体を何週間も街路に放置した。その結果、チフスが蔓延《まんえん》した。マフディーは、ハルトゥーム占領の数カ月後に、チフスのために落命した」

「〝悪《あ》しきものをおのれの網におちいらしめたまえ〟」キャノン助祭がいった。

「詩篇一四一章一〇節」

「ええ。マフディーは、他者に向かって剣をふりあげたとたんに、滅びる運命が定まったんです。でも、そうなるのは必然ではなかった。コリント前書二章一五節に、〝されど霊に属する者は、すべての事をわきまう、而《しか》して己《おのれ》は人に弁《わきま》えらるる事なし〟とあります。マフディーが真に霊に属する者であれば、栄光ではなく神に身を捧《ささ》げ、戦いではなく布教の途《みち》を選んだでしょう。そうすれば滅びることはなかった」

ジョーンズ助祭は相槌《あいづち》を打った。「滅びずに、いつまでも影響を及ぼしつづけただろうな。ここのひとびとのあいだで働いていると、深遠な霊性を目《ま》の当たりにする。キリストの教えに導かれなかったひとびとの多くは、それぞれの信心にしがみついている。そういう確信には敬意をおぼえる。変革の原動力は、信仰と真実でなければならない」

力強くいい放った。「そうでなかったら、結果は長つづきしない」

キャノン助祭が、にやりと笑った。「そういった信心を見て、ご自分の信仰が揺らぐことはありませんか？」

「それはない。しかし、あらためて自分の信仰を吟味するきっかけになる。吟味すればするほど、自分の信仰が固まる」

そのあと、ふたりは黙って紅茶をゆっくりと飲んだ。陽が落ち、あっというまに気温が下がった。冷え冷えする空気が心地よかった。広大な景色に静寂が垂れ込めると、人間など小さなものだと思えた。

携帯電話が鳴った。ジョーンズ助祭はびっくりして、スータンのポケットから急いで電話を出した。大司教の秘書からだろうと思った。

そうではなかった。

ブラッドベリ神父が、驚くべき要求を告げた。

18

木曜日　午前九時五十五分
メリーランド州　キャンプ・スプリングズ

ハーバートがマリアに電話をかけることになって、ハーバート、プラマー、クラインとの会議が終わると、フッドはそのあとしばらくクラインと話をした。ボツワナの経済と政治がどの程度健全かを話し合ったり、監視されていたのをまだ不愉快に思っているクラインをフッドがなだめたりした。フッドが同情を示したのは、それが役目だからだった。じつは、ロサンジェルス市長だったころ、クラインのような気持ちになりかけたことが何度もある。市政にたずさわる人間は、自分たちは特別だから、遊園地や混んでいるレストランでも列にならばなくていいと思いがちだ。クラインも、ローマ教皇に仕える身として、疑われるのは心外だと思ったのだろう。フッドはそういう姿勢をとらなかった。市長としていちばん重要なのは、選挙民の権利と安全を護ることだ。ハーバートの行為はオプ・センターの手順に準じているという説明に納得したわけではないにせよ、ニューヨークに向けて出発するころには、クラインは機嫌を直していた。

マリアの件については、ハーバートが長官室に戻ってきて、このやりがいのある仕事を引き受けるつもりだというマリアの覚悟を伝えた。

マキャスキーが出勤したらすぐに説明しようとフッドは提案した。ハーバートは、自分がやると答えた。

「FBIに長官が連絡したと聞いて、ダレルはむっとしていましたよ」ハーバートはいった。「でも、わたしがなにをやるかを聞いたら、もっと機嫌をそこねるでしょうね」

「まあそうだろうな」フッドは冷ややかにいった。

「わたしに怒りをぶつける分には、長官に対してはぐちですみます。長官に怒りをぶつけたら、辞めるしかないかもしれない。そうなったら困りますからね」

「どっちみち怒りをぶつけるわけか」フッドは考えたことを口にした。

「そうですね」ハーバートはいった。「でかい爆発が一回か、小さい爆発がたくさんか。小さいほうだと思います。オプ・センターにとって正しいことをやりたいはずですから、でかい爆発はこらえるでしょう」

任せた、とフッドはいった。だいいちほかにやることがある。金融街にいたころの同僚のエミー・フェローチェは、会議中だった。折り返し電話がほしいと、ボイスメールに吹き込んでおいた。エミーからの連絡を待つあいだに、藤間重雄の話を聞くことにした。

ハーバートが出てゆくと、フッドは藤間のファイルを呼び出し、ざっと目を通した。三十五歳、結婚して、子供がふたりいる。東京大学の政治学修士号と、大阪大学法科大学院の犯罪学修士号を得ている。情報分析局には七年勤務している。情報関係の技倆《ぎりょう》と政治的手腕を兼ね備えているようだ。日本は年功序列制が確立している社会だ。この若さで情報分析局長になるというのは、かなりすごい出世だろう。

藤間のファイルを確認したあとで、こんどはアンリ・ゼネの身上調査書類を呼び出した。アントウェルペン生まれで五十三歳のゼネは、ダイヤモンド商だった。フランスの産業・金融界の実力者数人とともに、ボーダン国際産業の重役陣に名をつらねている。

フッドは、ハーバートのボイスメールに記録されていた藤間の電話番号にかけた。日本外務省情報分析局長は、会議中だったが、脱け出してフッドの電話に出た。

「わざわざお電話ありがとうございます、フッド長官」藤間がいった。「長官じきじきにご連絡いただいて恐縮です」

敬意をこめた落ち着いた口調で、切迫したふうはまったくない。だが、それ自体はたいした意味を持たない。日本政府の高官はつねに悠然と落ち着き払っている。

フッドは、目前の問題を即座に切り出すことにした。故マーサ・マッコールがよくいっていた〝造花の花束みたいに実のない儀式〟——日本の官僚と話をはじめるときにつきものの心にもないお世辞の応酬——をやっている余裕はない。

「連絡してくださった一件に関心があるのです」フッドはいった。「アンリ・ゼネについての問い合わせでしたね？」

「そうです」藤間が答えた。

「お手伝いできるか、いっしょに考えてみましょう」フッドは水を向けた。

藤間はしばし沈黙した。中身のない褒め言葉のやりとりは抜きで、ふたりは一瞬にして、情報関係者らしい言葉数のすくない探り合いをはじめていた。フッドはさまざまな仕事を手がけてきたが、これはまったく未知の分野だった。ふたたび口をひらいたとき、藤間は用心深い口調で、言葉を選んでいった。

「アンリ・ゼネ氏にわれわれが注意している理由は、最近の投資と事業内容です」藤間は説明をはじめた。「ここ数カ月、ゼネ氏はボツワナで雇い入れる人間の数を増やしています。とにかく、ハボローネに提出された税務書類ではそうなっています」

「でも、疑わしいというんですね」フッドはいった。

「そうです」

「ゼネはふつうどういう人間を雇うのですか？」

「ダイヤモンドのバイヤー、購入した商品を警備する人間、あらたな仕入先を開拓する人間——」

「いい換えるなら、そうした人間であれば注意を惹《ひ》くこともなかった」

「そうです」藤間が答えた。「しかし、われわれの監視によると、そういった人間は見当たらない」

日本はどういった手段で監視しているのだろうと、フッドは興味を持った。オプ・センターに役立つＨＵＭＩＮＴだろうか。しかし、きいても藤間はあっさりとは教えないだろう。単刀直入に答をもとめたのでは、成果は得られないにちがいない。知りたいことがあっても下手に出ないほうが、かえって敬われる場合がある。日本人を相手にするときはことにそうだ。

「おなじ時期に、ゼネは日本、台湾、アメリカの銀行から、一億ドル近い金額を引き出しています」藤間が説明をつづけた。「その金の一部を使って、中国と北朝鮮で広大な土地を長期契約で借り、工場に投資しました」

「ただの投資かもしれないでしょう」フッドはいった。「中国経済はこれから二十年以上にわたり急激な成長が見込まれているし」

「そう推理するのが当然ですね」藤間は認めた。「ただ、ゼネ氏は多国籍持株会社を数社設立して、土地と工場の所有権の一部をそちらに移し、自分が関与しているのがわからないようにしたんです」

「持株会社の名前は？」フッドはきいた。

「わかっているのは一社だけで、社名はアイ・アット・シーです。オランダに籍を置く会社で、業態はベンチャー・キャピタルとなっています。この投資グループにはアルベール・ボーダンがくわわっていると思われます。関与を隠す必要はどこにもない。フランス人が中国に投資するのは、違法ではありませんから」

「ゼネが長期契約で土地を借りた場所は、中国のどこですか？」と、フッドは質問した。

「遼寧《りようねい》省の瀋陽《しんよう》です」藤間は答えた。「中国のこの地域のことをご存知ですね、フッド長官」

「知っています。先進型の殲撃《チエンチー》8IIジェット戦闘機の製造工場がありますね」

「そのとおりです。ですから、この投資に危惧《きぐ》を抱いたのです。現地には、技術が高いが比較的安い賃金で雇える労働人口があります。多国籍武器製造業者がそれを利用すれば、かなりの利益をあげられるでしょう。そういう分野の野心的な事業を、日本としては注意深く見守らなければならないわけです」

「なるほど。アルベール・ボーダンがその投資に関与している、あるいは中国での事業拡大を狙《ねら》っている、という証拠はあるのですか？」

「ありません、フッド長官」藤間は率直に答えた。「しかし、その可能性は無視できませんから」

「もちろんそうでしょう」フッドはいった。

ボーダンの会社組織のコンピュータ・ファイルに目を戻した。経営陣ひとりひとりの履歴を見ていった。記録されていることはすくなく、出身や心的外傷や愛国的な意図に共通点は見られない。ＰＩＧと略される政治介入集団を分類する際の基礎となる世代すらまちまちだった。差別主義者《PIG》（豚）という略語は、テロリスト、反政府分子、クーデター首謀者たちにぴったりだと、フッドはいつも思う。

「大きな金融取引を行なった人間が、ボーダン一派にはほかにもいるんですか？」フッドはたずねた。

「いまのところ、われわれが注視しているのはゼネ氏とボーダン氏だけです」藤間が答えた。「ですが、長官は金融界にもおられましたね。ボーダンの他の重役についても調べていただけませんか。リシャール・ベケット、ロベルト・シュティーレ、グルニ・ド・シルヴァ、ペイタ・ディフリングなどです。名前を聞いたことは？」

「すべていま聞いたばかりです」フッドは答えた。

「この連中のファイルはありますか？」

「内容がきわめて貧弱なものなら。こちらで確認作業を終えてから送ります。フランス人、ベルギー人、ドイツ人――どの投資家も黒幕めいている」

「この紳士たちは、まったくの黒幕ですよ」藤間は相槌を打った。「しかし、十億ドル近くを直接に動かしている。彼らの共同経営と、投資の勧めに従う連中を含めると、間接的に四十ないし五十億を動かしています」

ボツワナのGDP（国内総生産）を超える額だ。

「総合的な計画が進んでいるという確証はありません」藤間はいった。「それでも、ゼネ、ボーダン、さっき挙げた連中について、そちらが情報をつかんでいるのではないかと期待していたんです。まずは国際経済に対して財政的な攻撃が行なわれる可能性が無視できません」

藤間の口にした〝まずは〟という言葉は、それよりも大きな心配事を暗に示している。ヨーロッパの資金にボーダンの武器製造技術がくわわれば、いまでさえ無敵の中国軍がさらに強力になる。当然の懸念《けねん》だ。

フッドがそれよりも不安をおぼえているのは、ゼネの活動とボツワナの事件に結びつきがあるのかどうかということだった。アフリカ南部のダイヤモンドの流通を動揺させれば、世界経済の一部に悪影響は出るだろうが、〝財政的な攻撃〟を行なうにはふじゅうぶんだろう。

フッドは、バグズ・ベネットからのインスタント・メッセージを受信した。エミー・フェローチチェから電話がかかっているという。待ってもらうようにと、フッドは返信した。

「藤間さん、この展開について、これからよく調べます。ボブ・ハーバートかわたしが頻繁に連絡するようにします。そちらからも連絡してください」

「そうします」藤間は約束した。

藤間が礼をいった。フッドはベネットに、ボーダンの重役陣の身上調書ファイルを藤間に送るよう指示してから、エミーの電話に出た。

「待たせてすまなかった、エミー」フッドはいった。

「いいのよ、ポール。連絡してくれて、すごくうれしいわ！　どんなふうに暮らしていたの」

「いろいろあってね」フッドは答えた。

「そのいろいろを早く教えてちょうだいよ。ほんとうに、〝おたがいに連絡しようね〟が〝そんなにご無沙汰《ぶさた》していた？〟に変わってしまうのが早いこと」

「そうだね」フッドはいった。「ホワイトカラー犯罪の世界はどう？」

「いつもすごく忙しい」エミーがいった。「いまはもうめちゃめちゃ」

「どうして？」

「株式市場の大きな取り引きのいくつかが不適切ではなかったかどうか、調べているところなの。ロベルト・シュティーレというドイツ人の株式仲買人を知らない？」

フッドは寒気をおぼえた。「たまたまその名前をきいたばかりだ。その男、なにをやった？」

「シュティーレは、ユーロ時間でけさ早く、ひそかに大きな取り引きを仕掛けたの。一億千四百万ドルもの優良株、つまり業績のよい企業の株を一気に売って個人企業三社に投資したのよ」

「三社の名前はわかっているのか？」

「ええ」エミーが答えた。「一社はヴィービー、つぎはル・ジャンプ・ド・ヴェヌス――」

「三社目はアイ・アット・シーだな」

「そうよ！」すごいわ、といいたげだった。「どうしてわかったの？」

「教えられない」フッドはいった。

「魔法使いさん、なになら教えられるの？」

「アルベール・ボーダンを調べるといい」

「理由は？」

「それも教えられない。シュティーレに関して、きみらはなにをやろうとしているんだ？」

「それらの優良企業について、わたしたちの知らないことをシュティーレが知っているかどうかを突き止めたいの」

「わたしなら、優良企業のほうはほうっておくね」フッドはいった。「問題はシュティーレだ。資産を換金する必要があったんだ」

「理由は?」エミーがなおも質問した。
フッドは答えた。「さて、それが難しい問題だな」

19

木曜日　午後六時零分

ボツワナ　オカヴァンゴ・デルタ

皮肉な成り行きだった。食事と休息をあたえられると、ブラッドベリ神父の戦術は逆用された。

ブラッドベリ神父は、指示どおり宣教師たちを呼び戻した。つぎに、外へ連れ出された。いましめは解かれ、フードもはずされていた。朝の光を目にして、新鮮な空気を顔に感じるのが、奇妙に思われた。小島の便所を使うのも許された。そのあと、誘拐犯たちが〝檻《おり》〟と呼んでいる独房には戻されなかった。ちっぽけな小屋に連れていかれた。窓に鎧戸《よろいど》があり、壁は丸太で屋根は波形鉄板だった。四方の壁の上のほうに、五、六〇センチの間隔で小さな穴が四つあけてある。それが明かり取りと通風孔を兼ねていた。戸は表から閂《かんぬき》がかけられ、床はコンクリートの三和土《たたき》だった。だが、奥の壁ぎわに簡易ベッドがあったし、パンと水をあたえられた。感謝の祈りをつぶやくと、ブラッドベリ神父はがつがつと食べ、飲んだ。

湿気がひどく、すさまじい暑さだった。粗末な食事を終えると、ブラッドベリ神父はベッドの上に立ち、壁の穴からすこしは涼しい朝の空気を吸い込んだ。すると瞼《まぶた》が重くなり、腹ばいになった。枕《まくら》代わりのタオルに頭を載せた。体が乾いた汗と沼のにおいを発している。べとべとの手や頬を沼の蠅《はえ》が偵察しにきた。だが、目を閉じると、暑さも悪臭も虫も、すべて意識から消え失《う》せた。あっというまに眠り込んでいた。

気づくと、背中を叩かれ、聞いたことのない荒々しい声で目が醒《さ》めた。

「起きろ!」

部屋のなかは暗く、どれほど眠っていたのか、見当がつかなかった。声が遠くから聞こえているように思えた。意識が朦朧《もうろう》としていた。目醒めているのかどうかも定かでない。立つどころか、動くのも嫌だった。

もう一度叩かれた。「来い!」といわれた。

ブラッドベリ神父は、声の主のほうを見ようとした。腕が眠っていて、体を動かすのに手間取った。人影らしきものがようやく見えた。知らない人間のようだった。

男が手をのばし、ブラッドベリ神父の腕をつかんで強くひっぱった。動きが鈍いのにいらだったのだろう。ブラッドベリ神父はベッドから起きあがり、よろよろと立ちあがった。急に立ったので、めまいがした。男は腕をつかんだまま、小屋からブラッドベリ神父を引き出した。暖かな地面を踏んでべつの小屋に向かうとき、ブルーブラックの空が目にはいった。三〇メートルほどの距離だった。表からダンバラーの小屋を見るのははじめてだった。前にそっちへひっぱっていかれたときには、フードをかぶせられていた。だが、ひきずられた足跡が地面に残っていた。たぶんそのときのものだろう。足跡は小屋の方角へとつづいていた。

島はひと気がなかった。番兵はこのひとりだけのようだ。べつに意外ではなかった。体力が残っていたとしても、武器ひとつ持っていないのだから、どこへも行けない。まして、沼地や苔《こけ》に覆《おお》われた岸には、肉食獣が潜んでいる。

だが、ブラッドベリ神父の頭に逃げるという意識はなかった。監獄そのものを変えることが、脱出のひとつの形である場合もある。

「食事と休養をあたえてくれたことを、だれに感謝すればよいのだ？」ブラッドベリ神父は思い切ってきいた。

番兵は沈黙で応じた。ブラッドベリ神父はくじけなかった。

「あなたの名前を教えてもらえますか？」

番兵はやはり答えなかった。

「わたしはポイス・ブラッドベリ――」

「黙れ！」

「悪かった」ブラッドベリ神父はいった。

相手が答えるとは思っていなかった。それでも、体力がいくらか回復したので、話に釣り込もうとしたのだ。小教区の住民と話をするときや、告解を聞くとき、たわいのない決まり文句を交わすだけでも、徐々に信頼が深まるとわかった。そこから話題をひろげるのが楽だ。名前を教わったり、天気の話をしたり、気分をたずねたりするのが、第一歩だった。体を休めて、はっきりと物事が考えられるようになったいま、誘拐犯たちと個人的な結びつきを確立するのが急務だった。それが身の安全や解放につながるわけではないだろうが、ボツワナ人たちの計画の一端がつかめるかもしれない。今後も協力すべきかどうかを判断できるかもしれない。

だが、会話は両端が尖《とが》った槍《やり》のようなものだ。あまり強く押すと、自分が突き刺されるおそれがある。

ブラッドベリ神父は小屋にはいった。ダンバラーがそこにいた。奥の壁ぎわの籐《とう》の筵《むしろ》に座っている。こちらに背中を向けていた。ダンバラーの前には蠟燭《ろうそく》が一本立っている。その蠟燭は、ゴムが燃えるような刺激臭を放っていた。明かりはそれだけだった。ダンバラーのうしろに桶《おけ》がある。ブラッドベリ神父のところからは、中身が見えなかった。

番兵が、部屋の中央の折り畳み椅子《いす》にブラッドベリ神父を座らせた。それから、戸を閉めて、その脇《わき》に立った。ブラッドベリ神父の右手の土間にトレイがあった。携帯電話、果物一皿、水差し、グラスが置いてある。

「飲むか食べるか、好きにしろ」ダンバラーが、ふりむかずにいった。

「ありがとう」ブラッドベリ神父はグラスに水を注ぎ、バナナを取った。

「両方取ったな」ダンバラーがいった。

「ええ」

「どちらかにしろといった」

ブラッドベリ神父はあやまった。バナナを戻した。

「水を取った」

「ええ」

「ひとはみな食べ物ではなく水を取る」ダンバラーがいった。「理由がわかるか?」

「水のほうが必要だからでしょう」ブラッドベリ神父は答えた。

「ちがう」ダンバラーが、きっぱりといった。「水は空と地と火の仲間だ。人間はつねに自然界の四つの力に回帰し、真実を突き止め、自分たちを理解しようとする」

「あなたがここでやっているのは、そういうことなのですか?」ブラッドベリ神父はたずねた。「真実を探求しているのですか?」

「ちがう」ダンバラーが首をめぐらした。顔は陰になっていたが、蠟燭のオレンジ色の輝きが頭を後光のように照らしていた。かなり若く、あどけなさが残っていた。「真実は見つけた。それをひとに教えようとしている」

「わたしにも？」ブラッドベリ神父はたずねた。

ダンバラーが、こんどは体ごと向き直った。立ちあがった。一八五センチほどの長身だった。裸足《はだし》で、足首まである茶色の袖《そで》なしの寛衣を着ている。「ヴードゥー教について、どんなことを知っている？」

その言葉そのものが、ブラッドベリ神父には不浄に感じられた。水のグラスに視線を落とした。バプテストのことを思った。ある人間にとっては自然力であり、べつの人間にとっては聖なるものである。そう思うと、すこしは気が楽になった。それに、教皇庁の方針は、宣教は土着の信仰と和合して共存することを認めている。そうした信仰の指導者と対話を行なうことが、もっとも重視されている。敵対する神秘的な秘儀にしておいてはいけない。

「ヴードゥー教のことはなにも知りません」ブラッドベリ神父は答えた。ヴードゥー教や黒魔術について多少の知識があることは、いいたくなかった。不正確な話をしたり、相手を侮辱したりするのは避けたかった。ざっくばらんに話ができれば、希望が持てる。

「だが、言葉そのものは知っているわけだな」ダンバラーが語を継いだ。

「そうです」ブラッドベリ神父は認めた。

「ヴードゥー教をどんなふうに認識している？」ダンバラーがきいた。

ブラッドベリ神父は、その質問を慎重に考えた。「昔から実践されていることです。

なにかで読んだが、自然に根付いた信心だとか。自然力だといってもいいでしょう。薬草を使う儀式で、意思を制御し、死者をよみがえらせるなど、超自然的なことをやる」

「それはほんの一部だ。おまえのいう〝実践〟は、八千年以上の歴史がある」ダンバラーがいった。

「あなたがたの歴史は偉大ですね」ブラッドベリ神父は率直にいった。

「歴史？」ダンバラーがいった。「われわれはたんなる年月や事件の蓄積ではない」

「すみません」ブラッドベリ神父は即座にいった。「失礼なことをいうつもりはなかった」

「はっきりいって、神父、おまえにはわたしの信仰の中核のことなど、なにもわかっていない」ダンバラーがなおもいった。

「そうですね」

「おまえたちになにがわかる。キリスト教の宣教師は、十五世紀にアフリカに来て、のちに西インド諸島へも行った。〝底無しの悪〟から救うと称して、われわれを洗礼した。わたしはマチャネングで育ったから、宣教師のことはよく知っている。よく見ている。貧乏人が来世で金持ちになれると、やつらが約束するのを見ている」

「そうなります」ブラッドベリ神父は請け合った。

「嘘《うそ》だ」ダンバラーが答えた。「金持ちはこの世にいる。ダイヤモンド鉱山で働いているときに見た。善良なキリスト教徒が、われわれの富を奪うのを見た。おまえら宣教師は、それをとめようともしない」

「他者の行為を制限するのは、わたしたちのつとめではありません」ブラッドベリ神父はいった。

「おまえらは、そういうことに反対もしない」

「どうして反対しなければならないのですか。法律を破ってはいないのに」

「おまえたちの法律は破っていない」ダンバラーがいった。「イギリスがこの国に持ち込み、その後の政府が踏襲した法律だ。そんな法律は認めない」

それはあなたがたの行為からわかる、とブラッドベリ神父はいいたかった。だが、そういってもなんの役にも立たない。

「わたしはたったひとつの物差しですべての人間を判断する。真実という物差しだ」ダンバラーがいった。「鉱山で働いていたとき、ヴードゥー教の生きた信仰を見た。傷ついた者、疲れた者、絶望している者を、手で触れ、祈り、薬をあたえて治すひとびとがいるのを知った」ブラッドベリ神父に指を突きつけた。「おまえたちが改宗した連中に邪悪だと見なされているので、こっそり実践しなければいけないのだと、そうしたひとびとがわたしに説明した。いいか、この技術は、われわれの祖先が中東へ移住して伝えているんだ。おまえたちの救世主イエス・キリストも、おそらくそれを使っていた。危害をくわえる黒魔術ではなく、癒《いや》す白魔術として」

「救世主に力が具《そな》わっていたのは、神の子であられたからです」ブラッドベリ神父はいった。

「われわれはみな神の子だ」ダンバラーが切り返した。「問題は、どっちの神であるかということだ。エホバか？　オロルンか？」

ダンバラーがブラッドベリ神父ににじり寄った。手首の甲の側に蛇の刺青《いれずみ》があるのが、ブラッドベリ神父の目に留まった。

「わたしの宗教は、文明とおなじぐらい古い」ダンバラーがいった。「おまえたちの宗教が考え出される前から、すでに古かった。われわれの儀式も祈りも、人類が生まれた最初のころから変わらずに伝えられてきた。黒魔術だけではなく白魔術もだ、そうした技術をおまえたち神父は無視して、われわれを鞭打《むちう》ち、吊《つ》るし首にした。われわれは痛み止めにマンダラゲを使い、血行をよくして病気を治すのに太鼓やガラガラを使い、獣肉や血を食べて腺《せん》を刺激する。われわれの祭司は奇跡のほら話をしているのではない。海の霊アグゥエ、虹《にじ》の精アイダ・ウェド、墓の護《まも》り手バロン・サムディ、森の心エリンレ、その他の無数の精霊に導かれて、毎日奇跡を実践しているのだ。運のいい人間は夢や幻視で教えられる。こうした精霊が、創造し、再生し、破壊する力と知恵をあたえてくれる」

「あなたは運のいい人間なのですか？」ブラッドベリ神父はきいた。

「恵みを受けた者ではある」ダンバラーは謙遜《けんそん》した。「わたしは蛇の精ダンバラーの祭司だ。その証《あかし》としてこの名を継いでいる。わたしの神聖な任務は、この国から不信心者を一掃することだ。それを成就《じょうじゅ》するか、あるいは戦いの偉大な精霊オグン・バグダリの教えをひろめなければならない。この精霊は、かつて自分のものであったふるさとを取り戻すことを願っている」

ついさっき、ブラッドベリ神父はバプテスマのヨハネのことを思い、心が静まったばかりだった。ダンバラーが似たような見かたをしていると思うと恐ろしかった。ヨハネは光と永遠の救いをもたらす。ダンバラーは闇《やみ》と永遠の断罪をもたらす。一命に代えても、それを阻止しなければならない。

言葉だ、とブラッドベリ神父は自分にいい聞かせた。これまでとおなじように、言葉を駆使し、この男に心をひらかせるのだ。

「おたがいのちがいを解決するのに、血を流さないですむ方法があるはずです」ブラッドベリ神父はいった。

「もちろんある」ダンバラーが答えた。「おまえたちが引き揚げればいい。われわれの国を返せ」

「しかし、ボツワナはわたしたちにとっても故郷なのです」ブラッドベリ神父は答えた。

「わたしもボツワナ国民です。ジョーンズ助祭ほかおおぜいがそうです。マウンで長い歳月暮らしてきました」

「招かれもせずに来たのだから、故郷であるはずがない」と、ダンバラーが応じた。

「ここに来た理由はひとつ。ボツワナに土着の信仰を打ち破るためだ。つまり、おまえたちはわれわれに戦争を仕掛けた」ブラッドベリ神父の額を指差した。「思想の戦争だ。それを撃退しなければならない」

「そういうことをやったのは、べつの時代、べつのキリスト教です」ブラッドベリ神父はなだめた。「われわれは他の宗教を尊重し、そういった宗教の指導者を尊重します。共存したいと願っています」

「それは事実ではない」

「事実だと断言します」

「電話を取れ」ダンバラーが命じた。

ブラッドベリ神父は不意を打たれた。テーブルのほうへ行って、子機を取った。見たこともないような大きな電話機だった。どちらかというとウォーキイトーキイに似ている。

「電話しろ」ダンバラーがいった。「助祭と話をして、だれが教会に来るかきいてみろ」

ブラッドベリ神父はそのとおりにした。ジョーンズ助祭が出た。ブラッドベリ神父の声を聞いて、驚き、興奮していた。

「神の恵みです！　お元気ですか、神父さま」ジョーンズ助祭がいった。

その声は、子機の表と裏の両方から聞こえた。小型のスピーカーホンだったのだ。

「元気だ」ブラッドベリ神父は答えた。「助祭、聖十字教会にだれかが来るのか？」

「ええ」ジョーンズ助祭が答えた。「司教さまがあすワシントンDCから到着します。神父さまがお留守のあいだおつとめをするためです」

「司教といったか？」ブラッドベリ神父はきき返した。

「ええ。ヴィクター・マックス司教さまです。キャノン助祭とわたしが、飛行機で来る司教さまをマウンまでお迎えに行きます。神父さま、その――どちらにおいでですか？　脅迫されているのですか？」

「元気だ」ブラッドベリ神父はいった。「教会にはほかにだれか来るのか？」

「いいえ」

「まちがいないか？」

「それしか聞いておりません」ジョーンズ助祭が告げた。

ダンバラーが手を差し出した。ブラッドベリ神父は電話を返した。ダンバラーがボタンを押して電話を切った。

「どうだ？」

「司教が来ます」ブラッドベリ神父はいった。「ひとりだけで。わたしがいないあいだ、教区民の用事をするためでしょう。わたしの会衆。信者。あなたがたにとって脅威ではありませんよ」

ブラッドベリ神父は、憐《あわ》れみをこめて、おだやかに話をした。ダンバラーの返答を待つあいだ、不安にさいなまれていた。とんでもない過《あやま》ちを犯したのではないかと感じていた。

「脅威ではない」ダンバラーが、尊大な口調で鸚鵡《おうむ》返《がえ》しにいった。黒い目でブラッドベリ神父を睨《にら》みつけた。「予想どおり、交替をよこしたな」

「予想どおり？」

「階級の高い人間を、べつの国から派遣し、われわれに防戦してみろと挑んだ」ダンバラーがいった。

「騙《だま》したな」ブラッドベリ神父は怒りをあらわにした。「だれかが来ると知っていたわけではなかった――」

「やつらはわたしに、そいつを狙《ねら》うなら狙ってみろと挑んでいる」ダンバラーの言葉は、ブラッドベリ神父に向けられたものではなく、ひとりごとに近かった。「しかし、リーアンはこれを見越していた。ほかの教会をやるのはあとまわしだ。アメリカから来るこの偉大な人物を先に始末する」番兵に視線を向けた。「グリネル、神父を小屋に戻せ」

番兵がブラッドベリ神父の腕をつかんだ。ブラッドベリ神父はふりほどこうとした。

「待て！　なにをするつもりだ？」

ダンバラーは筵《むしろ》のほうを向いた。答えなかった。

自分はどうしようもない間抜けだった、とブラッドベリ神父は気づいた。ダンバラーは、まさにこちらとおなじ手管を使った。話に釣り込み、相手の考えを探った。ただし、ダンバラーのほうが上手《うわて》だった。心をひらかせ、希望を持たせ、信じさせた。それにひっかかり、つぎの人質をどこで捕らえればいいかを教えてしまった。

ダンバラーの小屋から引き出されるとき、ブラッドベリ神父は絶望のあまり泣き叫んだ。

20

木曜日　午後六時四十六分
ボツワナ　マウン

時は流れていなかった。そう思えた。

人間の体は、頭脳よりも記憶力がいい。ライフルの組み立てであろうが、鉛筆の握りかたであろうが、一度憶《おぼ》えた技術は忘れない。反射的な動きや本能的な行動は、頭で考えるのが追いつかないほど速い。四肢は、齢《とし》とっても、かつての能力を呼び起こしてそれに近いものを発揮する能力がある。頭脳はどうか？　靴紐《くつひも》の結びかたを口で教えるのは難しいが、やってみせることができる。二日前の夕食のことは思い出せない。でも、子供のころに身につけた飛び出しナイフの使いかたは指が憶えている。古いナイフをポケットから出せば、それだけで手と腕が勝手に切りつける動作をしてくれる。

セロンガは、スクーターにまたがり、ツーリスト・センターを見張っていた。体がいまは一九六六年だと告げた。五感が鋭く研ぎ澄まされている。筋肉は年齢による衰えがほとんどなく、いまなお瞬時に反応する。セロンガと相棒のドナルド・パヴァントは、マラグーティ・ファイアフォックスF15RRスクーターで、マウンに来た。〈ダイネーゼ〉の白とブルーのライディング・ジャケットを着て、ツーリングを楽しんでいるふうをよそおい、氾濫原《はんらんげん》を走り抜けた。市街地を避けて、峡谷を通り、低山を越えた。もう暗くなりかけているので、ふたりはスクーターをとめて、ツーリスト・センターの監視を開始した。なにも問題がなければ、沼の周辺で部下たちと合流する。シャカウェのロヨラ教会へと進軍し、そこの聖職者を誘拐する。聖職者はおそらく地元警察に警護されているだろう。軍を出動させてことを荒立てたくはないはずだ。いまのところは。しかし、どんな警備が行なわれていても関係ない。侵入する方法はいくらでもある。

セロンガとパヴァントは、聖十字教会に疑わしい動きがないかどうかを見張るために、ここにやってきた。ブッシュバイパーは、ケープタウンの大司教か教皇庁がこの教会を陵辱されたことに反応するかどうかをたしかめようとしていた。ローマカトリック教会は冷静に対応するか、それとも聖職者の一団を送り込むか？　女性がかよわいかどうかをたしかめようと、尼僧《にそう》を派遣するかもしれない。

ゼネに渡された秘話電話機が鳴った。ゼネからの電話で、そうした疑問の答が出た。

「ダンバラーが客人と話をした」ブッシュバイパー指揮官に、ゼネが告げた。「予想どおり、新しい人間が来る。あすの午後、マウン空港に司教がひとり来るそうだ。そこにいるふたりが迎えにいく」

「この新しい人間に連れはいないのか？」セロンガはきいた。

「いないと聞いている」ゼネが答えた。

「どこから来る？」

「アメリカ」

「おもしろくなってきたな」

「まったくだ」ゼネはいった。「つまり世界的問題になり、事件があれば各国のマスコミが興味を持つことはまちがいない」

司教に危害をくわえるような動きがあれば、アメリカは大なり小なりこの紛争に巻き込まれる。国務省による抗議や、積極的な外交活動が行なわれることはまちがいない。ことによると武力行使もあるだろう。アメリカは、テロリズムはあくまで容認しないという政策を貫いている。限定的な捜索救難活動が行なわれるかもしれない。その反面、この司教は誘拐犯を捕らえるためのおとりとも考えられる。ハボローネの中央政府が、保護のために軍を急派するかもしれない。あるいはヴァチカンが独自に警護手段を講じている可能性もある。

セロンガはゼネに新情報を伝えてもらった礼をいって、電話を切った。これからの行動をゼネに告げる必要はなかった。あらかじめ決めてある。ブラッドベリ神父の交替がやってきたら拉致《らち》する。だが、今回は武力を誇示する必要はない。ブラッドベリ神父を拉致するときには、やろうと思えば部隊の動員力がダンバラーにあるのを示すために、ああいうやりかたをした。ふたたび大がかりな襲撃を行なうと、ボツワナ大統領が内戦の勃発《ぼっぱつ》を懸念《けねん》しはじめるかもしれない。そうなれば、軍を出動させるほかはなくなる。ダンバラーはそういう事態は避けたいと考えている。だから、今回の拉致はちがうやりかたでやる。もっと目立たない手を使う。交替の聖職者を連れ去れば、政府はこれは戦争ではなく、宗教抗争のたぐいだと判断するはずだ。それに、その抗争は、ボツワナ政府や国民に対するものではない。相手はローマカトリック教会だ。それが終わり、ダンバラーが一般大衆のあいだに強力な信仰の基盤を確立したら、その力で民族主義と政治を衝《つ》き動かす。

セロンガは、パヴァントに状況を説明した。三十三歳のパヴァントは、ブッシュバイパーでは最年少だ。それに、もっとも民兵らしい。南アフリカとの国境に近いロバツェに生まれ育ったパヴァントは、アパルトヘイトによる難民をじっさいに見聞きしている。アフリカは先住民族とその子孫のものだと、固く信じている。パヴァントは、ダンバラーとその信徒を見つけ出したうちのひとりだった。

ふたりはツーリスト・センターから四〇〇メートルほど離れたところで待った。スクーターにまたがったまま、闇《やみ》にまぎれていた。マウンで買ったチキン・サンドイッチを食べ、未舗装路にヘッドライトが見えないかと目を光らせた。口はきかなかった。スクーターに五時間乗っていたあとだけに、静寂が心地よい。

マウンからのバスが、あと数分で九時になろうかというときに、ツーリスト・センターの正面ゲート前にとまった。セロンガは双眼鏡を出せと命じた。パヴァントが、スクーターの後部の小さな物入れに手を突っ込んだ。ケースをはずして、双眼鏡をセロンガに渡した。セロンガは、闇に沈む静かな氾濫原に目を凝らした。

その一団には、どことなく不審なところがあった。まずは人数だ。バスをおりた乗客は二十五人前後だった。この時期にしては異常に多い。大人数のツアー団体が来るのは、もっと涼しい季節だけだ。セロンガは注意深く観察した。バスの荷物庫に入れてあったスーツケースのほかに、全員がダッフルバッグを提げている。そのバッグが、すべて似通っている。まるでおなじ分量の服や所持品を入れているようだ。観光客の持ち物がみんなおなじということはありえない。セロンガはべつのことに気づいた。ポリ袋を持っている者もキャップをかぶっている者もいない。ふつうなら、空港や地元のギフトショップで土産物や帽子を買うだろう。

さらに異様に思えることがあった。この一団は、ほとんどが男性だ。

「ずいぶんおおぜいやってきましたね」パヴァントがつぶやいた。

「ふつうじゃない」セロンガは答えた。

観察するうちに、ほかにも不安をかきたてることがいくつか見つかった。

ゼネとダンバラーは、ブッシュバイパーがかならず従わなければならない方針を定めていた。聖職者を捕らえる際は、可能な限り暴力行為を避ける、というものだった。たとえ任務を中止しなければならなくなっても、殉教者を出してはならない。教区の住民にはぜったいに危害をくわえてはならない。

殺傷力を用いてもよいのは、軍もしくは警察がダンバラーとブッシュバイパーに武力を行使しようとしたときのみとされていた。ダンバラーは殺戮《さつりく》を嫌っている。神の怒りを招くというのだ。しかし、いまのブッシュバイパーの兵力では、兵士を損耗する危険は冒せない。自衛はけっして邪悪な行為ではない、とセロンガは反論した。また、部下が捕虜になるのもまずい。拷問《ごうもん》され、洗脳された人間は、どんなことでもしゃべりかねない。ダンバラーの評判を落とす宣伝のために、八百長《やおちょう》裁判が行なわれるおそれがある。

そういった事情の場合は殺人を許可することに、ダンバラーは渋々同意した。だが、どちらもこんな早い段階でそういう状況になるとは、予想もしていなかった。

セロンガは、バスからおりた一団の観察をつづけた。はっきりいって、ほんものの観光客なのか、それとも偽装した兵士なのか、知るすべはなかった。黒人か白人かも区別できない。政府の手先かもしれない。アメリカが聖職者保護のために大使館からよこしたのかもしれない。アメリカは大使館に兵隊を配置している。そこから選抜した連中かもしれない。助祭ふたりが司教を出迎えにマウンへ行くときに、付近を見まわるつもりなのだろう。司教が拉致されないように見張りをおおせつかっているのかもしれない。司教が教会に来てブラッドベリ神父の仕事を引き継ぐのを座視するわけにはいかない。そんなことをやらせたら、現場の宣教師たちが発奮して踏みとどまるだろう。そうなったら困るのはダンバラーだ。

「どんな態度ですか？」パヴァントがきいた。

「きりりとしている」セロンガはいった。

「それじゃ、観光客のはずがない。観光客はたるんでますからね」

「そうだ。それに、何人かは、バスを降りてすぐにストレッチをした。長距離を旅するのに慣れている」双眼鏡を渡した。「それに、あの動きを見ろ」

パヴァントは、一団をしばし眺めていた。「荷物をおろすときに、手渡しで先に送っている」

「兵隊がやるように。やつらが落ち着くのを待って、もっと近づいてみよう」

セロンガは双眼鏡を取り戻した。バスが帰ってゆくまで観察をつづけた。黒い人影の群れを見れば見るほど、重大な事態が持ちあがりつつあるという確信が深まった。

その確信が事実であるかどうかは、まもなくわかる。事実であった場合の手立てはもう考えてあった。

21

木曜日　午前十一時四十七分
ワシントンＤＣ

ダレル・マキャスキーは、デイヴィッド・バタットとエイディーン・マーリーのふたりとさかんに話をしているマイク・ロジャーズ少将を残して、〈ディマジオのジョー〉をあとにした。三十分もたったら、ロジャーズに鼓舞された工作員は、将軍のためなら命を投げ出してもかまわないという心境になっていることだろう。ロジャーズの目的意識と静かな情熱のこもった話を聞くと、だれでもこのひとのために働きたいという気持ちになる。ロジャーズの天性のすごさは、冷たくならずに一歩距離を置くことだろう。新しい友情は歓迎されない。いっしょにいたければ、仕事を精いっぱいやるしかない。ロジャーズと親しくなった人間は、オーガスト大佐しかいない。それですら、半生を要している。

ダレル・マキャスキーはまったくちがう。ＦＢＩで現場の捜査官をつとめていたころは、非情そのものだった。テロリスト、麻薬密売業者、誘拐犯を相手にするには、そうするしかない。そういったやからにも親きょうだいや子供がいるというのは、忘れなければならない。法を支えるのが捜査官の仕事なのだ。子供を育てるためにヘロインを密売しているシングルマザーであろうと、逮捕しなければならない。

オフィスにいるときや、家に帰ったときには、その正反対になる。おたがいに親しく付き合う。それが必要だった。非情の鎧《よろい》を一生身にまとうのはごめんだ。上司、部下、守衛、近所の人間、店主、デートする女性に心をひらいた。

そういうふうに気持ちを表わせば、信頼が生まれる。逆に信頼には裏切られたという思いがつきものだ。いま、マキャスキーは信頼していた人間に裏切られたと感じていた。ボブ・ハーバートがマリアに連絡したことが、ジョージタウンからアンドルーズ空軍基地まで車を走らせるあいだ、ずっとマキャスキーの心を悩ませていた。夫婦の微妙な領分だというのを、ハーバートは承知しているはずだ。こちらを傷つけるつもりがあったとは思っていない。しかし、同僚として、友人として、こちらを護《まも》ろうともしていない。ハーバートがひとことといえば、マドリードのインターポールの捜査官をいくらでも紹介することができた。マリアとおなじ仕事をやってもらえたはずだ。ハーバートのやつ、なにを血迷ったのだろうと思った。

運転しながら、マキャスキーはマリアに電話をかけた。携帯電話の留守番電話サービスが出た。できるだけ早く折り返し電話がほしい、と吹き込んだ。電話はかかってこなかった。

オプ・センターに着くころには、マキャスキーは無言の怒りをたぎらせていた。そのままハーバートの執務室へ行った。賢明ではないというのは承知のうえだった。だが、ハーバートも子供ではない。叱責《しっせき》には耳を貸すだろう。くそ、どうしても聞いてもらう。当然の報いだ。

ハーバートの執務室のドアは閉まっていた。マキャスキーはノックした。フッドがあけた。

「おはよう、ダレル」

「おはようございます」マキャスキーはなかにはいった。フッドがドアを閉めた。ハーバートはデスクに向かっている。フッドは立ったままだ。白いシャツの袖《そで》をまくり、ネクタイをゆるめている。フッドは行儀が悪いほうではない。朝からたいへんだったのだろう。あるいは、これからがたいへんだと見ているのか。

「なにも問題はないか?」フッドがきいた。

「ええ」マキャスキーは答えた。尖《とが》った声になるのをこらえようともしなかった。だが、フッドかハーバートが気づいたとしても、なにもいわなかった。それぞれに深刻な問題を抱えているようだ。マキャスキーは法執行機関に三十年近くいた。その場の雰囲気が暗ければすぐにわかる。

「アフリカの展開について、ボブに説明していたところだ」フッドがいった。「現地でなにがあったかは知っているな？　ポイス・ブラッドベリ神父誘拐の件だ」

「家を出る前に、OP‐EDのまとめを読みました」マキャスキーはいった。

「悪い知らせと菓子パン一個を手に出勤だな」ハーバートがいった。

「そんなところだ」マキャスキーは答えた。ふたりの視線が、ふだんのやりとりよりほんの一瞬長く絡《から》み合った。マリアに連絡したハーバートに自分がものすごく腹を立てていることに気づいた。

OP‐EDとマキャスキーがいったのは、新聞の署名記事《オプ・エド》ではなくNCMCが一日に二度発行しているオプ・センター幹部用事件調書《エグゼキュティブ・ドシエイ》と呼ばれる活動要約のことだ。日勤の各部門の責任者が書き、秘密ウェブサイトにアップされる。これにより、ふだん連絡を取り合うことのない各部門の人間が、他の部門の活動を掌握できる。夜勤職員に事情を伝える迅速な手段でもある。OP‐EDプログラムには、アメリカの他の情報機関のファイルにある名前や地名を相互参照する機能もある。アルベール・ボーダンの所有する企業が、CIA、FBI、NSA、軍の情報部その他の機関によって調査されていた場合、自動電子メールで担当部局の責任者に知らされる。

「OP‐EDに載っていないことがいくつかある」フッドがいった。「アンリ・ゼネというダイヤモンド商についてなにか知らないか？」

「知りません」マキャスキーは答えた。

「ゼネは、フランスの企業家アルベール・ボーダンと、金融関係でつながっている」フッドは説明した。

「マスケット銃士ですね」マキャスキーはいった。

「そうだ。ボブと話し合っていたんだが、ボーダンがなにを企《たくら》んでいるのかを突き止める必要がある。それが、オプ・センターがこの事件を手がけなければならない最大の理由だ。フランスでは新ジャコバン派のような事件があったし、この男を見くびってはならないと思う」

「同感です」マキャスキーはいった。

「大きな疑問は、カルト指導者のダンバラーとボーダンたちがつながりがあるのかということだ」ハーバートがいった。

「両者をつなぐ環《わ》は？」マキャスキーは質問した。

「リーアン・セロンガという人物だ」ハーバートが説明した。「セロンガは、ボツワナがイギリスから独立する際に活躍したブッシュバイパーという準軍事情報組織の創立者だ。ヴァチカンは、神父を誘拐したのはセロンガではないかと考えている。セロンガはダンバラーの集会で目撃されている。マウンで神父を拉致《らち》したときの手口が、ブッシュバイパーのかつての攻撃のやりかたと似ている。人間がまだぼんやりしている早朝に、細かい手順に従って手際《てぎわ》よく潜入し、離脱する。この連中の結びつきの解明を支援し、場合によっては要員を現地に派遣すると、ローマに約束した」

「場合によっては、の段階はもう超えているんじゃないですか」マキャスキーは指摘した。「さきほどまでマイク、エイディーン・マーリー、デイヴィッド・バタットといっしょでした。みんな行く気になっていますよ」

それを聞いたハーバートが、バーバラ・クロウを内線電話で呼び出した。クロウはオプ・センターの文書課長だ。自分の作戦ではないとはいえ、ハーバートはそんなことに不平をいう人間ではない。ボツワナに行くチームのために、身分証明書とクレジット・カードとパスポートを偽造しなければならない。クロウが、身上調書の写真を使って、そういったものを用意することになる。バタットは、アゼルバイジャンで入院していた。エイディーンは、スペインでマーサ・マッコール暗殺事件に巻き込まれている。身許《みもと》を変えておけば、税関や航空会社のデータベースで調べられたときに、怪しまれるおそれがない。

エイディーンとバタットのために用意するものを、ハーバートがバーバラに教えているあいだに、フッドは説明をつづけた。

「ボーダンと行方不明の神父以外に当面の懸念《けねん》がもう一つある。マウンの教会を運営する交替の聖職者をヴァチカンが派遣する。ワシントンDCの司教が、あす現地に到着する」

「その司教を警護する資源が連中にあるんですか？」マキャスキーはきいた。

「ある。それが心配なんだ」フッドはいった。「観光客に化けたスペイン軍兵士が、目立たないように護ることになっている」

「どうしてスペインが介入したんです？」

「マドリード協定に従っているんだ」バーバラとの電話を終えたハーバートが、説明を引き継いだ。「ヴァチカンとスペイン国王が、ごく最近結んだ取り決めだ。スペイン陸軍特殊部隊員十数名が、ボツワナに派遣された。乗った便を追跡してわかっている。すでに到着しているから、おそらく現地にいるだろう」

「長官、どうしてそれが心配なんですか？」マキャスキーはたずねた。

「五つの政治勢力がからんでいるからだ」フッドはいった。「司教はアメリカ人だから、アメリカが巻き込まれた。カルト集団。ボツワナ政府。ヴァチカン。さらにスペイン」

「ふつうなら連合はプラスになる」ハーバートがいった。「しかし、今回の場合、ヴァチカンは抑止できたであろう危機を荒立てるのではなく、穏便にすませるべきだった
――そうわれわれは思う」

「われわれが抑止できたと」マキャスキーはいった。

「そう努力すべきだろう」フッドがいった。

「神父を奪回できるかどうかを見極めるために、われわれは情報を収集すべきだ」ハーバートがいった。「交替を派遣するといった方策よりも先に、それをやらなければならない」

「マリアはその情報収集チームに参加するんですね？」マキャスキーは単刀直入にきいた。

「ダレル、ボブとわたしはその相談をしていたんだ」フッドはいった。

ここにはいったときに察したのはそれだった。冷たいものがあたりに漂った。

「わたしがマリアに電話したのは、国防省から情報を手に入れてもらいたかったからだ」ハーバートはいった。「やってくれた。もっと仕事がしたいと、マリアはいった」

「ボツワナに行くように頼んだのか？」マキャスキーはきいた。

ふたたび視線がからみ合った。ハーバートの目には敢然とした色があった。殴られるのを覚悟しているような、厳しい表情だった。

「ちがう。そうじゃない」マキャスキーは突然悟った。「もう派遣したんだ」

「そのとおり」ハーバートが答えた。「向かっている途中だ」

「きみはわたしの妻を、ブッシュバイパーをスパイさせるために勧誘《リクルート》したのか」言葉にすれば頭のなかで処理できるとでもいうように、マキャスキーはそういった。「われわれがこの街を知っている以上にボツワナを知悉《ちしつ》している男たちの追跡を彼女にやらせようというのか」

「じきに単独行動ではなくなる」フッドはいった。「それに、間接的に情報を収集するようにと、厳しく命じてある」

「マリアはほどほどということができない女なんだぞ」マキャスキーは大声をあげた。

「ダレル、話し合おう」

マキャスキーは首をふった。どうすればいいのか、どう考えればいいのか、わからなかった。だが、話し合いは数多くの選択肢のうちの三番目だった。一番はハーバートを叩《たた》きのめすこと、二番目はここを出てゆくことだった。

「ダレル、マリアへの電話はわたしが許可したのだ」フッドはいった。「司教の到着に間に合うようにボツワナに行くには、即刻出発しなければならなかった」

「本名を使うしかなかっただろう?」マキャスキーはきいた。

「いや、結婚後の名前だ」ハーバートが指摘した。「パスポートの名前を変更していることを確認した。マリア・マキャスキーなら、どの国のデータベースにも載っていない」

「わたしを通して伝えるという手もあっただろう」マキャスキーはいった。「それぐらいするのが礼儀だろう」

「ここにいなかった」ハーバートがいった。

「携帯電話がある――」

「秘話だろうとなんだろうと、電話で話ができるようなことではない」ハーバートは答えた。「ディナーの予約の取り消しや歯医者の予約とはちがうんだ。面と向かって話をしないといけない」

「なぜ？」マキャスキーは詰問《きつもん》した。「反対するとはかぎらないのに、どうしてだ？」

「マリアとそのことで現に揉《も》めているじゃないか」ハーバートはいい返した。「だって、このことで何年も前にきみたちは別れたんだろう。きみが電話を切ってマリアにかけたら取り返しがつかないことになる。マリアが動揺したり気が散ったりしたら困る」

「やらないようにと説得されても困るということだな」

「そんなことをいっているんじゃない」ハーバートはゆずらなかった。

「どっちみち、これはマイクの作戦じゃないのか」マキャスキーは吐き捨てるようにいった。「マイクもそう思っている。さっきいっしょに朝飯を食べたばかりだ」

「そうなる」フッドはいった。「ボブはただ、マリアがわれわれを支援できる可能性があるように配置しただけだ」

「いいか、ダレル」ハーバートがいった。「スペイン軍特殊部隊は、迅速な軍事攻撃が専門だ。監視ができるかどうか、長期間の潜入捜査ができるかどうかは、未知数なんだよ。それができる人間が現地に必要だ。国籍も重要だ。スペイン語ができて、必要に応じてスペイン軍兵士と話ができる人間でなければならない」

マキャスキーは、ハーバートの言葉を聞いていた。どこまでも条《すじ》は通っている。だが、理屈は抜きにして、蚊帳《かや》の外に置かれていたことは許せなかった。戦闘地帯になるおそれがある土地へひとの女房を送り込もうというのだ。

ハーバートがこういうやりかたをした理由が読めた、と思った。さっきそれをいった。こういう議論にマリアを巻き込みたくなかったのだ。マリアが感情を昂《たか》ぶらせるのを避けたかったのだ。

ハーバートのやりかたは賢明で、プロフェッショナルにふさわしい、と理性は告げた。人命や国家の利益が危険にさらされているのだ。しかし、私情ばかりではなく仕事の面でも相剋《そうこく》は消えない。こういう感情に囚《とら》われたことはかつてなかったような気がした。

マキャスキーは、なおもハーバートを見据えていた。その間に、べつのことがこの対立に忍び込んだ。予想もつかなかったものが。マキャスキーはハーバートの凝視にそれを見た。たったいまマキャスキーが目にした厳しい決意の色が、南部人の生き生きとしたまなざしのどこにもなかった。べつのものに取って代わっていた。

そこにあったのは心痛だった。

そのとたんに、マキャスキーはすべてを悟った。胸を衝《つ》かれ、思わず息が詰まった。

ボブ・ハーバートは、自分の恐怖、心的外傷《トラウマ》をよみがえらせている。妻が亡《な》くなる前、ベイルートでともに任務にたずさわっていたとき、ハーバートはこれとおなじ感情を毎日味わっていたにちがいない。そのときもいまも、ハーバートは国のことを優先している。どんな代償を払っても、責務を果たしてきたのだ。

ダレル・マキャスキーの胸のうちの激しい怒りが、ふっと消えた。一分前には、ひどく孤独だった。もうちがう。

「不愉快だ」マキャスキーは低い声でいった。「だが、これだけはたしかだ。世界一優秀な潜入捜査官に依頼したことはまちがいない」

ハーバートが、ほんのすこしほっとしたように見えた。「そのとおり」ときっぱりいった。

マキャスキーは長い息を漏らし、ハーバートからフッドへ視線を移した。「アフリカに行く場合に備えて準備をしておくと、マイクにいってあるんです。現地で接触できる人間がいるかどうか調べます」

「ありがたい」フッドはいった。「助かるよ」

マキャスキーは、フッドからハーバートに視線を戻し、足早に出ていった。落ち着いた態度だったが、内心はとうてい穏やかとはいえなかった。

22

木曜日　午後十一時一分
ボツワナ　マウン

聖十字教会の宿舎のドアには錠前がなかった。必要がなかった。ブラッドベリ神父がよくいうように、「ライオンにはノブはまわせないし、人間の客ならばいつでも歓迎」だからだ。

長旅で疲れていたジョーンズとキャノンの両助祭は、十時に就寝した。ジョーンズ助祭はそれまで二時間ほど、ブラッドベリ神父からの電話連絡について、電話で話し合っていた。まずケープタウンのある聖職者に報告した。それから、パトリック大司教に一部始終をくりかえし語った。その直後に、ヴァチカン保安局の人間から電話があった。さらに、ニューヨークにいるクラインと名乗る人物から電話がかかってきた。聖書の長い文章を永年暗記してきてよかったと思った。おかげで、こうして何人もを相手に、ブラッドベリ神父との会話を一語一語正確にくりかえすことができる。とはいえ、最初に話をしたケープタウンの聖職者を除けば、ブラッドベリ神父から連絡があったのをよろこんでいる人間は、ひとりもいなかった。大司教もだが、とりわけ保安局のふたりは、悪魔から電話があったとでもいうような反応を示した。ジョーンズ助祭には理由が推測できなかった。それに、説明もなされなかった。やりとりは短く、当たり障《さわ》りのない感じにも思えた。

保安局のふたりは、マックス司教のことはだれにもいわないようにと釘《くぎ》を刺した。ジョーンズ助祭は同意した。

ジョーンズ助祭は、わけがわからないことに、いつまでもくよくよしてはいなかった。情報がないと、どうしても暗愚になる。情報の重大さや性質は、あまり関係がない。だから、ジョーンズ助祭はのんきに洗面所へ行き、歯を磨き、パジャマに着替えて宿舎に戻った。キャノン助祭とともに、クロゼットからシーツ類を出した。

家具のほとんどない長細い部屋に、ツインベッドが四台ある。そのうち二台は、窓のそばに置いてあった。助祭ふたりはそれをベッドメイクして、窓をあけた。ジョーンズ助祭は、ベランダから遠いほうのベッドを選んだ。キャノン助祭は眠りが深い。観光客が夜更《よふ》けに散歩しても、物音で目が醒《さ》めたりしないはずだ。

ジョーンズ助祭は、ベッド脇《わき》にひざまずいて祈った。そして、網目の細かな蚊帳をそっとあけて、なかにはいった。窓は右手にある。風は生温かかったが、気を静めてくれる。清潔な白いシーツをかけたマットレスで眠るのは心地よかった。宣教活動中は、寝袋や折り畳みベッドや草の上で眠ることが多い。

ジョーンズ助祭は、あっというまに眠りに落ちた。

喉笛《のどぶえ》に鋭いちくりという痛みがあった。皮膚を破って血を吸うメクラアブの雌に刺されたような感じだった。眠ってから数分なのか、何時間かたっているのか、ジョーンズ助祭にはわからなかった。たしかめる気もなかった。朦朧《もうろう》としていて、とにかく眠りたかった。目を閉じたまま、虻《あぶ》を払いのけようとした。

手が金属にぶつかった。

はっとして目をあけた。喉を虻が刺しているのではなかった。ナイフだった。大きな黒い人影がその向こうに見えた。蚊帳がきちんとめくられ、侵入者はナイフの切っ先をジョーンズ助祭の喉に当ててぴたりととめていた。ドアが半開きになっているのを、ジョーンズ助祭は目の隅で見た。キャノン助祭の上にも、何者かが覆《おお》いかぶさっている。

「アメリカから来る司教に会ったことはあるか?」粗野な口調で、侵入者がつぶやいた。

「いいえ」ジョーンズ助祭は答えた。まだ頭がぼんやりしていた。どうしてそんなことが知りたいのだろう?

「おまえの名前は?」侵入者がなおもきいた。

「エリオット・ジョーンズ。あちらはサミュエル・キャノン」ジョーンズ助祭は答えた。

「わたしたちはこの教会の助祭です。どういうことですか?」

「携帯電話はどこにある？」

「どうしてそんなことが知りたいのですか？」ジョーンズ助祭はきき返した。

侵入者が、ナイフをほんのすこし押した。切っ先が皮膚を破るときの弾《はじ》けるような感触があった。血が切っ先を染めて、首の両側に垂れた。鋭利な鋼鉄の刃が喉頭《こうとう》に達するのがわかった。ジョーンズ助祭は、とっさに相手の手をつかんで、押し戻そうとした。横に動かせるようにナイフをねじった侵入者が、ぐいと切り込んだ。痛みのあまり、ジョーンズ助祭の全身に力がはいった。それとともに両腕が男の手から離れた。

「つぎは奥まで突き刺すぞ」侵入者がいった。「もう一度きく。携帯電話はどこだ？」

「喉を切り裂くがいい！」ジョーンズ助祭はいった。「死を怖《おそ》れてはいない」

「では、この施設にいる者を皆殺しにする」侵入者がいった。

「それではあなたたちが罪を負うことになる。わたしではなく」ジョーンズ助祭はいい返した。「それに、肉体をどうしようが、彼らの魂は神とともにある」

侵入者がナイフを引いた。そして、ちくりと刺される鋭い痛みと、燃えるような激痛が、右の太腿《ふともも》を襲った。はっと息を呑《の》み、悲鳴を発しようとしたところへ、またナイフを喉に突きつけられた。刺されたのを頭脳が悟るのが一瞬遅れた。信じられないという思いから、激しい衝撃へ、そして反抗へと、意識が流れていった。

「携帯電話はどこだ？」侵入者がふたたびいった。「教えないと、おまえの魂を切り刻む」

「魂を傷つけることはできない」悲鳴のような声でジョーンズ助祭はいった。「〝たとい、われ死の影の谷間を歩むとも――〟」

ナイフが手首の近くに突きたてられた。ジョーンズ助祭は悲鳴をあげた。ナイフの刃がまわされ、骨をえぐった。これまでとはくらべものにならないすさまじい激痛だった。一瞬にして消える痛みではなく、体の奥へ奥へと進みつづけた。まるで熔《と》けた鉛を血管に流し込まれたようだ。ジョーンズ助祭は、激しく首をふった。ベッドの上で脚をばたつかせた。自分の体を制御できなかった。頭も意思も自由にならなかった。

「電話はどこだ！」侵入者がいった。「時間がない――」

「上着の内ポケット！」ジョーンズ助祭は金切り声をあげた。「ドアにかけてある！ 頼む！ やめてくれ！ 電話を持っていけ！ 電話はやる！」

侵入者はナイフを抜かなかった。さらに強く押し込んだ。血がシーツにひろがり、脚を流れているのがわかった。

「アメリカの司教を出迎える時刻は？」侵入者が語気荒くきいた。

ジョーンズ助祭は教えた。なんでもきかれたことは教えていただろう。イエスさまはどうしてこんなことに耐えられたのだろう？ 信じられない。

侵入者が手首からナイフを抜いた。すさまじい痛みはたちまち波が岸から引くように遠のいた。

つぎの瞬間、侵入者はジョーンズ助祭の喉にナイフの切っ先を当てて、強く押した。

ジョーンズ助祭は、どこか遠くからの悲鳴を聞いた。自分の声ではなかった。口が動かせなかったので、自分ではないはずだ。舌の付け根に電撃のような痛みが走った。首をもたげたとたんに、その痛みが口蓋《こうがい》へと達した。口蓋は硬いので切っ先が容易に突き刺さらず、痛みは激しさを増した。なおも声を出そうとしたが、口から発せられるのは喉の奥からのうめきばかりで、息ができなかった。すると、侵入者はナイフの柄を逆手に持ち替えた。カッターで紙を切るように、切っ先を支点に刃を左に押し下げた。頸動《けいどう》脈《みゃく》が切断された。つぎに、侵入者は刃を右に押し下げた。外・内頸動脈がすべて断ち切られた。

すさまじく熱く、それでいて冷たい痛みだった。ゴボゴボという音が、どこからか聞こえた。自分のたてている音だと気づくのに、しばしひまどった。息をしようとした。喉に手をやろうとしたが、力がなく、指が痺《しび》れていた。腕を両脇にたらした。侵入者を目で捜した。だが、そのときにはもうなにも見えなくなっていた。黒と赤が視界で渦巻いていた。頭がものすごく軽くなったようだった。

つぎの瞬間には、なにも見えなくなった。熱も冷たさも夢のようにぼやけていた。

ジョーンズ助祭は、眠《ねむ》りに戻った。

23

木曜日　午後十一時三十分
ボツワナ　マウン

リーアン・セロンガは、ベッドの血みどろの体を見おろした。ドナルド・パヴァントがキャノン助祭の喉を切り裂いていた。力強い手で口をふさいだので、くぐもった叫びをひとつあげただけでキャノン助祭は死んだ。

「終わった」パヴァントが、挑みかかるような口調でいった。「ほかに方法はなかった。やらなければならないことをやったんです」

セロンガは、なおも死体を見つめていた。

「王子、あなたもこれまでこういうやりかたをしてきたはずですよ。ときにはやむをえないこともある」

「ダンバラーに、今回はちがうようにやると約束した」セロンガはいった。「殺さない。黒魔術はなしだと」

「その助祭は失血でいずれ死んでいた」パヴァントがいい返した。ベッドの毛布で、ナイフの刃を拭《ぬぐ》った。「慈悲をほどこしたんです。それに、そこまでやらなかったら、われわれが知る必要があったことをしゃべらせるのは無理だった」

「われわれが知る必要があったこと」セロンガは鸚鵡《おうむ》返《がえ》しにいった。

「そう。司教をここに来させるわけにはいかない。それでは万事ぶちこわしです。ダンバラーがなにもできないけちな人間に見られる。それに、このふたりのことはだれにも知られないようにすればいい」

「そうしなければならない」

セロンガは吐き気をおぼえた。助祭の頑固な抵抗のおかげで、こんな極端な手段を強いられた。協力していれば、面倒なことはなかったのだ。ところが、自分の言葉が墓碑銘になった。人を殺したら気に病むことになると、助祭はいった。それが事実なら、このふたつの死は助祭の霊魂のほうにつきまとう理屈になる。すんなり質問に答えていれば、縛りあげて、ここかあるいは肉食獣に襲われないような洞窟《どうくつ》かどこかに隠すことになっていた。アメリカ人司教を誘拐したあとで、当局に教えて解放させるはずだった。

愚か者め。

「携帯電話があった」ドアのところからパヴァントがいった。

「汚れていないシーツを捜してこい」セロンガは命じた。

「わかりました。だが、自分を責めるのは聞きたくない。おれたちはライオンだ。こいつらは獲物だ。そうでなければならない。この国を自由にしたとき、あんたはそういうふうにやったはずです」

「そのときとは事情がちがう」

「いや、ちがわない」パヴァントはいい張った。「当時もいまも、おれたちは帝国を相手に戦っているんです」

「あのときとはちがう」セロンガはくりかえした。「戦う相手は兵隊だった」

「これも兵隊です」パヴァントが反論した。「武器ではなく抵抗を道具に戦う」

セロンガは議論をする気分ではなかった。殺した男の喉からナイフを抜いて、枕《まくら》で拭った。そして、腰の鞘《さや》に収めた。暗い部屋をパヴァントが手探りするあいだ待った。半開きの戸口から差し込む半月の光だけを頼った。そのために閉めなかったのだ。

「シーツがあった」パヴァントがいった。部屋の奥のクロゼットのそばに立っている。パヴァントが足早に近づいてきた。シーツを床に置いた。ふたりで死体を順繰りに始末した。枕カバーをはずして、傷口に詰め込む。血がこぼれるのがすこしは防げるはずだ。それから、死体をベッドの血まみれのシーツでぎゅっとくるむ。すでに血が染《し》みとおっていたので、クロゼットから出した毛布を床に敷いた。そこに死体を置く。それからベッドメイクをした。

死体は氾濫原《はんらんげん》へ運ぶつもりだった。そこでシーツを剝《は》がす。石をくりつけて、ミタリ湖に沈める。夜明けには死体はもうほとんど残っていないだろう。官憲は殺人を疑うだろうが、証拠がない。ナイフの刺し傷のまわりの柔らかな肉は食われてしまう。足跡などいたるところにあるから、犯人の足跡を見分けるのは難しい。散歩に出た助祭ふたりが肉食獣に襲われたという程度に思われるはずだ。ヴァチカンも疑うだろうが、やはり証拠がない。肝心なのは、助祭ふたりを殉教者にしてはならないということだ。それに、例の神父にくわえて司教を人質にすれば、引き揚げの交渉も有利になる。まずはローマカトリック教会、つぎに外国人を追い出す。ボツワナ人は、自分たちの豊かな天然資源から利益をこうむるようになる。

　セロンガとパヴァントには、もうひとつ手に入れなければならないものがあった。助祭たちの祭服だ。だが、それを死体といっしょに運ぶわけにはいかない。血で汚れたら困る。死体を始末してから取りにこなければならない。

　セロンガがこぼれた血を拭《ふ》いているあいだに、パヴァントはベランダからようすをみた。表にはだれもいない。ふたりは死体を肩にかついだ。だいぶ血が出たとはいえ、意外なくらい軽かった。ろくなものを食べていないのだろう。それに、まだ生温かかった。セロンガは人を殺したことから気を紛らそうとして、ダンバラーの古代の魔術には、このふたりをよみがえらせる力があるだろうか、とふと思った。自然死ではなく殺された人間も生き返らせることができるだろうか？　セロンガは、もっとダンバラーのそばにいたかった。これまで目にしたいくつかの現象や、自分が一心に信じている古代の信仰について、もっと学びたい。

いずれそうしよう、と自分にいい聞かせた。

当面は、あまり好きではないこうした仕事をつづけなければならない。かつてボツワナはそうやって自由になったのだ。好むと好まざるとにかかわらず、ボツワナはそうした手段によって、ふたたび自由になる。

24

メリーランド州　木曜日　午後四時三十五分
キャンプ・スプリングズ

ポール・フッドにとって忙しい午後だった。情報の流入がすさまじく速く、疑問自体が答を引き連れてくる。その答が、ふたつかみっつの新たな疑問を呈する。そんなあわただしさだった。

あいにく、そうした答は、フッドが探し求めている手がかりをなんらあたえてくれなかった。

それでも、午前中を無事に生き延びたのが、フッドにはありがたかった。フォックス上院議員が電話でオプ・センターの一日の業務計画一覧表を要求しないのは、一週間ぶりだった。議会はその業務計画を予算割当ての参考にする。これまでのフッドの予算削減に、フォックス議員は満足しているのだろう。議会情報監督委員会のその他の委員も、連絡してこなかった。つまり、マイク・ロジャーズの新課報《ちょうほう》作戦は、すくなくとも一日はばれずにすんでいる。ワシントンの時間の尺度では、ふつうの世界の一年に相当する長さだ。

ダレル・マキャスキーとボブ・ハーバートのあいだの緊張すら、しばし和らいでいる。唯一《ゆいいつ》長引いているのは、オプ・センターとは関係のない問題だった。とにかく直接の関係はない。こじれたままなのは、マキャスキーと妻のマリアの関係だった。ハーバートの表現を借りると、マリア・コルネハは〝闘犬がリブ・ローストに食らいつく〟みたいに任務を引き受けた。マリアは現場での仕事をやめたくないだろうと、周囲の人間は前から推測していた。それが裏付けられた。マリアがマキャスキーに相談せずに決めたことが、問題をさらに悪くしていた。皮肉なものだ。マキャスキーは、事情聴取であれ、会議であれ、ひとの話を聞くのがうまい。事実をふるいにかけて真実を見つけ、相手の声音の変化に応じて実りの多い質問に切り換えるといった手管では、右に出る者がいない。しかし、私生活はまったくちがい、しゃべるばかりで、耳を貸さない。そういうところは変えなければならない。

忠告できるような立場か、とフッドは思った。自分は妻のいい分をすべて聞いた。ほとんどそのとおりにする気持ちはあった。ただ、その時間がなかった。

だが、ささやかな勝利や大きな瑕疵《かし》のことをのんびり考えてはいられなかった。長官室に戻るとすぐに、エドガー・クラインから電話があった。ジョーンズ助祭のもとへブラッドベリ神父から電話があったことを、クラインが報告した。ジョーンズ助祭の話では、ブラッドベリ神父はいまも囚《とら》われの身だという。

「健康状態はいいんですね？」フッドはきいた。

「そのようです」クラインが答えた。

「あまりうれしくなさそうですね」フッドはいった。

「ブラッドベリ神父は、小教区のことを質問しました」クラインが説明をつづけた。

「あいにく、ジョーンズ助祭は神父に、一時的な交替要員がワシントンDCから来ることをしゃべってしまったのです」

「まずいな」フッドはいった。十九世紀末とはちがって、現在のアフリカ駐在の宣教師には、現場での微妙な駆け引きの技倆《ぎりょう》が具《そな》わっていないようだ。当時、ボーア人はズールー族の位置、動き、兵力をスパイするのに、聖職者を使ったものだった。「つまり、ダンバラーに司教のことを知られてしまった」

「そう想定せざるをえないでしょう」クラインがおなじ意見であることを認めた。

「旅行計画を変更するのですか？」

「それでは、ダンバラーを怖《おそ》れていると思われてしまう。それはできません」

「スペイン発の潜入工作員たちは？　もう到着したのでしょう？」

「ええ」クラインは答えた。「チーム・リーダーが、明朝、助祭たちに会って身分を明かすことになっています。何人かがひそかに付き添い、司教さまの護衛を行ないます」

「それはよかった」フッドは答えた。

「ダンバラーの集会を撮影した画像ファイルをそちらに送ります」クラインはいった。「ダンバラーの写真が何枚かあります。そちらのデータベースにひょっとして一致するものがあるかもしれないし、調べていただけないかと思って」

フッドは、調べると答えた。それからクラインに、ロベルト・シュティーレの活動のことを話した。クラインはあまり心配していないようだった。それはそうだろう。シュティーレがやるようなことは、ヴァチカンには直接の影響を及ぼさない。あらたな展開があればブラッドベリ神父に関係がありそうかどうかにかかわらず報《しら》せる、とフッドは約束した。

「何事につけても蚊帳《かや》の外に置かないように」フッドは皮肉っぽくつけくわえた。

クラインは礼をいった。

クラインとの電話を終えてしばらくすると、フッドのコンピュータが電子音を発した。ヴァチカン保安組織の秘密ウェブサイトのアドレスで、ファイルを受信していた。ダンバラーのファイルの閲覧に必要なパスワードが、そこに含まれていた。〝アダマス〟。ハイスクールでラテン語を四年間勉強したので、ダイヤモンドを意味する言葉だと知っていた。ヴァチカン保安組織には、ボツワナという国について若干の知識がある人間がいるようだ。いや、クラインが明かしていないことが、まだあるのかもしれない。

フッドは、その情報をそのままスティーヴン・ヴィアンズに転送した。マット・ストールの学友だったヴィアンズは、つい最近までNROの衛星画像監督官をつとめ、オプ・センターの要求に応《こた》えてつねに最優先で情報を提供していた。そのために、非合法作戦用の二十億ドルの資金の使途をめぐる疑惑が追及されたとき、関係者多数のなかからひとりだけスケープゴートに選ばれた。ボブ・ハーバートの努力で、ヴィアンズに責任はないことが証明された。オプ・センターは罰として、衛星情報を利用する場合のランクがVLP(優先度最低)に落とされた。さいわい、ヴィアンズにはまだNROに何人も友人がいる。ヴィアンズは、NROには復職せず、いまはオプ・センターに内部保安課長として勤務している。フッドのために写真分析プログラムを作成するのも、ヴィアンズの仕事だった。フッドはヴァチカンのアドレスをハーバートとロジャーズに転送した。

ヴァチカン保安局からのデータの転送を終えたとき、エミーから電話がかかってきた。

「ポール、アルベール・ボーダンのことを教えてくれたのが、強力な手がかりになったの」エミーがいった。

「どういうふうに？」フッドはたずねた。

「ボーダンの仲間で資産を換金したのは、シュティーレ氏ひとりではなかったの」

「ほかにだれが？」

「グルニ・ド・シルヴァ。やはりボーダンの会社の重役よ」エミーがいった。「きのう、少数株主だったダイヤモンド鉱山六カ所の株を売却した」

「どこの鉱山？」

「アフリカ南部のあちこち」

「合計額は？」

「九千万ドルぐらい」エミーが答えた。「方向転換して、その大部分をロシアとメキシコの石油開発事業に投資した」

「石油のほうが長期の投資としては有利だと考えたのかもしれない」

「そう考えられなくもない」エミーがいった。「でもね、一部は中国で土地を長期契約で借りているシュティーレの会社に流れたのよ」

「つまり、石油は中国が注目されないようにするための煙幕か」

「ことによると、石油への投資をどこかで切りあげて、中国に回すのかもしれない」エミーが指摘した。「ド・シルヴァは、長期計画を書類上でなんら示していない。それに、われわれがこれまで追跡したなかでは、あまり正直な投資家とはいえない。ルーフトップ・エンジェルズというホームレスのための慈善事業団体に何百万ドルも寄付して、株式の譲渡益課税をまぬがれたことがある」

「二〇〇一年にマネー・ロンダリングがばれて解散した団体じゃないか」フッドはいっ

た。

「そうよ。〝エンジェルズ〟は、百ドルの寄付に対して八十ドルを現金で戻していた。貸金庫、トラベラーズ・チェック、その他の換金手段を使って。そこから抽出された資金がシュティーレに渡ったかどうかは、立証できていないの。シュティーレの口座の金額が急に増えたことはなかったし」

「それだけではわからないよ」フッドはいった。「現金のままどこかに隠してあるのかもしれない。いや、食費にまわすという手だってある」

「たしかに。とにかく、それをいま調査しているところで、だから今回の株の売買で警戒信号が発せられたわけよ。これまでのところ、国際法に違反しているような行為は見つかっていない。それはそうと、ド・シルヴァとペイタ・ディフリングの共通点が、ボーダンの重役というだけではないのを突き止めたの。中国とも関係ない」

「なんだって？」

「ディフリングは何人かの企業家と共同で、ボツワナのホテル用地の環境調査や測量を行なう建設会社を経営している」エミーがいった。「この土地買収には、測量地図庁土地評価部に書類を提出する必要があったの」

「だれから買ったんだ？」

「リムガディという部族」エミーが告げた。

「土地の使用目的は書類に明記されているのか？」

「〝輸送施設開発〟となっている」

「ディフリングがその建設会社の株式を買ったのはいつ？」

「四カ月前」エミーが答えた。「ボツワナ政府の土地評価部によれば、ディフリングが建設したのは小さな簡易滑走路だけだそうよ。あとはなにもしていない。これだけではどうということはないわね、ポール」

「そうだな」だが、勘はちがうとささやいていた。

「開発しようとしている地域で共同事業を興《おこ》すのは、なにもめずらしいことじゃない」

「それはそうだ」

フッドが頭に描いているような陰謀と、エミーがいま説明したような健全なビジネス・チャンスとのあいだには、大きな溝がある。いまのところ、それらの活動はダンバラー一派とはまったくかかわりがないように思える。たまたま同じ時期に重なっただけかもしれない。

しかし、そうとはいい切れない面もある。フッドもオプ・センターも、うわべはどうあろうと中身はちがうと疑ってかかるのが仕事だ。危機管理を効果的にやるには、推定無罪ではなく推定有罪でやらなければならない。

フッドはエミーに、丹念な調査の礼をいった。来週にディナーをともにする予定を立てた。エミーは数カ月前に結婚したところで、夫をフッドに引き合わせたいと思っていた。フッドはエミーが結婚してよかったと思った。それと同時に、わびしくなった。あらたまったディナーに配偶者なしで同席するのは、二十年ぶりだった。

エミーとの話が終わりかけたときに、ロジャーズが戸口に現われた。フッドはエミーに感謝し、何時間かたったらもう一度話し合うことを決めた。ロジャーズがはいってきて、椅子《いす》に腰かけた。数週間ぶりの明るい顔つきだった。エネルギーがみなぎり、熱意を燃やし、集中していた。

「チームのまとまりぐあいは？」フッドはきいた。

「エイディーン・マーリーとデイヴ・バタットは、われわれが命じさえすれば行ってくれます」ロジャーズがいった。

「ふたりは仲良くやれそうか？」フッドはきいた。

「まあだいじょうぶでしょう」ロジャーズは答えた。「駆け落ちするような仲にはならないでしょうが、仕事はちゃんとやりますよ」

「難点は？」

「デイヴィッドは腕が立つし、相手を徹底的に叩《たた》きのめしたがる。エイディーンは基礎がしっかりしていて、経験は浅いが、臨機応変の才がある」

「任務指揮官としては、どっちがいいかな？」

「この状況では、エイディーンでしょうね」ロジャーズはいった。「もう決めました。ふつうの人間が相手のときは、エイディーンのほうが意思を疎通《そつう》しやすいでしょう」

「バタットは不満に思わないか？」

「現場に戻れるんですから、文句はないでしょう」ロジャーズはいった。

フッドは、ロジャーズの顔をじっと見た。軍人は民間人とはちがう考えかたをする。フッドは部下には調和を期待している。ロジャーズは効率を重視する。

「心配いりませんよ、長官」ロジャーズはいった。「エイディーンが指揮をとるのを、バタットは承知しています。ふたりはちゃんとやります」

ロジャーズの意見がまちがっていないことを、フッドは願った。新情報チームをこんなに早く現場に送り込むことになるとは思っていなかったが、オプ・センターには現地に手足が必要だ。時間がないのにロジャーズにこの任務を任せたのは正しかっただろうか、という迷いもあった。ロジャーズのことは心から尊敬している。指揮能力も高く買っている。だが、ストライカーの損耗で大きな打撃をこうむったばかりなのだ。精神面では、フッドもロジャーズも未知の領域に踏み込もうとしている。

フッドはつい最近までは精神医学を信用していなかった。性格は自分の問題を克服しながら築かれるものだと考えていた。ところが、娘のハーレーが国連で人質になった。ハーレーがいちばんつらかった日々に、オプ・センターの主任心理分析官リズ・ゴードンをはじめとする精神衛生学専門家がめんどうをみてくれた。それでハーレーは自分の人生を取り戻し、フッドは娘を取り戻すことができた。

そこで精神医学に対する考えかたが変わった。そのことが、長官としての意思決定にリズの意見を加味するという、これまでにない一歩を踏み出すきっかけになった。ロジャーズに新情報チームの話をする数日前に、フッドはリズに相談した。部隊を失った指揮官は、つぎの部隊を指揮するときに、過度に用心深くなるか、それとも前よりも攻撃的になるか？　もちろんその指揮官によってちがう、とリズは答えた。ロジャーズの場合は、新たな部隊の指揮官になるのを尻込《しりご》みするかもしれない。ふたたび部下を危険にさらすのは嫌だろう。引き受けた場合は、代理ヒステリーの軽いものを味わうはずだ、とリズは考えていた。失敗したときとおなじ状態をこしらえて、きちんとやり直す必要がある。

さいわい、今回は軍事作戦ではない。参加する人間は、問題が解決するまで踏みとどまる必要はない。情報収集は、危険が大きくなったらやめて引き揚げればいい。

「準備は整ったようだから、ボツワナに派遣したほうがいいだろう」フッドは話をつづけた。「あすマックス司教が到着したら、事態は激化するはずだ」

「エイディーンとバタットには、きょうの便に乗ってもらいましょう」ロジャーズはいった。「旅行用の書類は用意しているところです。ふたりはいまマット・ストールのところで、ブラッドベリ神父に関してわれわれがつかんでいるデータを読んでいます。ボツワナとアルベール・ボーダンに関する資料にも目を通してもらいます。ボーダンとその仲間もかかわっているかもしれないと、ボブがいっていました」

「それは考えられる」フッドはいった。

「来る途中で、ファラーハ・シブリーとも電話で話をしました」ロジャーズがいった。

「元気か？」フッドはたずねた。ファラーハはきわめて優秀で謙虚な男だ。ふつうの人間でもいい性格といえるが、諜報員《ちょうほういん》にとっては貴重な特性だ。目につかずに働くことができる。

「ファラーハはいまもイスラエル北部の警察に勤務しています。でも、いまは課長ですよ」ロジャーズはいった。「レバノン国境の治安維持で手いっぱいだそうですが、短い休暇をとってわれわれの仕事をやってくれるといってくれました」

「ユダヤ教国のイスラム教徒が、ローマカトリック教会に力を貸す」フッドはぽつりといった。「結構なことだ」

「本人もそう思ったんです。だから、仕事を中断してチームにくわわってくれるというんです。手が必要になったら頼むといってあります。ニューヨークのザック・ベムラーや東京のハロルド・ムーアとも話をしました。ふたりとも、二、三日は手が離せないそうです。それがすんだらよろこんで協力するとのことです。でも、マリアが向かっているし、あと三人用意できましたから。現場に送り出すチームとしてはじゅうぶんでしょう」

フッドはうなずいた。四人の諜報員は、いずれもたぐいまれな能力の持ち主だ。それらの能力が要求されるときが来たら、協力して大きな力を発揮してくれるにちがいない。ロジャーズが説明を終えると、クラインおよびエミーと話し合ったことを、フッドは詳しく伝えた。話の途中で、ヴィアンズから電話があった。

「長官、こちらへ来てもらいたいんですが」ヴィアンズがいった。

「なにをつかんだ？」フッドはきいた。

ヴィアンズが答えた。「失われた環《ミッシング・リンク》、だと思います」

25

金曜日　午前零時五分

ボツワナ　オカヴァンゴ・デルタ

ダンバラーのヴードゥー教の信仰によれば、午前零時は一日のうちでもっとも霊的な時間だという。その時刻に肉体がもっとも弱くなり、魂がもっとも強くなる。

さらに重要なのは、それが闇《やみ》の時刻であることだった。ヴードゥー教の霊魂は昼間を嫌う。肉体が温まり、働ける昼間は、肉体のものだ。肉体はそうして昼間に強くなる。やがて夜になると、火明かりが支配する時間になる。集団で祈り、歌い、太鼓を叩き、踊る。ロアと呼ばれる神々の栄誉を称《たた》えるために動物が生贄《いけにえ》にされる。祭に参加する者たちは、この世における健康と富としあわせを神々に願う。祭のさなかに男女が結びついて新たな人生がはじまる場合もある。祭の昂《たか》ぶりと情熱のさなかに子供をつくるのは、神聖なこととされている。

だが、そこまではすべて肉体の必要とするものばかりだ。そして、肉体は魂にとっては害悪でしかない。日光もまた魂を抑える力がある。魂は闇で大地と神聖でひそかな交わりを行なう。物質的な世界を離れ、祖先の黒い世界を訪れる。生者の魂とおなじように、死者の魂も地下に棲《す》んでいる。

毎夜、就寝前の午前零時に、ダンバラーはこうして過去の声と独りでつながりを持つ。自分の宿命を悟ったのは、それを通じてだった。ヴードゥー教の祭司ドン・グルタアが、霊界へとダンバラーを導いた。その旅を通じて啓示がつねに得られるわけではなかったが、自分がここにいる理由を思い出すよすがは得られた。ヴードゥー教の過去と未来の架け橋になるのが、自分の役目なのだ。

ダンバラーは、ごわごわする籐《とう》の筵《むしろ》に仰《あお》向けに横たわっていた。白いパンツ一枚の姿だった。目を閉じているが、眠ってはいない。儀式用の蠟燭《ろうそく》が一本点《とも》されているだけで、小屋のなかは暗かった。灯芯《とうしん》はイグサで、煙草《たばこ》のような燃えかたをする。炎があまりあがらないで、くすぶり、煙が出るばかりで明かりの役には立たない。短く太い蠟燭は、底が丸っこい。蜜蠟《みつろう》ではなく獣脂でこしらえたものだ。この沼沢地《しょうたくち》に来る前には、ダンバラーは自分で蠟燭をこしらえた。マチャネングの古代の墓場へ行き、そこでベラドンナと少量の麦角《ばっかく》をすり潰《つぶ》し、溶かした雄山羊《おやぎ》の脂肪に混ぜる。支配神ロアの明かりをこしらえる伝統的なやりかたに従い、頭蓋骨《ずがいこつ》の眼窩《がんか》を型にして固める。薬物を混ぜるのは、体の力を抜いて心をひらくようにするためだ。獣脂は死者の魂を捕らえるために用いられる。蠟燭を点すことにより、死者の魂が解き放たれ、死者のふるさとで道案内をしてくれる。

その蠟燭は、ダンバラーの胸——胸骨の上に置いてあった。溶けた獣脂が顎《あご》に溜《た》まり、ひとつの形をなしている。それもヴードゥー教の信仰には重要なものだった。それが未来に起きることを示している。死者が生者に何事かを教えようとしているのだ。生者はそれを利用して、新しいべつのものに変える。

鼻腔《びくう》を刺激する黄色っぽい煙が、ダンバラーが息をするたびに鼻に吸い込まれた。呼吸が遅く、浅くなる。それを吸い込めば吸い込むほど、自分が煙になったように思えてきた。体が筵の上に浮かんでいるようだ。と、火や空気とおなじように、魂が軽やかに下降し、筵の目を通り抜けた。

地中へ向かっている、とダンバラーは思った。永遠の霊のふるさとへ。

ダンバラーは蛇のように身をくねらせて、密度の高い硬い地面を通っていった。下降がどんどん速まる。霊は、みずから望むときには、岩山の割れ目や石の下のあちこちから動き出す。ダンバラーのもとへ来て、自分たちの知識を使わせてくれる。

今夜はこれまでとはまったくちがうと、ダンバラーは即座に気づいた。霊がすぐにやってきた。いつもよりもずいぶん早い。つまり、なにか重要なことを伝えようとしている。霊が追いかけなくてもすむように、ダンバラーは下降の途中でとまった。栄《は》えある死を待つのは生者のつとめだ。

話をする相手を、ダンバラーは選ばなかった。霊のほうから近づいてくるようにした。知る必要があることを、霊が教えてくれる。言葉ではなく、映像や象徴で伝える。

霊たちは、未来についてダンバラーに伝えはじめた。雌鶏《めんどり》が雄鶏《おんどり》に変わるのを見せた。それから、切り刻まれて血まみれになっているが、まだ死んでいない仔牛《こうし》を連れてきた。最初の映像は、面倒を見てくれている勢力が敵にまわる可能性があることを示している。つぎの仔牛は、子供が成人する前に試練を受けることを暗示している。

霊たちが去った。ダンバラーは進みはじめた。

さらに地中深くへと漂っていった。いまでは広い洞窟《どうくつ》や割れ目を通っている。ついに大きな縦穴に達した。浮遊してその縁を通るとき、巨大なホーンドバイパーが下でとぐろを巻いているのが見えた。いまや神々が語りかけようとしている。めったにないことだ。赤茶色の巨大な蛇に向けて、ダンバラーは泳いでいった。毒蛇が口をあける。ダンバラーは口に跳び込んだ。赤い舌を除けば、どこもかしこも黒だった。突然、ふたつに裂けた舌の先端が白い翼に変わった。下で燕《つばめ》の群れが飛び立った。上へ上へと飛ぶ鳥たちを、ダンバラーは見守った。空に達した先頭の数羽が星になる。たちまち数千の光る点が出現した。よろこびに満ちあふれて見ていたのはつかのまだった。鳥たちがなおも上昇すると、星が砂に変わり、地面に降り注いだ。砂粒に打たれた鳥たちがずたずたに切り裂かれる。降り注ぐ砂が果てなくひろがる広大な砂漠になった。死んだ燕と血の小さなオアシスが、ところどころにある。

偉大なる夢が試されようとしている、とダンバラーは思った。その夢を追う者も試されようとしている。

そのとき、燃えるたてがみのライオンが一頭、砂から跳び出した。ダンバラーは即座にそれがなにかを知った。戦いの霊オグン・バグダリだ。ライオンの牙と爪《つめ》がなにもない空を咬《か》み、つかもうとする。ふたたび星が現われ、血のように赤く輝き、ひろがっていった。それが顔になる。いずれも知っている顔だ。やがてなにもかもが真っ赤になった。ダンバラーは赤い洪水から遠ざかった。洪水がじわじわとくすんだオレンジ色に変わる。ダンバラーは目をあけていた。蠟燭の炎をじっと見つめていた。

首と額を汗がだらだら流れ落ちていた。汗はくすぶる蠟燭の熱や、息苦しい湿気の多い夜気のせいでもあった。だが、大部分はもっと内なるもの、恐怖ゆえの汗だった。ダンバラーは未知のものは怖《おそ》れない。人間の生活につきものの無数の神秘やそれがもたらす厄介事をくぐり抜けるには、信仰、勇気、ヴードゥー教の術さえあればいい。ダンバラーが怖れたのは既知の事柄だった。とりわけ人間の裏切りだ。そうはいっても、自分の身を慮《おもんぱか》ったのではない。死ねば霊は祖先のもとへ行く。心配なのは信者たちの運命だった。信者になってまもないのに、道しるべを失うことになる。まだ自分たちの民族の道に戻っていないひとびとのことも心配だった。

ダンバラーは、蠟燭を胸から持ちあげた。汗のせいで、簡単に離れた。ゆっくりと起きあがる。きょうはくたびれる一日だった。それにいまの映像でかなり消耗した。味方が敵になるのか、と思った。近しい人間が裏切る。だれが裏切るのかはわからない。いつ、どんなふうに裏切るのかもわからない。すでに知っている人間かもしれないし、つぎの説教や儀式の際にはじめて知り合う人間かもしれない。ただ、まもなくそうなるということだけがわかっている。

窓の横にある小さな棚においてあった素焼きのボウルに、蠟燭を立てた。カンバスの白い日よけがおりている。麻紐《あさひも》をひっぱってあけた。しめった熱い夜気が流れ込み、炎が一瞬高くなって揺れた。やがていつもの暗い光に戻る。風とともに沼地の生き物のたてる物音がはいってきた。ウシガエルの鳴き声は、不満げな犬の声を思わせる。夜の鳥は笑っているか、溜息《ためいき》をついているようだ。蛇のシューッという息もときおり聞こえる。その歯擦音は、さまざまな物音を貫き、ひときわはっきりと聞こえる。たちまち小さな白い蛾《が》の群れが、蠟燭の光のまわりではばたいた。黒い梢《こずえ》の向こうでは、星が大きくくっきりと輝いている。

いつの日か戦いが起きるだろうというのは、最初からわかっていた。ダイヤモンド鉱山のために戦わなければならないだろうと思っていた。国を築くために宝石を外国人に売るのに異論があるわけではない。ただ、地は死者のふるさとだ。信仰篤《あつ》い者だけがはいることを許される。

とはいえ、これほど早くその問題に直面するはめになるとは思っていなかった。まずはリーアン・セロンガとブッシュバイパーが信頼できるかどうかを確認する必要がある。ブッシュバイパーが使えない場合には、武力をほかで捜す必要がある。きっと霊が導いてくれるだろう。あるいは導いてくれないかもしれない。

ダンバラーは不意に孤独感に襲われた。

瀬戸物の水差しと碗《わん》を、筵のそばの土間から取った。ミントの葉で香りをつけた水を注いだ。ゆっくりと飲み、葉を嚙《か》みながら、空を見つめた。

さきほどの星の映像は、近い未来を告げた。いま空に輝いている星は、べつの物語を伝えていた。いま見える星は祖先を思い出させる。生まれてまもない世界の空を見あげていた男や女のことを。星は、人間の霊がすくなく、知恵を神からじかに教わっていた時代について語っていた。

祖先がやってきたことをやる勇気を、星はダンバラーにあたえた。映像を信じ、予言を信じる。そして、予言が実現する方策を見つける。

自分は生まれながらにすばらしい才能に恵まれている。ヴードゥー教の悟りの天恵と呪《のろ》いの両方をあたえられている。国民を奮い立たせる理念を抱いていて、それを説き、ばらばらになっているひとびとを率いる力があるのは、天恵だろう。ひとびとは道を見失っている。宗教だけではひとびとを導くことができない。それが呪いだ。

平和を愛する人間でありながら、戦争を起こさざるをえない。

その戦争では、なにもかもが白魔術というわけにはいかない。

26

木曜日　午後四時四十七分
メリーランド州　キャンプ・スプリングズ

マット・ストールの執務室に向かう途中で、フッドとロジャーズはリズ・ゴードンと鉢合わせしそうになった。リズはニコチン・ガムをしきりと嚙んでいる。禁煙したところなのだが、すんなりやめられないのだ。頼みがあると、リズがフッドにいった。

「個人的なこと？」フッドはきいた。

「ええ」リズがガムを嚙みながら歩くとき、広い肩が左右に揺れ、中ぐらいの長さの茶色の髪が上下に激しく揺れた。

「歩きながらでも話せるか？」

「いいわよ」リズがいった。「作業のかけもちは得意だから」

フッドは頰をゆるめた。「どんなことかな？」

「義理の弟のクラークが、ジョージタウン大学で政治学を専攻しているの。現代の都市問題について研究しているんだけど、授業で市長時代の話をしてもらえないか、きいてほしいといわれて」

「いつ?」フッドはきいた。世界から地方へギアを入れ換えるのに苦労した。リズとはちがって、かけもちは苦手のようだ。

「これから二週間ぐらいのあいだでどうかしら?」

「わかった。やるよ」フッドはウィンクした。「なんでもそんなふうに簡単だといいんだけどね」

「ありがとう。ヴァチカンの問題ね?」

フッドはうなずいた。「そうそう、時間があれば、いまいっしょに来てくれないか」

「よろこんで」リズがいった。

マット・ストールの仕事スペースは、他の執務室とはまったくちがう。オプ・センターに着任したストールは、小さな会議室を占領した。デスク、ラック、コンピュータを、ストールは無秩序にならべた。オプ・センターがコンピュータに頼る度合いが高まっても、もとの乱雑な配置はそのままだった。村の周囲に植えられたオークの林さながらの状態だった。

長方形のスペースに、いまでは四人が勤務している。ストールとヴィアンズは、中央で背中合わせに座っている。メイ・ウォンが奥に、ジェファーソン・ジェファーソンがドア近くに陣取っている。フッドがロサンジェルスにいたころには、奇人変人といえばすべて映画関係者だった。科学者は生真面目《きまじめ》で保守的な人種だった。いまは映画関係者は髪を短く刈り、複雑な数学に通じている。コンピュータ・プログラマーのほうが奇天烈《きてれつ》だ。台北《タイペイ》生まれのメイは鼻にピアスをして、髪はオレンジ色だ。J2という綽名《あだな》のジェファーソンはスキンヘッドで、頭に一本の木の刺青《いれずみ》がある。気分しだいでその木に新しい枝や葉をつけくわえる。

一九九〇年代であれば、こうした連中は連邦政府の公務員の一次試験にはぜったいに通らなかった。いまはどこの省庁も、技術系の優秀な人材を民間企業、ことに海外の企業に取られるわけにはいかないと考えている。情報機関や捜査機関も例外ではない。仕事ができるか、新しいテクノロジーを編み出せるかどうかということのほうが、見かけよりずっと重視される。時間があるときには、メイとJ2はオムニ・インクと自分たちが呼んでいる物質の研究をしている。そのインクに浸した紙は、ワイヤレス信号によって作動する一画素の大きさの超小型トランジスターによって、表示を変えられる。電子的変化がインクの色を十億分の一秒単位で変え、ニュースのデータの即時更新、案内広告の絶え間ない変更、クロスワード・パズルのオンデマンド・ヘルプまでが可能になる。ふたりは略してオインク（訳注 豚の鳴き声の擬音）と呼んでいる。新テクノロジーにそんな愛称をつけて成功するものだろうかと思うが、名称など関係ないというのはわかっていた。雇用契約によれば、いかなる特許もふたりの名前で登録されるいっぽう、開発とマーケティングには政府が尽力することになっている。そこへはいっていったとたんに、J2はオインク・テクノロジーを刺青に応用するのではないかという考えが頭をよぎった。

三人がはいってゆくと、ヴィアンズが視線を投げた。

「やあ、諸君」フッドはいった。「なにを突き止めてくれたのかな、ヴィアンズ君」

「IODMのファイルの写真で身許《みもと》確認しました」ヴィアンズが答えた。「国際ダイヤモンド商機構のことです。この男、カルト指導者になる前に、ダイヤモンド関係の仕事をしていたにちがいありません」

「よくやった、スティーヴン」フッドはいった。

「ありがとうございます」ヴィアンズは説明に移った。「IODMは、法律に定められたとおり、人事ファイルをオンラインで検索できるようにしています。コンピュータによれば、三年前の身分証明書の写真と、ヴァチカンから送ってきた画像の人物は、八九パーセントの確率で同一人物だそうです」

「ちがいは頬がこけて首の肉が落ちていることと、髪の長さと、鼻梁《びりょう》の形の変化です」ストールが言い添えた。「たぶん鼻の骨が折れたのでしょう」

「それだけ一致すればじゅうぶんだ」フッドはいった。

「みごとな識別だよ」ロジャーズが相槌《あいづち》を打った。

「ハボローネの納税記録にハッキングしたら、すぐさま当たりが出ましたよ」ストールがいった。「問題の男はトマス・バートンです。四カ月前までは、ボツワナの鉱山労働者でした」

「ダイヤモンドか宝石の鉱山にいたのね？」リズがきいた。

メイ・ウォンが、自分のワークステーションで、左手のなにもはめていない小指をふってみせた。フッドは笑みを向けた。

「そう。ダイヤモンドです」ヴィアンズが答えた。

「ダンバラーとアンリ・ゼネの結びつきはそこだ」ロジャーズがいった。

フッドは、ヴィアンズのコンピュータに表示されている身分証明書の画像を見た。カラー写真があった。その下に、クラインの送ってきた画像がある。「同一人物にまちがいないな？」

「確信してます」ずんぐりしたストールが、キイパッドから向き直っていった。

「ダンバラーのことが最初に載ったオンライン新聞の記事を見つけました」J2がいった。「トマス・バートンが自宅の電話を使わなくなった時期と一致します」

「あたしが通話記録を見たのよ」メイが得意げにいった。

「バートンのそのときの住所は？」ロジャーズがきいた。

「マチャネングという町です」ヴィアンズが答えた。「町から八キロメートルぐらいのところに、鉱山がある」

「クラインさんの送ってきたファイルによれば、集会の写真はそこの町で撮影している」ストールが指摘した。

「ほかには？」フッドがきいた。

「いまのところは、それだけです」ヴィアンズが答えた。

「クラインさんのファイルを受け取ってから、まだ三十五分しかたっていないんですよ」ストールがたしなめるようにいった。「いまもいったように、たまたま当たったんです」

「おいおい、マット、断じてけなしたわけじゃないよ」フッドはなだめた。「きみたちは奇跡を起こした。ほんとうに感謝している」

J2とメイが空気を掌《てのひら》で叩《たた》き、部屋の端と端に座ったままで、ハイ・ファイヴをやった。

「この男の医療記録にアクセスできないかしら？」リズがきいた。

「できるよ。コンピュータのファイルになっていて、そのコンピュータがインターネットに接続されていればね」ストールがいった。

「なにか目当てがあるんだな、リズ？」フッドはきいた。

「精神科の治療記録」リズがいった。「WHOの最近の研究によると、カルト指導者だとわかっている人物の九割に治療経験があるの」

「逆に精神分析を受けていてもカルトにはいらなかった人間のパーセンテージは？」ストールがきいた。

「十人のうち七人」リズが答えた。

「それじゃ、カルト指導者だけを特別扱いできない」ストールはしつこく反論した。

「そんなことはいっていないわよ」リズがきっぱりといった。「手がかりになる記録があるかもしれないという話をしているんじゃないの。カルトを発生する前に抑止する方法があれば、ボツワナ政府が興味を持つかもしれない」

「こいつは精神科医にかかったことなんかないよ」J2がいい放った。

全員がJ2の顔を見た。

「バートンってやつは、会社の人事記録によるとライン責任者だった」J2が説明した。

「つまり、鉱山から運び出されるダイヤモンドを最後に監督する役目だ。いまIODMのライン責任者採用基準を見ているんだ。犯罪歴があってはならない。近親者にも犯罪歴があってはならない。精神的な問題で治療した記録が皆無でなければならない」

「それに、このファイルの付記によると、ボツワナでの精神科治療件数の平均は、世界各国の平均よりもずっと低い」メイが画面から視線を放さずにつづけた。「WHOによれば、ボツワナにおける精神科治療は十人に三人、大部分がホワイトカラーか軍人」

「精神科の治療を受ける経済的余裕もないいんだろう」フッドはいった。

「政府の援助がある」メイがなおも読みながらいった。

「そっちへ越そうかな」ストールがいった。

「だけど、ダンバラーについてできるだけたくさん情報がほしいことに変わりはない」リズがいった。「まちがいのなさそうなプロファイルができれば、つぎの動きを的確に判断できるかもしれない。これが長引いたら、そういう読みが必要でしょう、長官？」

「そうだ」フッドは同意した。

「それから、これにヴードゥー教の側面があるのも忘れちゃいけない」ストールがいった。「ネットでちょっと調べてみたんだ。一九九二年にベニン共和国で公式な宗教として認められている。ドミニカ共和国、ガーナ、ハイチ、トーゴにくわえ、アメリカでもニューヨーク、ニューオーリンズ、マイアミなど各都市に信者がおおぜいいる」画面を見ながら、ストールはつづけた。「南米でもかなり認められている。ウンバンダ、キンバンダ、カンドンブレなど、さまざまな宗派がある」

「驚いたわね」リズがいった。

「われわれの宗教のほうが縄張りが狭い」フッドはいった。

「ヴードゥー教の本質は、カトリックと非常に似通っている。大きなちがいは、精霊のあるところが天ではなく地中だということだ」ストールはなおも説明した。「いずれも最高神を崇拝し、霊的存在に位階がある。ヴードゥー教では大物たちはロアと呼ばれ、カトリックでは聖者と呼ばれる。ロアたちも聖者たちも、それぞれ独特の属性がある。ヴードゥー教もカトリックも来世があると考えている。復活を信じている。肉と血を儀式で口にする。魂を神聖視する。善と悪の力をはっきりと区別する。ヴードゥー教では、これを白と黒というい いかたをする」

「おもしろいな」ロジャーズがいった。「それで納得がいった」

「なにが？」フッドはきいた。

「十七世紀にアフリカの非イスラム教国でカトリックが支配的になったわけがわかった。国民のためのヴードゥー教会がなかったから、アフリカの連中はカトリック教会に親しみと安らぎを感じたんだ」

「宣教団が持ってくる食糧やワインも、布教におおいに役立ったでしょうね」ストールがいった。

「そういうものがあれば、ひとは座って話ぐらいは聞く」ロジャーズがいった。「しかし、わたしは陸軍の徴募係の苦労を見ているんだ。ふつうの人間は、ビュッフェぐらいでは一身を捧《ささ》げようなどという気にはならない」

「とにかく、ダンバラーは信者を取り戻そうとしているわけだな」フッドはいった。

「ダンバラーの野望も、せいぜいそこまでかもしれませんね」ロジャーズがいった。

「それより大きな問題は、ボーダンの狙《ねら》いです。それに、ボーダンの手先は、ダンバラーになにを約束したのか」

「いまのボーダンたちにないもの。それがダンバラーの使い道じゃないの？」リズが疑問を投げた。

「自由に操れる指導者」フッドはいった。

「ひょっとすると、ダンバラーそのものを利用するつもりはないのかもしれない」ロジャーズがべつの意見をいった。「現政権の不安定化をもくろんでいるのかもしれない」

「それも考えられる」フッドはいった。

「ダンバラーが金をもらって役割を演じている可能性もある」ヴィアンズがいった。

「テレビ宣教師のヴードゥー教版だな」ストールが首をふった。「だとしたら情けない」

「そうだな。しかし、その線はあまり考えなくていいんじゃないか」ロジャーズがいった。

「なぜ？」フッドはきいた。

ロジャーズが説明した。「ヴードゥー教復興をひそかに後押ししているのがボーダンだとしたら、だれかに宗教指導者役を演じさせるような手間はかけないでしょう。訓練した人間がほんものだと民衆に納得させようとしても、そう簡単ではないし、時間もかかる。ＨＵＭＩＮＴ要員を集めるのといっしょですよ。潜入工作よりは、内部の人間に手をのばして裏切らせるほうがずっとうまくいく。バートン時代かダンバラーと名乗ってからかわからないが、だれかが見つけ出して、説教しているのを聞き、使えると思ったのではないですかね。そして、すでに動き出していた計画に、ダンバラーの信仰を嚙《か》み合わせた」

「そういうことだとしたら、ダンバラーはやつらに使われていることに気づいていない」フッドはいった。

「そうです」ロジャーズがいった。

フッドはうなずいて、ストールとその部下たちに目を向けた。「ありがとう、みんな。ほんとうによくやってくれた」

スティーヴン・ヴィアンズが、にっこりと笑った。J2とメイは、離れたままのハイ・ファイヴをもう一度やった。マット・ストールは、組んでいた腕をほどき、キイボードに向かってなにやら打ち込んだ。思いついたことがあるにちがいない。ストールはたいがい、周囲の人間とはまったくちがう思考を進めている。

フッドはリズのほうを向いた。「いまちょっと時間があるかな?」

「ええ」

「しばらくここにいて、ダンバラーについてほかにデータが出てこないか、見届けてほしい。家族の経歴、友人、おなじ学校に通った人間、ダイヤモンド鉱山で隣り合って仕事をしていた人間、といったようなことだ。プロファイルをまとめてほしい」

「おもしろそうね」リズが熱のこもった声でいった。自分の仕事にフッドが敬意を示すようになったのが、いかにもうれしそうだった。

スティーヴン・ヴィアンズが、早くも手近の椅子《いす》から箱やディスク類やケーブルをどかしていた。そういったものを床に積みあげ、自分のワークステーションのそばにキャスター付の椅子を押していった。フッドはリズに礼をいって、ロジャーズといっしょにそこを出た。ふたりは長官室へとひきかえした。

「ダンバラーのプロファイリングをしても、危機を回避する手がかりにはなりませんよ」ロジャーズが指摘した。

「そうだな」フッドは認めた。

「ダンバラーに近い人間に手をまわさないと。どうにかしてダンバラーに話を聞いてもらわないといけない」

「ヨーロッパ人が利用しているのを、教えるために」フッドはいった。

「疑念を植えつけるだけでもいい。全面的に信用できなくなり、動きが鈍る――それだけでもいい」ロジャーズはいった。

「賛成だ」フッドはいった。

「それならなおのこと、エイディーンとバタットをできるだけ早く出発させないといけない。そうすれば、現地時間であすの午後六時ごろにマウンに到着するでしょう」

いいだろう。ダンバラーを見つけて、こっちの人間が近づくことができたとして、ブラッドベリ神父についてはどんな手を打つ？」

「いまのところ、ダンバラーに接近する以外のことは、なにもできないと思います」

「では、情報収集だけだな」フッドはいった。「救出作戦はなしだな？」

「マリアはともかく、二人に誘拐事件の経験はほとんどないですからね」ロジャーズはいった。「それに、マリアを単独で送り込むわけにはいかない。だいいち、スペイン軍特殊部隊が救出作戦を進めようとしていた場合、マリアが邪魔になるかもしれません。エドガー・クラインやダレルとなにか話が決まっているのでしたらべつですが」

「UEDとこちらの動きを調整するのに必要とされる自由な連絡を、クラインが許してくれるとは思えない」フッドはいった。「ダレルのほうは、どうしてもやむをえない場合を除き、発破をかけないほうがいいだろう」

「わたしもそう思います」

「それから、ハボローネの中央政府の協力はあまり期待できないと思う。これまでのところ、ほとんど関心を示していない」

「そうですね。それで考えていたんですが」ロジャーズはいった。「これがたいして力のないカルトだったら、政府はもっと強い措置を講じていたのではないですかね。しかし、なにしろ一万年も前からある信仰が相手となると、用心せざるをえない。ボツワナの閣僚や議員にもヴードゥー教の信者はいるかもしれません。そうした連中がボツワナ政府がヴードゥー教を国教にする方向へと徐々に進めるかもしれない。四世紀にローマがキリスト教に転じた例もあります」

「そうなったら、ヴァチカンは不愉快だろうな」

「それはそうですよ。だからこそ、ブラッドベリ神父奪回のために、全面攻撃を開始しようとしている」ロジャーズはいった。「最低でも政府に圧力をかけて、ダンバラーを制圧するよう促すつもりでしょう」

長官室の前に来たところで、ふたりは足をとめた。

「マイク」フッドは考え込むようすでいった。「なんとかしてマリアを現地に送り込む必要があるな」

ロジャーズはうなずいた。「とにかくスペイン語がしゃべれますからね。UEDと接触できれば、腹を打ち割った話ができる。クラインを通さなくても、情報が得られるかもしれない」

「そういえばダレルを納得させることができるだろうか」マキャスキーがいないのをたしかめようと、フッドはうしろをちらりと見た。

「女房がやるのはスパイじゃなくて偽《にせ》通訳だっていうんですか？」

「まあな」

「信じやしないでしょう」ロジャーズはきっぱりといった。

「わたしもそう思う。わかった、マイク。エイディーンとバタットを出発させてくれ。わたしはダレルと話をする」

ロジャーズは向き直って、離れていった。フッドは長官室にはいった。デスクの椅子に、どさりと腰をおろした。

心も体も疲れ切っていた。なぜかわからないが、奇妙な心地だった。これからダレルと話をする。そのあと、地に足をつけているのを実感するために、家に電話したくなるだろう。ハーレーとアレグザンダーの一日のようすが知りたい。政府が転覆するようなこととはちがう悩みを聞けば、気分も変わるはずだ。

家か、と思った。考えるだけで目の奥がじんとする。奇妙な心地の原因はそれだと気づいた。きょうの自分は最初から最後まで別れにかかわっている。

フッドの心のなかでは、いまなおチェヴィー・チェイスの家が我が家だった。現実はちがう。もうそこには住んでいない。子供たちを迎えにいくとき、週末にドライブウェイに車を入れるだけだ。いまの家はオプ・センターから三十分のところにある狭いアパートメントだ。壁には飾りもなく、家具もすこししかない。子供たちの写真と、額に入れた何人かの国家元首の書簡を除けば、私生活のにおいのするものはなにもない。そういった書簡は、市長時代の記念品だ。ことに思い出があるわけではない。いまの自分はとしている。それでいて、ダンバラーがふるさと《ホーム》を取り戻すのを阻止しようとしている。さらに、ダレル・マキャスキーが新妻と新生活をはじめるのに横槍《よこやり》を入れようとしている。

ロサンジェルス市長時代も、金融界にいたころも、物事を築きあげていた。道路や住宅を建設し、会社を設立し、財産を築き、経歴を積みあげた。結婚して家族をはぐくんだ。いまはいったいなにをやっている？

他人の家族のために、世界の安全を護《まも》ろうとしている、そう自分にいい聞かせた。そうかもしれない。いや、それは建て前のたわごとかもしれない。あるいは真実かもしれない。どちらにせよ、そう信じるしかない。ただそう思うのではなく、確信しなければならない。そうでなかったら、受話器を取ってダレル・マキャスキーに話をすることはできない。マキャスキーの妻が命懸けの任務を行なうアフリカの汎濫原《はんらんげん》を、危地そのものに変えてしまうような助力を頼むことなど、とうていできない。

我が家《ホーム》に焦《こ》がれている。

27

金曜日 午前八時零分
ボツワナ マウン

リーアン・セロンガとドナルド・パヴァントは、夜明けとともに起きた。三時間後の午前八時には、マウン・センター行きのバスをそわそわしながら待っていた。セロンガは、じっとしているのが好きではない。

助祭の扮装《ふんそう》をするのにも不安があった。ここにいるというだけでジョーンズとキャノンになりすますのは無理だとわかっている。それにツーリスト・センターの所長は、ふたりに会ったことがあるはずだ。それにブラッドベリ神父を連れ去るときに、顔を見られている。離れてはいたが、それでも見分けられるおそれがある。作り話は、必要になった場合のために考えてある。とはいえ、バスが来るまで身を隠していられれば、それにこしたことはない。

そうはならなかった。

その朝、十数人が教会を訪れた。入口はあいていたが、蠟燭《ろうそく》は点《とも》されていない。おつとめしている聖職者もいない。午前八時過ぎに、ツーリスト・センター所長のツワナ・ンデベレが、助祭の宿舎にやってきた。ドナルド・パヴァントがドアをあけ、ベランダに出た。

ンデベレの日焼けした顔の皺《しわ》が、驚きのあまり深くなった。「あなたは?」

「万聖教会のトビアス・コムデン助祭です」パヴァントが答えた。「そちらは——?」

「ツーリスト・センター所長のツワナ・ンデベレだ」怪しむような用心深い口調だった。

「お近づきになれてうれしゅうございます」パヴァントは愛想よくいうと、軽くお辞儀をした。手は差し出さなかった。荒れて胼胝《たこ》だらけになっている。宣教師の手には見えない。

ンデベレは、くせのある長い顎鬚《あごひげ》をしごいた。「万聖教会。よく存じあげないが」

「ザンビアのとても小さな教会です」パヴァントは答えた。謎《なぞ》の教会がどこにあるかなどという細かいことは口にしなかった。ンデベレが確認しようとした場合、かなり広い範囲を調べなければならない。「わたしたちは夜のあいだに到着しました」

「わたしたち?」

「ウィザル助祭とふたりで」パヴァントはいった。ンデベレがなかを覗《のぞ》けるように、脇《わき》にどいた。

セロンガは、ドアに背を向けてベッドで丸まっていた。祭服のウェストバンドに、サイレンサー付のワルサーPKセミ・オートマティック・ピストルを挟んでいる。ンデベレが話をしようとそばにきて、誘拐犯だと気づいたときのために、その拳銃《けんじゅう》を用意していた。

表の明るい朝の光に目が慣れているンデベレには、部屋のなかの細かいところまでは見えなかった。やがてあとにさがった。

「どうやって来たのですか？」ンデベレがきいた。

「ジープです」パヴァントは答えた。「ウィザル助祭がずっと運転していたので、まだ寝ているんです。かなり遅い時間に着いたもので」

「ジープは見かけていない」ンデベレがいった。疑わしげに口をゆがめている。

「ジョーンズ助祭とキャノン助祭が、われわれが到着するとすぐに乗っていきました」ンデベレが、あからさまに驚きの色を浮かべた。「暗いうちにマウンへ行ったんですか？　それは危ない。道路はないし、真っ暗だ」

ベッドに横たわっているセロンガは、動悸《どうき》が速くなった。まずいことになりかけている。所長を一発で斃《たお》せるといいのだがと思った。疑いを抱いたまま帰らせるわけにはいかない。

「ふたりとも道はわかっているといいましたよ」パヴァントはきっぱりといった。「司教さまのお迎えは、ふた組に分かれたほうがいいと考えたのです。誘拐犯がいまも監視しているかもしれません。わたしたちはバスで行きます」

セロンガは待った。じっと耳を澄ましていた。そうやって横になり、眠ったふりをするのが、とてつもなく苦痛だった。自分の運命を他人にゆだねるほどいらだたしいことはない。

かなりたってから、ンデベレがうなずいた。「まあ、それが賢明かもしれませんね」

セロンガは体の力を抜いた。ンデベレは納得したような口調だった。

「あれこれ詮索《せんさく》してすみません」ンデベレが語を継いだ。面目なさそうだった。「ブラッドベリ神父が拉致《らち》されてから、わたしたちはみんなシマウマみたいに神経質になっているんです。聞き慣れない音がしたり、ふだんと変わったことがあると、ついびくびくします」

「無理もありませんね」パヴァントは答えた。「ほかにご用はありますか?」

「助祭さま、じつはうちのお客さんが蠟燭を点したいというので、こちらに来たのです。かまわないかどうか、うかがおうと思って」

「かまいませんよ」パヴァントは答えた。

「ブラッドベリ神父は、毎朝いちばんに点しておられました」ンデベレがいった。「わたしはカトリックではないので、それでよいのかどうか、わからなかったのです」

「点してくださって結構です」パヴァントは答えた。「あいにく、ごいっしょできません。できるだけ姿を見せないようにと、命じられているのです。誘拐犯が見張っていた場合に狙《ねら》われないようにするためです」

「ごもっともです。ただ、お客さんのうちふたりが、内々にお目にかかりたいといっているんですが」

「それは賢明ではないでしょうね」パヴァントは答えた。

「わかりました。そう伝えます。スペイン人で、信仰心が篤《あつ》いんですよ。バスでもお邪魔しないようにいっておきましょう。バンツー語しかできない、とでも」

「よろしいように」パヴァントはにっこり笑った。「お力添えに感謝します」

「ブラッドベリ神父の教会のお役に立てることでしたらなんなりと」ンデベレが答えた。ンデベレが立ち去ると、パヴァントはドアを閉めた。セロンガが向き直り、脚をおろしてベッドの縁に腰かけた。パヴァントはそちらへ歩いていった。温厚で親切そうな表情は完全に消えている。

「さすがだな」セロンガはいった。「ほんものの外交官みたいに、危ない状況をさばいた」

「どうですかね」パヴァントはいった。

「おかげでやつを撃たずにすんだ」セロンガは、ウェストバンドから抜いた銃をベッドに置いた。

パヴァントは首をふった。「おしゃべりは嫌いだ。なんにも解決できない。行動を遅らせる」

「まあ、けさのわれわれにはそれが必要だったんだよ」セロンガは指摘した。

「それはそうですが」パヴァントはいった。「助祭や司祭や司教の甘ったるい言葉には、反吐《へど》が出そうになる。こんな教会はつぶして、脅威の息の根をとめないといけない」

「自滅するのをつぶすのは労力の無駄だろう」セロンガはいましめた。

「だけど、こいつが叩《たた》きつぶしたいっていっているんですよ」パヴァントは拳《こぶし》をふってみせた。「外国人がわれわれの心をずたずたにして、国を奪うあいだ、なんの働きもできなかったのが無念なんです。この手が働きたがっています」

「働いてもらおう」セロンガはいった。「壊すのではなく築くために」

話をしながら、セロンガはバックパックのところへ行って、地図を何枚か出した。ベッドの上でひろげた。パヴァントとふたりで、マウンから野営地へ戻るのに使うルートを検討した。ダンバラーの信者に飛行場まで来てもらうよう手配してある。

パヴァントは、まだ不機嫌だった。眉宇《びう》が険しく、口をへの字に結んでいるので、すぐにわかる。言葉を切り詰めてしゃべることからもわかる。氾濫原に育ったセロンガは、さまざまな種類の捕食者を見てきた。食虫植物、鰐《わに》、ライオン、ハイエナ。猟犬や蜂《はち》などの攻撃的な生き物も観察した。多くの人間が具《そな》えているような特性は、どの生物にも見られない。憎しみを抱き、その憎しみで捕食者の本能を焚《た》きつけるのは、人間だけだ。やむをえず人を殺すときですら、セロンガは現実的な力に背中を押されていた。父親と狩りがしたいという強い気持ち。セレツェ・カーマに大統領になってもらいたいという望み。祖国の国境を護る必要。

夢に駆り立てられる者もいれば、悪夢から逃れようとする者もいる、とセロンガは思った。

しかし、セロンガにはひとつの希望があった。この闘争が終わった暁にはボツワナ人はひとつにまとまるはずだ。長い年月のあいだ自分たちの生活から失われていた大切なものに、ひとびとが衝《つ》き動かされることを祈ろう。それは動物的な必要よりもっと崇高なものであるはずだ。

ダンバラーと、ひょっとすると神々の力も、そこにくわわる。

28

木曜日　午後五時三十分
メリーランド州　キャンプ・スプリングズ

ダレル・マキャスキーとのやりとりは、平板そのものだった。フッドはそうなるだろうと予想していた。マキャスキーはその場で反応を示すような男ではない。じっくりと考えてから反応する。自分の執務室の椅子《いす》に座っているマキャスキーは、ボツワナにおけるマリアの新たな目標を伝えるのにフッドがやってきたことだけに、むっとしているようないいかたをした。


「これはマイクの作戦でしょう？」マキャスキーはきいた。

「そうだ」フッドはいった。

「それなのに、どうして本人の口から説明がないんですかね。だって、マドリードに電話したのはボブだったし、いまこうやって長官が報《しら》せにくる。マイクはいったいなにをやっているんですか？」

「エイディーン・マーリーとデイヴィッド・バタットの準備をしている」フッドは、マキャスキーがロジャーズにいらだちをぶつけるのを許すつもりはなかった。「きみに話してもいいと判断したから、わたしから伝えたんだ。杓子定規《しゃくし》にやれば、職務上、きみに報せる筋合いはないんだ。これはきみの任務ではなく、マリアの任務だ。こうして話をするのは、われわれが友だちだからだし、きみにも参加してもらったほうがいいと思っているからだ」

マキャスキーの憤激は、それでいくぶんやわらいだようだった。座り直して、情報を伝えてくれた礼をいい、ボーダンの業務を探る作業に戻った。

フッドは長官室に戻って、家に電話した。子供たちの番号は話し中だった。たぶんどちらかがパソコン通信中なのだろう。おそらくアレグザンダーだ。家の本来の番号にかけた。シャロンが出た。ハーレーがインターネットを使っていて、アレグザンダーはサッカーのナイト・ゲームに出かけていた。十時過ぎに電話して、とシャロンはいった。あすは学校が休みだから、子供たちは晩《おそ》くまで起きているはずよ。職員会議なの。電話する、とフッドはいった。シャロンに元気かとたずねた。おしゃべりをしている気分ではないようだった。言葉をゆっくり選んでいることからわかる。男性から電話がかかってくるのではないか、という気がした。

べつに悪いことではない、とフッドは思った。独りでいなければならないという法はない。

独り暮らしのアパートメントに帰る前に、フッドはエイディーンとバタットに会いにいった。ふたりはロン・プラマーの執務室にいた。国際政治の専門家のプラマーがボツワナ関係のファイルを集め、ふたりでそれに目を通していた。エイディーンは見るからに居心地が悪そうだった。プラマーはエイディーンの元の上司マーサ・マッコールの後任だ。マーサが暗殺されたとき、エイディーンは現場にいた。

ボブ・ハーバートとローウェル・コフィーも同席していた。コフィーは、ボツワナの法体系と政治体制の説明をすでに終えていた。フッドがはいっていったとき、ハーバートはブラッドベリ神父捜索にヴァチカンがどうかかわっているか、全体像を教えていた。スペイン人〝観光客〟に気をつけるようにと、エイディーンとバタットは注意された。スペイン軍特殊部隊員のほうから接触してきた場合を除き、接触してはいけない。

「軍事作戦が行なわれる場合に邪魔になってはいけないからだ」とハーバートはいった。

「関与を疑われるのもまずい」コフィーがつけくわえた。

「双方の戦闘に巻き込まれたらまずい」バタットも指摘した。

バーバラ・クロウがやってきて、パスポートを渡し、あらたな身許《みもと》について説明した。ワシントンDC在住のフランクとアン・バトラー夫妻で、新婚旅行中。税関、警察、ホテルのフロント係やウェイターなどサービス業に従事する人間、さらには一般市民も、新婚の夫婦は大目に見る。婚約指環《ゆびわ》と結婚指環も、バーバラは用意していた。アンは主婦専業、フランクは映画の批評家。バタットの希望は、政府職員か法執行官のたぐいだった。それなら本業に近い。旅行中に出会った人間に質問されたときにかわしやすい、とバタットは主張した。しかし、そういう職業だと、税関で目をつけられるおそれがある。列にならんでいるときに、だれかがふざけて、「おい、そのひとはすんなり通してあげたほうがいいぞ。バッジを持っているからな！」といわないとも限らない。ボツワナは安定しているのを誇っている国で、危険人物やトラブルメーカーを入国させるのを厭《いと》う。

「それに、みんなアメリカの映画スターの話を聞きたがるわよ」バーバラが指摘した。「ジュリア・ロバーツに会ったことがあるけど感じよかったといえば、みんなよろこぶわ」

デイヴィッド・バタットはそうはいかない。この一年間、映画に行ったこともなければ、ビデオを借りたこともない。ボツワナのことを機内で予習して、ひと眠りできると思っていた、とバタットはぼやいた。どうやらボツワナの資料を読んでから、《ピープル》に目を通し、映画も見ないといけない。さぞかしうんざりするだろう。

フッドも同感だった。しかし、細かいことをいってはいられない。

バタットの不平を、フッドは聞き流した。元CIA工作員のバタットは、プロフェッショナルだ。この任務を引き受けたからには、好悪《こうお》には関係なく、完遂するために必要なことをすべてやるにちがいない。

エイディーンは例によって楽しそうだった。重要な仕事にかかわるので、いそいそしている。自分とバタットは〝信教の自由のために戦う勇士《パラディン》〟だと、冗談めかしていった。カール大帝の伝説上の十二勇士を意味するパラディンという言葉が、フッドは気に入った。それがロジャーズの新チームの名称になった。

熱のこもった短いブリーフィングが終わると、バタットとエイディーンはニューヨークに戻った。そこから夜の南アフリカ航空の747機でヨハネスブルクを経由し、ハボローネへ行く。

フッドはアパートメントに帰った。六時半には出勤したいので、すこし早めに寝るつもりだった。その時刻にマックス司教のハボローネ到着が予定されている。部屋にはいると、フッドは窓をあけた。夜の空気が爽《さわ》やかだった。それから、ちっちゃなミートボール入りのパスタの缶詰をあけて、皿に出した。電子レンジで温めるあいだに、窓ぎわの小さなデスクのところへ行った。子供たちに電話するのはやめた。ノート・パソコンを起動し、ウェブカムを使うIP電話をかけることにした。マット・ストールのような部下がいると、こういうときに便利だ。天才的なコンピュータ技術者のストールは、だれとでもネットでつないでくれる。

回線はあいていて、十二歳のアレグザンダーが出た。髭《ひげ》が生えかけているようなのを見て、フッドは驚いた。光の加減かもしれないが、鼻の下ともみあげのあたりが黒っぽい。いや、泥で汚れているのかもしれない。まだサッカーのユニホームのままだ。どちらにせよ、フッドは無性にアレグザンダーに会いたくなった。首をぎゅっと抱き締めたい。首を……

ふたりは、学校のサッカーの試合の話をした。アレグザンダーのチームが勝った。ゴールはあげられなかったが、重要なゴールのアシストをした。それで満足しないといけないことが多い、とフッドはいった。学校や、アレグザンダーがやっている新しいファミコンゲームの話をした。だが、女の子の話はしなかった。まだそういう齢《とし》にはなっていないのかもしれない。

いまはまだ。

十四歳のハーレーは、いつもとおなじで、弟ほどには話をしなかった。ここ一週間ですこしふっくらしたように見えるのでほっとした。ブロンドの長い髪には、流行のグリーンのメッシュがはいっている。母親の思いつきにちがいない。メッシュを入れようと思ったのはハーレーかもしれないが、グリーンはシャロンの考えだろう。たいがいの女の子は真っ赤なメッシュを入れる。それとは反対色だ。だが、ハーレーは目を合わせることができなかった。人質になるという経験をすると、そうなりがちだと、リズに説明されている。自分を捕らえている人間を見ないようにすれば、姿を見られず、安全だと自分をごまかすことができるからだ。自分はなんの力もなく脆《もろ》い存在だという気持ちが、心的障害とともに残るので、人質事件の被害者は、救出されたあともアイ・コンタクトを避ける。

フッドとハーレーは、短くそっけない挨拶《あいさつ》を交わした。

「その髪、なかなかいいじゃないか」フッドはようやくそういった。

「そうなの？」ハーレーが、視線をあげずに答えた。

「すごくいいよ」フッドは答えた。

「ママがグリーンがいいって」

「きみはどう思う？」

「ちっちゃいころによく転げ落ちたあの山を思い出す」ハーレーが答えた。

「シルヴァー・スプリングズのおばあちゃんの家のそばの山だね？」

ハーレーがうなずいた。

「憶《おぼ》えている。アレグザンダーを段ボール箱に入れて落としたことがあったね」

「あったかな」

「あったよ！」画面に映っていないアレグザンダーが叫んだ。「おまえのせいで心的障害《トラウマ》になったんだ。いまでも狭いとこにはいれない！」

「アレックス、うるさい」ハーレーが叱《しか》りつけた。「ゴードンさんに聞くまで、トラウマなんて言葉は知らなかったくせに」

「だからって、ぼくがトラウマにやられなかったってことにはならないよ、ハーレー！」アレグザンダーがどなった。

「まあまあ、ふたりとも、やめなさい」フッドは、この話題をつづけたくなかった。「ハール、学校のほうはどう？」

ハーレーがまた一語だけの返事に戻った。

授業は〝だいじょぶ〟。級友は〝いいよ〟。国語の授業で読んでいる小説の題名まで『エマ』ときている。それでも、話ができるだけありがたいとフッドは思った。国連危機から数週間、ハーレーはひとこともしゃべれなかったのだ。

「ママはどうしてる？」フッドはきいた。「元気？」自分でも知りたいのかどうかわからなかった。だが、家族みんなにいまも興味を持っていることを子供たちに伝えたほうがいいと、リズにいわれている。

「まあまあだよ」ハーレーがいった。

なにかを隠している。言葉がすんなり出てこなかったことからわかった。たぶん男友だちができたのだろう。それならそれでいい。そういうことなら、いずれ時機が来ればはっきりする。

フッドはハーレーに、体に気をつけてといった。人差し指を使ってハーレーのほうへ投げキスをした。ちっちゃな光ファイバー・レンズに指先をくっつけるようにした。それで一瞬ハーレーがアイ・コンタクトをして、かすかに笑った。ハーレーが接続を切り、画面がいつもの壁紙に戻った。

シャロンは、IP電話に出なかった。フッドのほうも、別居中の妻と話がしたいとはいわなかった。ふたりは、おたがいのふるまいに対する感情と理性のもつれを脱し、攻撃的な中立状態にあった。なにか奇妙で不自然な感じだった。かててくわえて、フッドは子供たちといっしょにいられないという罪の意識を背負い込むことになった。いまはそれが正規の状態になっている。〝パパは晩《おそ》くまで仕事をしている〟ではなく〝パパはもうおうちにはいない〟のだ。

この数週間のあいだに、フッドが学んだことがひとつあった。結婚が失敗に終わったことを、くよくよ考えてはいけない。自分で自分を叩《たた》きのめすようなものだ。前向きになる必要がある。

ベッドのヘッドボードぎわに枕《まくら》ふたつを重ねた。目覚まし時計を午前五時に合わせ、靴を脱いだ。それから、パスタの皿を持って、ベッドにはいった。右手のナイト・テーブルに、一三インチのテレビが置いてある。スイッチを入れた。ディスカヴァリー・チャンネルが例によってミイラのドキュメンタリーをやっている。チャンネルは変えなかった。エジプトのミイラではなく、アステカ帝国のミイラだから、まだしもだった。

疲れ果てていた。じきに瞼《まぶた》がふさがりそうになった。食べかけのパスタをナイト・テーブルに置き、テレビを消した。服を脱げ、明かりを消せ、寒くなるといけないから窓を閉めろ、と頭脳が命じた。

体は動くのを嫌がった。

やがて体が勝ち、フッドは眠り込んでいた。

29

金曜日　午前八時二十一分　ボツワナ　マウン

マウン・センター行きのバスは、三十分過ぎに到着するはずだった。セロンガとパヴアントは、食糧庫でピーナツ・バターとパンを見つけた。サンドイッチをふたつずつこしらえて、ベランダで食べた。持参するサンドイッチも四つこしらえた。トラック運手のンジョ・フィンと落ち合い、司教を連れて出発したあとは、どこかに立ち寄って食事をすることはできない。

行き先が前のような沼地の真ん中ではないのはありがたい。マラリアが流行《はや》る冬までまだ何カ月かあるとはいえ、オカヴァンゴ・デルタはマラリア猖獗《しょうけつ》の地だ。ツーリスト・センターに向けて出発したとき、マラリアを媒介するハマダラカらしきものを見ている。この蚊は背中が曲がったような形なので容易に見分けがつく。自分やブッシュバイパー隊員の健康を案じているわけではない。ダンバラーのことが心配だった。ダンバラーが病気になったり、弱々しそうに見えたりしたら、困ったことになる。

セロンガらは、沼地の南のはずれでダンバラーと合流することになっていた。かつてダンバラーが働いていたダイヤモンド鉱山で集会をひらく。それから、カラハリ砂漠の北のガンジという町へ基地を移動する。人質は例の島に残し、見張りの部隊を置く。あそこなら発見される危険性が低い。樹冠が空からの捜索を妨げる。沼を通ってくれば、モーターボートの音が聞こえ、防御を強化できる。ブッシュパイパーは、捕虜になるよりは命を絶つ途《みち》を選ぶ覚悟をしている。その者たちとダンバラーを結びつける物証はなにもない。制服も。書類も。宗教儀式に使う道具も。

それに、目撃者も残さない。島を奪取された場合には、カトリック聖職者は殺すようにと指示してある。助祭を殺したのもだが、軍事指導者はこうしたつらい選択を迫られる。ダンバラーとはちがって、白魔術だけを行なってはいられないのだ。

ダンバラーがガンジを選んだのは、アルベール・ボーダンの配下がボツワナに来るときに使う飛行場に近いからだ。補給品をじかに受け取れる。必要とあれば、兵員もすばやく撤退できる。この人口四百人の町に、ダンバラーは最初のウンフォ——ヴードゥー教の神殿を置くつもりだった。とはいえ、恒久的な建築物を建てるのではない。神々や精霊が信者と交わるためのポト・ミタンと呼ばれる移動可能な柱を立てる。だが、柱を立てる儀式は、象徴的には深い意味がある。土地を聖なるものにするヴードゥー教の儀式が行なわれるのは、アフリカでは数百年ぶりのことだ。地元のウンガンとマンボ——

男性と女性の祭司が儀式を執り行なえれば、何千人もの信者が集まる。たった一度の行ないで、ダンバラーは全国的に有名な偉人になる。数千人が信心を唱えれば、何十万人もが運動に参加しようと名乗りをあげるはずだ。

セロンガとパヴァントがサンドイッチを食べ終えるころに、ふたりの男がベランダに近づいてきた。カーキのゆったりした半袖《はんそで》シャツ、サングラス、〈ナイキ〉のスニーカーといういでたちだ。オーストラリアの辺境でよくかぶるような白い大きな日除《ひよ》け帽をかぶっている。野生動物の写真を撮る観光客そのものの格好だ。

じつは、観光客などではなかった。

ひとりは身長が一八五センチ以上ある。もうひとりはがっしりしているが、身長は一七〇センチをすこし超える程度だった。どちらもひどく浅黒く、背すじをぴんとのばしている。ベランダの手前で、ふたりが立ちどまった。長身の男が帽子を取って進み出た。

「おはようございます《ブエノス・ディアス》、助祭さま《ディアコノス》」力強い声だった。

セロンガは男に向かって愛想よくほほえんだ。朝の挨拶だろうと思ったが、確信はなかった。相手の言葉がよくわからないときには、答えないほうがいい。

「ちょっとお話ができませんでしょうか《プエド・アブラル・コン・ウステド・ポル・ウン・モメント》、高潔なる助祭さま《ディアコノス・オンラドス》」

セロンガは答えるしかなかった。「申しわけないが、言葉がわかりません。英語かツワナ語ができませんか？」

小柄な男が進み出て、帽子を脱いだ。「わたしが英語を話します」おだやかな口調でいった。「残念ですね。宣教師さんはいろいろな言葉ができるものと思っていたんですが」

「できれば役に立ちますが、できなければいけないというものではありません」セロンガは答えた。事実そうなのかどうかは知らなかった。だが、そう断言した。自信ありげにいえば事実だろうと認められる場合が多い。

「そうですか」男はいった。「しばらくお話をうかがえないでしょうか、助祭さま」

「ちょっとなら」セロンガは答えた。「マウンに行く支度をしなければならないので」

「お話というのはそのことなのです」

セロンガは背中のあたりがぞくぞくした。

「わたしはビセンテ・ディアマンテ軍曹です。こちらはアントニオ・アブレオ大尉《たいい》です」小柄な男はなおもいった。

紹介されたアブレオが軽く会釈《えしゃく》した。

「お休みで旅行中なのですか？」セロンガはたずねた。

「休みではありません」ディアマンテ軍曹が答えた。「われわれは――ほかにも連れがいますが――マドリードから来たスペイン陸軍特殊部隊UEDです」

パヴァントが、セロンガのほうを盗み見た。そちらを見なくても、パヴァントがどんな目つきをしているかは見当がついた。助祭ふたりを殺せといったときとおなじ目の光が宿っているにちがいない。

「特殊部隊の兵隊さんですか」セロンガはいった。すっかり感銘を受け、光栄だと思っているような口ぶりを心がけた。相手にどんどんしゃべらせる必要がある。「軍事攻撃のようなものがありそうだと思っているのですか？」

「わかりません」ディアマンテが率直にいった。「われわれの部隊は、アメリカから来る司教さまの身の安全をはかるために派遣されました。その任務を果たすために、必要な手段を講じるつもりです。ツアー・バスは攻撃目標になる可能性があるということを、お伝えしたかったのです」

「ありがとうございます」セロンガは答えた。

「でも、ご心配なく」ディアマンテはなおもいった。「バスにふたり乗り込みます。なにか起きたときは、できるだけ離れているようにと指示します」

「ご指示に従いましょう」セロンガは答えた。「ひとつ教えてください。バスかあるいはほかの場所でなにかが起きると予想しているのには、格別な理由があるのですか？」

「司教さまにたいしてなんらかの陰謀がくわだてられているというのがわかっているわけではありません。ただ、ブラッドベリ神父が誘拐されていますし、安心はできません。武装して、ふつうでない出来事がないか、目を光らせるつもりです」

「武装して」セロンガは身ぶるいしてみせた。「わたしたちは主を信じております。あなたがたはなにを信じておられるのですか？　機関銃ですか？　ナイフですか？」敵の武器がなんであるのか、探りを入れようとした。

ディアマンテ軍曹が左腋《わき》のふくらみを軽く叩いた。「われわれのM－82が、神さまがあなたがたを護《まも》るのをお手伝いしますよ」

「それはありがたいことです。お味方は何人おられるのでしょうか？」セロンガはきいた。

「十二名です」ディアマンテが答えた。「セニョール・ンデベレに、サファリ・バンを一台貸してもらいました。それに四人乗って、バスのあとをついていきます。六人がここに残り、付近の安全を確保します」

セロンガは、胸に手を当て、深々と腰を折った。「そのような用心が不必要に終わることを祈りますが、ディアマンテ軍曹。感謝の念に耐えません」

ディアマンテが会釈で答えた。「バスでは、顔を知っているようすは見せないで、通りすがりの旅行者としてふるまうようにします。おっしゃるとおり道中に何事もないことを願っています」

ふたりは立ち去った。教会の角をまわって見えなくなると、パヴァントが籐椅子《とういす》から立ちあがった。

「悪魔どもめ、なにもわかっていないくせに！」口惜しそうにいい放った。

「まあいいじゃないか」セロンガは穏やかに応じた。パヴァントの怒りをなだめるのに向けられていた意識は、ごく一部だった。あとは三時間後を眺めて、どうすべきかと考えていた。

「やつら、外国人を呼べばわれわれを叩き潰《つぶ》せると思っている。ここがわれわれの国だというのがわかっていない」パヴァントが、自分の胸を拳《こぶし》で叩いた。「われわれが自分たちの信仰や、歴史や、生まれながらに持っている権利のために戦っているのがわかっていない」

「あいつらはまちがっている」セロンガはパヴァントをなだめた。「いずれそれを悟るだろう」

「ンジョに報《しら》せないといけない」パヴァントがいった。

「そうだ」そう答えたものの、自信を持っていえるのはそれだけだった。セロンガは目を伏せた。

「なんです？」パヴァントがきいた。「どうしました？」

「ンジョにどういうかが問題だ」セロンガはいった。「島の防御を固めるのはたいしたことじゃないし、まず攻撃されることはないだろう。しかし、こうなると事情がまったくちがってくる。紛争を軍事的にどこまで拡大するかを決断しなければならない」

「選択の余地がありますか?」パヴァントがいった。問いかけるのではなく、断定する口調だった。「司教をンジョのトラックに連れていく時点で、やつらに異変を悟られることになる」

「それはわかっている」

「予備部隊の掩護《えんご》でマウンから引き揚げるか、あるいはスペイン人に対して先制攻撃を仕掛けるか、ふたつにひとつです」パヴァントが結論を下した。

「引き揚げはうまくいかないだろう」セロンガはいった。「司教を人質にとっても、基地まで追跡される」

「では攻撃するしかない」パヴァントが強い口調でいった。

「大きな声を出すな」まわりに目を配って、セロンガは注意した。教会のほうを手で示した。ひょっとしてくだんのスペイン軍兵士がそのあたりで煙草《たばこ》をふかしていないとも限らない。

「すみません」パヴァントが顔を近づけた。「やつらがバスの停留場から先へ行かないようにする必要があります。ダンバラーのところまで、われわれを跟《つ》けるかもしれない。殺すしかないでしょう」

「あるいは撒《ま》く」セロンガはいった。

「なぜ?」パヴァントが疑問を投げた。「ダンバラーもわかってくれるはず——」

「ダンバラーのことを気にしているわけじゃない。あの連中を襲ったら、スペイン政府はいわれのない攻撃だと主張するだろう。兵士たちのことを、あくまで観光客だったといい張って。ダンバラーと信者はテロリストの烙印《らくいん》を捺《お》される。国際社会との関係、ビジネス、投資、観光事業を護るために、わが国の政府はわれわれの追討に本腰を入れなければならなくなる」

パヴァントが目を丸くしてセロンガの顔を見た。黒い目の炎がいくぶん弱まっている。

「では、どうするんですか？　司教をここに連れてくることはできない。小教区の人間が奮い立ってしまう。ローマカトリック教会の勝ちになる」

「われわれがほんものの助祭ではないこともばれる」セロンガはつけくわえた。「容赦なく追い詰められるだろうな」

「つまり、この教会には戻れないし、スペイン軍特殊部隊にあとを跟けられてダンバラーの基地を知られるのもまずい」ふたたび怒りが声にこめられ、黒い目に不満が燃えあがっていた。「おれたちに残された方法はあまりない」

「そうだな」セロンガは相槌《あいづち》を打った。

それどころか、方法はひとつしかなかった。結果がどうあれ、戦うしかない。ダンバラーにいまからそれを知られてはまずい。ブッシュバイパーはいずれダンバラーのもとを去るしかないと、前から肚《はら》は決まっていた。白魔術を使うヴードゥー教の師として名を挙げるのがダンバラーの望みだ。助祭ふたりを殺したのがブッシュバイパーだとわかったら、ダンバラーの信用に傷がつく。今後もダンバラーに力を貸すつもりだが、距離を置く。中東諸国では、指導者たちは過激なテロ組織を公然と非難しつつ、その暴力行為から利益をこうむっている。あと何週間かして、ダンバラーが政府の干渉から身を護れる信者の壁をこしらえたら、そこで別れればいい。信者たちがともに移動し、外国の報道関係者が集会を取材するだろう。ヨーロッパ人たちは、最初の大規模な集会には報道陣を呼ぶと約束した。

セロンガは立ちあがった。なにもかもが徐々に昔とおなじになってきた、と思った。軍人として数十年勤務していたころ、国境での小競《こぜ》り合い、待ち伏せ攻撃など、さまざまな規模の小さい戦闘に参加した。ブッシュバイパーは攻撃を仕掛ける側であることが多かった。ときには攻撃の的になった。そういう状況の再現だ。

小部隊の攻勢・防御手順を、セロンガは体で憶《おぼ》えている。バスの通る地域も知悉《ちしつ》している。自衛を行なうとしたら、計画を立てておく必要がある。

宿舎にはいっていった。だれもはいれないようにパヴァントが戸口で見張り、セロンガはベッドのほうへ行った。バックパックをあけて、携帯電話を出し、ンジョ・フィンを呼び出した。トラックはマウンの一〇〇キロメートルほど北で待機している。電波は弱かったが、セロンガはできるだけ手短に意図を伝えた。落ち合う場所を精確に告げる。

さらに、ブッシュバイパー全員が知っている合言葉を使い、ツアー・バスが到着したときにどういう準備をしておけばいいかを指示した。

ブッシュバイパーの作戦としては、計画も万全ではなく、完全無欠とはいえないかもしれない。しかし、それはさして重要ではなかった。懸念《けねん》はたったひとつ。成功するかどうかだ。

30

金曜日　午前五時三分
メリーランド州　キャンプ・スプリングズ

ポール・フッドは、よく眠れなかった。

HOLLYWOODという字の看板を立てようとする夢を見た。永遠に終わらない作業だった。大きな白い字がひとつ傾き、あわててそっちへ走ってゆく。それをきちんと立てると、べつの字が即座にひっくりかえりそうになる。倒れる間隔は変わらないが、順序は変わる。休止はなく、手順もでたらめだった。三時半頃に目が醒《さ》めたとき、体に力がはいり、汗をかいていた。人生を自分はこんなふうに見ているのか？　おなじものを、毎分毎分、ひっきりなしに立てていると？　ハリウッドとおなじで、それはすべて人工的なのだろうか？　それともロサンジェルス市長時代のことがよみがえり、意識をさいなんで、おまえにはそういう仕事が精いっぱいだと告げようとしたのか。官僚機構の運営ぐらいが関の山だと。

テレビをつけて、ヒストリー・チャンネルにした。第二次世界大戦のヨーロッパ戦線がとりあげられていた。いつもこの手の番組ばかりのような気がする。しばらく見ていたが、なんの益もないと気づいた。どのみちもう眠れない。シャワーを浴び、服を着て、オプ・センターへ行った。

夜勤チームは、フッドを見ても驚かなかった。別居してからずっと、夜晩《おそ》くまで働き、早朝に出勤するのが、ふつうになっている。逆に、リズ・ゴードンがいるのを見ても、フッドは驚かなかった。J2とメイ・ウォンのふたりがいっしょだった。ふたりは若者らしく元気いっぱいだった。リズのデスクを囲んで座り、ネットワークに接続したノート・パソコンで作業を進めている。コーヒーのにおいが、戸口に薄物のカーテンみたいに漂っている。

フッドはドアの支柱を軽く叩《たた》いた。「おはよう」

J2とメイがふりむいて挨拶《あいさつ》した。リズはモニターから目を離さなかった。

「長官、ボツワナの問題はきわめて深刻になりつつあると思います」リズがいった。

「ヴァチカンだけの問題ではないということだな？」フッドはきいた。

「まったくそのとおり」

「説明してくれないか」フッドはリズのそばへ行った。

リズは背中が丸まっていた。目をこすって、ふりかえった。「いわゆる〝大衆運動〟を引き起こす出来事が歴史にはあります。たとえば、アメリカ独立戦争、ロシア革命、第二次世界大戦中のフランスのレジスタンスなどです。輪郭はそれほど明確ではありませんが、ルネッサンスもそうです。ひとりの人間、出来事、あるいは思想によって、人間集団の想像力がかき立てられて生まれるものです」

「ストー夫人の『アンクル・トムの小屋』」フッドはいった。

「あるいはアプトン・シンクレアの『ジャングル』」リズが答えた。「この二冊はそれぞれ、奴隷《どれい》解放運動と食肉産業の労働環境の改善をもたらした。なにかがきっかけで、人間が共通の目標のために団結し、とうてい無理だと思われていたような成果を生み出す」

「いくつもの部分を足すよりも、ひとつの全体のほうが力が大きい」フッドはいった。

「そのとおりです。それに似通った物事が起きているのだと思います」

「順を追って説明してくれないか」フッドはいった。「これはダンバラーのプロファイリングの結果に基づいているんだろう？」

「そうです」リズがいった。「ダンバラーは断じてありきたりのカルト指導者ではありません。これが突発的な事件ではなく社会現象だと判断している理由は、そこにあります」

「そこまで確信しているのか」

「まちがいありません。J2とメイがモーニングサイド鉱山のコンピュータに侵入して、身上調書を手に入れました」

「モーニングサイド鉱山？」フッドはきいた。「本社はどこだ？」

「アントウェルペンです」J2がいった。「ダイヤモンド関係の会社が無数にあります」

この情報がダンバラーことトマス・バートンとアンリ・ゼネを結びつけるものであるかどうかは、まだはっきりしない。

「トマス・バートンは三十三歳です」リズがいった。「精神障害の前歴はありません。それどころか、非常に集中力に優れた人物です。鉱山労働者だった九年間、定期的に早い昇進を遂げています。採掘作業員のためにホースの水で鉱山の壁を洗う係から、採掘作業員へ、そしてラインの責任者へと」

「ライン？」フッドはきいた。

「ダイヤモンドを選別して洗う作業工程です」メイがいった。

「つまり、有能で働き者だった」フッドはいった。「一転して、宗教指導者になったきっかけは？」

「その結びつきは、まだわかりません」リズが説明を引き継いだ。「知り合いかもしれないし、なにかの書物かもしれないし、神の啓示かもしれない」

「モーセが聞いた神の声のような」フッドはいった。

「なにがきっかけかは、重要ではないんです」リズが答えた。「バートンは一身を捧《ささ》げています」

「まやかしの可能性は？」

「まずありえませんね」リズが答えた。「だれかが利用していることはたしかですが、バートン本人は真っ正直です。身上調書には、四半期ごとの勤務評定があります。頭がよく、実直で、完全に信頼できる、と書かれています。鉱山の経営者はたいがい私立探偵を現場に派遣して、ラインで働く社員を監視させるんです。ダイヤモンドを着服したり、ひそかに売ったりするのを阻止するためです。なかには商店やレストランの店員に雇われて、釣り銭をわざと多く渡すようなことをする探偵もいるそうです」

「反応を見るために」フッドはいった。

「そうです。バートンは返しています。毎回。説教師に転じる正直な人間は、ひとつの信条を貫くものです。個人に対する態度の表明。あるいは集団に対する態度の表明」リズは肩をすくめた。「どちらも真実にまつわるものにはちがいありません。だからといって、他人の強い影響や後押しでこういうことをはじめたのではない、とはいい切れませんが。でも、本人は自分のやっていることを正しいと信じている。それはたしかです」

「家族はどうなんだ？」フッドはきいた。「危機や復讐《ふくしゅう》といったことが動機ではないのか？」

「バートンの父親は死んでいますし、母親はハボローネの老人ホームにいます」リズはいった。

「息子が費用を払っているのか？」

「そうです」J2がいった。「バートンの口座を調べました」

「父親の死因はわかっているのか？」

「マラリア」リズが答えた。「教会の運営する病院ではなく、国立病院で亡《な》くなっている。バートンは教会へ報復しようとしてやっているのではないわ」

「きょうだいは？」

「いない」リズがいった。「妻帯もしていない」

「ボツワナではめずらしいんじゃないか？」

「独身だというのはすごくめずらしいですよ」J2が答えた。「調べたんです」座ったまま身を乗り出して、モニターを覗《のぞ》き込んだ。「十八歳以上で独身なのは、四パーセントだけです。それも、兵士、聖職者、連れ合いを亡くした人間、その他が、各一パーセントですからね」

「でも、ヴードゥー教の祭司は、結婚を許されている」メイがつけくわえた。「ヴードゥー教のファイルはあたしがこしらえました」

「バートンが結婚しなかったのには、ほかに理由があったのかもしれない」フッドはいった。「母親に仕送りしないといけないからかもしれない。メイ、ヴードゥー教の祭司の資格にはどんなものがあるんだ？」

「男性祭司はウンガンと呼ばれます」メイが答えた。「祭司になるには、他のウンガンの前で、霊と交わることができるのを示さなければなりません。霊的なテレビ電話のようなものです。女性祭司マンボも、先輩のマンボを相手におなじことをやる必要があります」

「どちらもおなじお告げを聞いていることを立証する方法でしょうね」リズが意見をいった。「あるいは、祭司の地位や身分を得るのに祭司の承認を不可欠とするための手段かもしれない」

「万事が政治的だということだな」フッドはいった。

「そうです。でも、バートンがウンガンになったのかどうかはわかりません」

「ちがうかもしれないという理由は？」

「バートンのダンバラーという名乗りは、蛇に象徴される強力な神なんです」リズが説明した。「それが祭司のしきたりに従った位階なのかどうか、わかっていません」

フッドは目を丸くしてリズの顔を見た。「トマス・バートンは、自分が蛇の神だと思っているというのか？」啞然《あぜん》とした口調でいった。

「そうです」リズは答えた。

フッドは首をふった。「リズ、どうも納得がいかない。バートンがそんな偉大な神であるダンバラーの役を演じているというのか？　しがない鉱山労働者だった男だ。金を貰《もら》って、アルベール・ボーダンやその仲間の政治的要求を満たしているんじゃないのか」

「バートンは、バザールの民衆からは金を貰いません」リズがいった。「ボーダンから受け取るわけがありません」

「老人ホームの母親が金がかかるようになったということは？」

「計算したんです」J2がいった。「給料でじゅうぶんにまかなえる金額です」

「ボーダン一派は、たしかにバートンを利用しているかもしれません」リズがいった。「でも、演技ではないと思います」

「どうして？」

「ふたつあります」リズがいった。「ひとつ、トマス・バートンがまったくの孤立した状態で祭司として目醒めたはずはありません。仮に宗教的な訓練を受けていないとしても、訓練を受けている人間には会っているはずです。自分の考えていることや、感じていることを話せるような相手に。バートンの体験はかなり強烈なもので、話を聞いたウンガンやマンボは、たしかに神の恵みを受けていると確信したのでしょう。とにかく、これまでだれもバートンに疑義を呈したり、妨害したりしていないわけですから」

「そう断定できるか？」フッドはきいた。

「そう推測されます」リズが答えた。「バートンが鉱山の仕事を辞めてから、ダンバラーが最初の小さな集会をひらくまで、ほんの数週間しかたっていません。ヴードゥー教の祭司たちが本気で反対したのであれば、話をつけるのに何カ月も何年もかかっていたはずです。おそらくバートンに対して黒魔術を使うというしだいになっていたでしょう」

「黒魔術」フッドはいった。「こんどはゾンビーの話か」

「メイ」リズが促した。

メイがうなずいた。「そうなんです。ただ、語源はおそらくンザムビー――亡霊のことです」

フッドはまたもや、そんな馬鹿《ばか》なことがあるかという思いが態度に出ないように、我慢しなければならなかった。これが自分の世界ではなく、とうてい信じられないからといって、なんの根拠もないと斥《しりぞ》けるわけにはいかない。ロサンジェルス市長だったころのことがよみがえった。映画関係者を招く晩餐会《ばんさんかい》を主催し、映画制作会社の大物ふたりのあいだに座っていた。ふたりはそれぞれ、自分の会社こそつぎの大流行をつかんでいると、熱心に議論していた。動物映画や世界の終わりの先を描いた映画が話題になった。フッドがそういった大物を引き合わせたのは、貧困層の若者向けの職業訓練計画を話し合うためだった。〈ベイブ〉がいいか〈ウォーターワールド〉がいいかという話でいきり立つなど、フッドにはとうてい考えられない。だが、何百万ドルもの制作費をかけるプロデューサーにとっては、そういった問題が重要なのだ。

ヴードゥー教徒にとっては、これが重要なのだ。

「このゾンビーは、映画に出てくるような人を殺したがる目玉のとれた死体ではありません」メイが説明をつづけた。「資料をいろいろ読んだのですが、話好きなきわめて活発な存在のようです。血を飲んだり、肉を食べたり、おろかな騒ぎを起こしたりはしません」

「でも、やっぱりご主人様の奴隷なんだろう？」J２が質問した。

「奴隷なのか、ただいいつけに従う存在なのか、だれにもはっきりとはわからないの」メイが答えた。「とにかく、呼び出してくれるウンガンやマンボに、限りなく献身的なわけ」

「ゾンビーは睡眠薬やマインド・コントロール・ドラッグの犠牲者だという説もある」リズがいった。「精神医学や医学関係の専門誌で、もう十五年か二十年にわたって、この問題が科学的に議論されてきたのよ。死んだのではなく、深い昏睡《こんすい》に陥っていたのが蘇《よみがえ》ったのだというのが、定説になっている」

「マインド・コントロール・ドラッグか」フッドはいった。自分に理解できる物事がやっと話題になったので、ほっとしていた。「ブッシュバイパーが化学薬品による洗脳の犠牲者だという可能性は？」

「考えられないではないけど、そうじゃないでしょうね」リズが答えた。「戦場で兵士として活動するには、危険に際して独自に行動する能力が要求される。そこで、黒魔術とはなんであるかを考えざるをえないわけ。ヴードゥー教では、黒魔術とはかならずしも超自然現象ではない。たんなる流血を指す場合もある」

「ダンバラーが黒魔術を信仰していないとぼくらが思うのは、そこなんだ」J2が指摘した。「ブッシュバイパーが暴力行為を梃子《てこ》にダンバラーをかつぎあげたのだとしたら、問題の地域に関する南アフリカの情報機関の報告書にレーダーの輝点よろしくはっきりと現われるはずだ。ぼくは調べたんだ。目についた戦いや論争は、国境や貿易に関するものばかりだった。宗教関係はなにもない」

「ブッシュバイパーがダンバラーのために信者を集めたんじゃないか」フッドは推論を提示した。

「信者が目につくようになったのは、ダンバラーが最初の集会をひらいてからです」J2がいった。

「なるほど」フッドはいった。「つまり、バートンは神の啓示を受けて、自分のやっていることを信じる結束の強い少人数をもとに教団を発足させた。生まれ故郷の村か鉱山で」

「そのとおり」リズが答えた。

「その時点で、鉱山の所有者やゼネが、彼の存在に目を留めた」フッドはなおもいった。

「そうでしょうね」リズがいった。「ダンバラーを名乗ったときもまだ鉱山の労働者だったのか、それとも辞めたあとも監視されていたのかはわからない。突然辞めた従業員は、私立探偵に見張られるはずだから。ダイヤモンドをこっそり持ち出していないかどうかを調べるために」

「わかった」フッドはいった。「リズ、バートンのやっていることが演技ではないと思う理由が、もうひとつあるんだろう」

「ええ。ふたつめの理由は、正気の問題と関係があります。錯乱した人間、神コンプレックスのある人間が、かならず追い求めるものがある。絶対的な支配者になろうとするんです。イエス・キリストか、ナポレオンか――メイ、ヴードゥー教の最高神はなんだったかしら？」

「オロルン」メイがモニターを見て答えた。「〝遠く不可知なもの〟です。地上でその使者をつとめる神はオバタラ。人間の活動について報告する役目を負っています」

「これまではいってきた情報と、わずかな資料から考えると、バートンはそういうふうなことは主張していない」リズがいった。

「そうだな」フッドはいった。「ダンバラーは、蛇の神の生まれ変わりだといっているだけだ」

「その点については、もっと正確にいい表わさないと」リズが注意した。「ヴードゥー教の祭司は、神の化身であるとはいわず、代理だというんです。スポークパーソンというところね」

「でも、なんらかの形で神の声を聞くんだろう」フッドはいった。「それで正気といえるのか?」

「長官はさっきモーセを引き合いに出したばかりじゃないですか」リズは応じた。「どうしてトマス・バートンがそれよりも理性的ではないといえるんですか? バートンが名乗っているとおりのものではないと、どうしていい切れるんですか?」

フッドは、〝常識〟と答えたかった。だが、リズの口調を聞いて、その言葉が出なかった。リズはフッドを批判しているのではなく、トマス・バートンに敬意を表しているのだ。モーセを疑うような言葉をエドガー・クラインに対していえるはずがない。それとおなじことだ。

フッドは恥じ入って赤面した。リズにそういわれるのも当然だ。相手がヴードゥー教であろうといかなる宗教の信者であろうと、質の良し悪《あ》しを判断する権利は、自分を含めてだれにもない。

「では、こういういいかたをしよう」フッドはいい直した。「自分がなんらかの形で神だとバートンが信じているとして、なぜブッシュバイパーを必要としたのか？　必要とあれば、オロルンがやってきて援《たす》けてくれるのではないか？」

「預言者や救世主的人物には迷いがあるのがふつうです。まして教団が発足したばかりのときは」リズが答えた。「支援体制があればありがたい。モーセにはアーロンがいた。イエスには使徒がいた」

「だが、モーセもイエスも聖職者を誘拐しなければならないようなことはなかった」フッドはいった。

「これを不法な暴力行為としてではなく、政治声明ととらえるなら、条《すじ》が通ります。ブッシュバイパーのやったことは、まちがいなくバートンの承認を得ていたでしょうが、あれは急場の手段だったのです。自分の登場と、目標を公《おおやけ》にするための」

リズは事実という架け橋のない数カ所を飛躍で補っている――そうフッドは内心思っていた。だが、それはそれでいい。かならずしも賛成はできないが、それが心理分析官の役目なのだ。あらゆる可能性を追求するのが。

「意見はよくわかった」フッドはいった。「要するに、ダンバラーという男は一心不乱ではあるが、おそらく暴力的ではない。ただ、われわれにわからないのは、ダンバラーがブッシュバイパーをどれほど掌握しているのか、宗教と権力のどちらにブッシュバイパーが重点を置いているのかということだ」

「おっしゃるとおりです」リズがいった。「でも、それはあんがい早くわかるでしょうね。この手の教団は、早い時期に奇跡を起こさなければならない。モーセの場合には悪《あく》疫《えき》があり、イエスは病人を治しました。目立ったことをやらなければならないのは、バートンも知っているはずです。神の介入はあてにせず、世論のうねりを味方につける肚《はら》でしょうね。ローマカトリック教会を敵にまわすことにより、ボツワナ国民の根強い宗教心に火をつけるという狙《ねら》いがあるのでしょう」

フッドは、かなり長いあいだ沈黙していた。「ふむ。ずいぶん勉強になった」

「わたしたちみんなにとって」リズがいった。

フッドはうなずいた。「きみたちは夜を徹してじつにすばらしい仕事をやってくれた。ありがとう」

フッドは出ていこうとした。リズが呼びとめた。フッドはふりむいた。

「ひとつだけ頭に入れておいてください。このひとびとは自分たちが受け継いできたことを誇りに思っています。故郷を追われて離散したユダヤ人や、ローマ帝国支配下のキリスト教徒がかつてそうであったように、ヴードゥー教徒たちはひとつの点でかなり有利な立場にあります」

「どういう点だ？」フッドはきいた。

リズが答えた。「信仰は脅しや武力行使には打ち負かされない。それを打倒できるのは、より高い理想だけです」

「あるいは内部からの崩壊」フッドは答えた。「そのほうがずっと容易だ」

31

金曜日　午後一時三十分
ボツワナ　マウン

夫のために煙草《たばこ》をやめた。アメリカに移住することに同意した。彼を愛しているし、いっしょになるために多くを犠牲にする覚悟でいる。でも、これだけは彼のために捨てるわけにはいかない。

現場での仕事。

マリア・コルネハは、マドリード発ハボローネ行きの便に乗った。着陸してから十分とたたないうちに、ごく少数の乗客とともにスウェーデン製のサーブ340双発機に乗り換えて、マウンを目指した。三十分の空の旅だった。マウンの町の外に、滑走路が一本だけある。平らな草地のこぢんまりとした飛行場だった。三階建ての近代的な管制塔とはべつに、滑走路の反対側に木の塔があった。ここには狙撃手《そげきしゅ》がいて、飛行場に動物が一頭もしくは群れで迷い込まないように見張っている。群れが発見された場合は、離れてゆくまで撃つ。先頭を狙って発砲すれば、たいがい向きを変えて逃げ出す。群れすべてがそれに従う。一頭の場合は、病気にかかっているか年老いている可能性がある。逃げないときには、麻酔弾を発射する。そして網にかけ、塔の蔭《かげ》にとめてある牽引車《けんいんしゃ》でひっぱってゆく。飛行場から地元のシェルターへ運び、そこで診断する。

　ここに空路で到着する観光客をマウンの町に運ぶバスはない。

　ひとりずつタクシーに乗る。労働運輸通信省が、飛行場を建設した土地の所有者一族に、その路線の権利をあたえたのだ。一族はタクシー業をやることにした。そうすれば、運転手は到着した乗客と十分ほどやりとりする時間がある。飛行機をおりる外国人の写真を撮り、土産物を売りつけ、ツアー・ガイドをやると売り込むことができる。

　マリアは空港で車を借りようと思っていたが、あにはからんや、パリス・レバードというタクシー運転手を雇うことになった。空港のタクシー乗り場は、レンタカー会社のそばにある。マリアがそっちへ行くと、パリスが前に進み出た。そして、にっこり笑い、お辞儀をして、名乗った。レンタカーよりも安い料金にする、と申し出た。ひとり旅の女性の身の安全をはかるし、観光案内に載っていないようなところにも案内する、と売り込んだ。

　マリアは、パリスを品定めした。二十代はじめで、肌はかなり黒く、痩《や》せている。白い半袖《はんそで》シャツ、ベージュの半ズボン、サンダルという格好だった。黒いスカーフを巻き、サングラスをかけている。英語とフランス語とスペイン語を完璧《かんぺき》にしゃべれる。ふと思いつき、マリアは、ちょっとした試験をすることにした。マウンまで乗せていってもらいたい。技倆《ぎりょう》に納得すれば雇う。そうでなかったら、ただでレンタカー会社までひきかえす。

パリスは、いそいそと提案を受け入れた。

「雇うに決まってるよ。忘れられないような旅行にしてあげるから。おまけに」パリスはいった。「いっしょに写真を撮ってもいいよ。風景や動物の写真じゃないぜ」

町に向かうあいだに、マリアはパリスが宣教師たちの教育を受けたことを知った。また、タクシー会社の経営者の孫と幼なじみだという。マリアは人を見る目に自信があった。パリスは真面目《まじめ》で、一所懸命働き、正直のようだった。マウン・センターに近づいたところでマリアは、案内役をつとめるという提案をよろこんで受け入れると告げた。パリスがたいそうよろこび、五時間で五十ドルが最低料金だといった。マリアは承諾した。あと五十ドル出せば、あす一日雇える、とパリスがつけくわえた。考えておく、とマリアは答えた。

つややかな黒いタクシーは、混雑した中心部に着いた。バザール脇《わき》の混み合ったタクシー乗り場にとまり、マリアはおりた。パリスもおりて、携帯電話を手に車のそばに立った。貸切になり、あすもそうなるかもしれないというのを、配車係に早く伝えたかったのだ。

電話しながらマリアに、いろいろなことを教えるし、自分といれば安全だと請け合った。

「野生動物や乱暴なボツワナ人に手出しされないようにしてあげるよ」パリスは、人差し指をふりながら断言した。グローブボックスには三八口径を、トランクにはライフルを入れてある、と教えた。

　パリスが電話しているあいだに、マリアはさっそく仕事に取りかかった。バザールをあちこち歩きまわった。アメリカの司教が乗る飛行機が到着するのは一時間半後だ。それまでにこの土地になじんでおきたい。たとえば、警察の存在をたしかめる必要がある。街路のようすも知りたい。タクシーや徒歩で出入りするのが、どれほど容易なのか。裏口は鍵《かぎ》がかかっているのか、子供はおおぜいいるのか。銃撃戦になった場合に備え、子供たちの遊び場を知っておきたい。子供は自転車を持っているのか。自転車が必要になったときのために、大人が自転車を持っているかどうかを知りたい。

　生まれつき運動神経がよいマリアは、しなやかに、力強く動いた。身長は一七〇センチにすこし足りないぐらいだが、姿勢がよいのでもっと高く見える。いつも自信たっぷりに顔をそらし、角ばった顎《あご》をすこし突き出している。自分の領土を睥睨《へいげい》しているスペインの王族のようだ。茶色の目は澄んで、揺るがず、鼻はまっすぐで、薄い唇はしっかりと結んでいる。長い茶色の髪は、浅黒い首まで垂れている。ジーンズ、黒のブラウス、グリーンのウィンドブレーカーというでたちだ。奇抜な服装の者もいる各国の観光客のなかでは、とりたてて目立っていない。

修復された栗石《くりいし》舗装の道に手織りの布でできた屋台のならぶバザールは、観光客に人気がある。オールド・マウンと称され、小規模な現代的な町のどまんなかにある。幅はおよそ九〇メートル、長さは二〇〇メートルから二五〇メートルぐらい。何世紀も前には、交易路で隊商が寄る場所だったのだろう。タマラカネ川のL字形の屈曲部にあり、旅の足を休めるのに適している。まわりにひろがった町が、そのままの形で残った。こんにちのバザールは、観光客や地元住民でにぎわい、放浪の物乞《ものご》いもまばらにいる。カルカッタやメキシコシティで見かけたホームレスを、マリアは思い出した。ただ貧しく汚らしいだけではなく、病気だったり、衰弱していたりする。通りかかった女の紙袋に、マリアは小銭を入れた。

そのバザールは、伝統的なものと新しいものが不思議な感じで混じり合っていた。生鮮食料品だけではなく、最新の電子製品まで売っている。風に吹き寄せられた砂や枯草に覆《おお》われたアスファルトに、カンバスの日除《ひよ》けと木の屋台が出ている。そのまわりでノート・パソコンのカタカタという音がしている。売り上げと在庫の管理に商人たちがパソコンを使っているのだ。バザールの向こうには、白い煉瓦《れんが》の集合住宅や、地方自治体の庁舎がある。そのあいだの横丁には、こけら板の変色した傾き加減の掘っ立て小屋がならんでいる。傾斜した屋根に衛星アンテナが立っている小屋もある。カラーテレビの光が窓から見える。

バザールの突き当たりに、無教派礼拝堂がある。がらんとしていた。ツーリスト・センターに隣接した聖十字教会の神父が拉致《らち》されたこととかかわりがあるのだろうか、とマリアは思った。バザールの逆の側にはバーがある。そこもほとんど客がいないようだった。マウンの住民は、こんな早い時刻からは飲まないのかもしれない。

マドリードとはまったくちがう雰囲気だった。空気がちがう。清浄で乾燥している。日の光もちがう。太陽の熱や輝きをさえぎるスモッグはない。最高だと思った。解放感があり、肌が合った。言葉のあやではなく、皮膚の下を電気が流れるような感じがした。指先も、襟足も、高い頬もしびれる感じだった。オプ・センターという偉大な情報機関の一員であることも、興奮をもたらしているにちがいない。しかし、大部分はべつのことが原因だった。四歳のときに馬に乗った日からずっと、マリアはそれを楽しんできた。危険の味。

マリアはこれまで三十八年間、このうえなく甘美な瞬間がふたつあるというのを、身をもって学んできた。ひとつは愛するひととだれにも邪魔されずふたりきりで過ごすひとときだ。ダレル・マキャスキーとともに、何度となくそれを味わった。そのたびに豊かに、そして濃《こま》やかになっていった。もうたくさん、と思ったことも一度あった。マキヤスキーと末永く暮らすことを決めた理由はそこにあった。

だが、人生でもっとも貴重なもうひとつの瞬間は、自分はいつなんどき最期《さいご》を遂げるかもしれないと思うときだった。自分という存在のすべての部分が、そういった瞬間に活気づく。何日も前から、そういった高まりが感じられる。五感、記憶力、知力が鋭くなり、肉体と精神という資源がすべて自分の意のままになる。きのうボブ・ハーバートが電話をかけてきたときに、マリアは覚悟を決めた。好きな男とむつまじくすることと危険の両方を一度の人生で楽しんでいけないという理由はどこにもない。ダレルには、それを甘受してもらうしかない。そもそも、立場を逆にすれば、こちらにおなじことを要求しているわけなのだから。

危険の味はそれ以外の刹那《せつな》をもすばらしいものにするような気がする。バスク分離主義者の武装勢力を追っているとき、インターポールの同僚捜査官がこういった。「今夜は愛し合おう。あすは死んでいるかもしれないんだ」その同僚が好きだったわけではなかったが、情熱的な夜になった。

マウンでひやひやすることが起きなくても、ここへ来ただけでマリアには刺激的だった。展開されている大がかりな作戦に参加するだけでも、興奮をおぼえる。スペインを出発する前に、インターポールでボツワナのファイルを見た。歴史と、指導者層の横顔を知り、現状がほぼわかった。民族紛争や貪欲《どんよく》な軍閥に取り巻かれた地域にあって、ボツワナは〝アフリカの宝石〟を自称している。安定した民主的な政府で、経済も成長している。マリアの今回の旅に関わってくることとして、女性があてもなくぶらつくことを禁じる法律がある。きわめて厳しい法律だった。インターポールのボツワナ汚職・経済犯罪取締課のファイルによれば、殺人、麻薬密売、売春は、重罪と見なされている。売春の初犯でも、二年以上の刑を受ける。売春と麻薬に厳重な刑罰が科せられるのは、この国の道徳観が厳しいからではない。成人の一八パーセントがエイズに感染している。エイズの蔓延《まんえん》を防ぐための法律なのだ。

マリアは、どこにいようが、ぶらぶらするつもりはなかった。アメリカの司教を監視するために派遣されたのだ。しかし、スペインを出る前に、特殊部隊UEDが前の便で到着したことを知らされている。司教の警護はUEDに任せてもいい。マリアの胸三寸には、ほかの目標があった。ブラッドベリ神父を捜してみよう。デイヴィッド・バタットとエイディーン・マーリーが到着するまでに、手がかりをつかんでおきたい。

パリスが電話を終え、マリアのそばに来た。そのときマリアは、手織りのスカーフを売っている店の前に立っていた。これからどうしたいか、とパリスがきいた。

「まずホテルへ行ってシャワーを浴びる」マリアはいった。

「そりゃそうだ」パリスがいった。「マウン・オアシスに泊まるんだよね?」

「そうよ」

「だと思った」簡単にわかるといいたげに、指を鳴らした。「でなきゃ、ツーリスト・センターだ。その場合は団体だよね。それじゃ、予定をたててあげるよ。つぎにやりたいことはなに？」

マリアはにっこり笑って、パリスの顔を見た。パリスが笑みを返した。だが、それも一瞬だった。マリアの指示にパリスは驚くとともに、わけがわからなくなった。

「空港に戻りたいの」と、マリアはいった。

32

金曜日　午後零時三分

南アフリカ航空七〇〇三便

デイヴィッド・バタットには、気になることがあった。それが解明できず、意識から払いのけることもできない。

バタットとエイディーンは、７４７機のファースト・クラスの大きく柔らかな座席に座っていた。左翼側の最前列の席だった。バタットが通路側だ。前には布張りの隔壁しかない。右側には据え付けのサービス・テーブルしかない。ファースト・クラスに乗っているのは、楽をするためではなかった。秘密保全の問題だ。ふたりともノート・パソコンで国家機密に属する資料を見ている。ファースト・クラスは座席と座席が離れている。それに、バタットは背もたれを倒さなかった。そのほうが覗《のぞ》き見しにくい。うしろからだれかが近づいてきたらわかるように、頭上の送風口は閉めてある。近づく者があれば、自然な仕種《しぐさ》でゆっくりとファイルを閉じる。唐突な疑わしい動きをして客室乗務員《フライト・アテンダント》に怪しまれては困る。

ジェット・エンジンの間断ない雑音が心地よく、バタットはファイルに神経を集中することができた。三時間あまりで合計四百ページにおよぶ資料を読み通した。ブラッドベリ神父、エドガー・クライン、マドリード協定の関係書類は、いずれもページ数がすくなかった。意外の念に打たれた。ヴァチカンとスペインが協定を結んでいることにではなく、他の国がくわわっていないことに驚いた。いや、ほかに同盟国を求めなかったのは、ローマカトリック教会の賢慮かもしれない。ちょっと手をくわえれば多国籍同盟になりかねないのだ。国際社会は第二の十字軍結成に好意的な反応は示さないだろう。ボツワナの全般的な情報のファイル、マリア・コルネハとエイディーン・マーリーの身上調書もじっくり読んだ。マリアはインターポールでも腕利《うでき》きの捜査官だった。監視から潜入捜査に至るあらゆる仕事をこなしている。チームにそういう人間がいるのは心強い。エイディーンに関していえば、現場での工作の訓練を受けていないとわかり、勇気づけられた。マーサ・マッコールとともにマドリードに密使として赴いたとき、マーサが暗殺され、エイディーンは現場に投げ込まれた。そして、政策担当の下級職だったにもかかわらず、内戦を阻止するのに貢献した。すぐれた直感の持ち主であるという証左だろう。

他のさまざまなファイルを読み終えたところで、ＩＰと記されたフロッピーディスクが目に留まった。ＩＰとは情報プールの略語だ。特定の作戦を行なう人間に支給されるこのファイルには、進行中の作戦にからんでくる可能性のある雑多な事柄が収められている。一日に二度の情報更新《アップデート》があり、ふと浮かびあがった人名や地名、背景調査で判明した細かい事柄が詰め込まれている。ファイルをひらいたものは、連鎖、符合、特異な物事を見つけて、追跡調査を行なう。一見して偶然と思える事実が工作員の頭のなかで連結するのは、めずらしいことではない――他人が見過ごしていたことに気づく場合が多い。

IPファイルをひらいたとき、バタットにもそれが起きた。それがいまも気になっている。どこがおかしいかはわかっていたが、それがいらだたしかった。理由がつかめないからだ。

オプ・センター職員の大多数とはちがい、バタットは軍事基地や大使館やシンクタンクや官庁にいた経験がほとんどない。婉曲《えんきょく》な表現をするなら、〝足で稼いで〟きた。ずっと現場の人間だった。だから人間には通じている。さらに重要なのは、さまざまな国の人間がどのようにふるまうかを知っていることだった。

CIAニューヨーク支局長に就任する前は、世界を股《また》にかけていた。アフガニスタン、ベネズエラ、ラオス、ロシアに行った。ロシア語ができるので、南極大陸に初春から夏のさなかまで四カ月間派遣されたこともある。科学者を装《よそお》っているロシア人スパイの通信を傍受するのが任務だった。ロシア人たちは、アメリカが研究施設を軍事基地に使うことがないように見張っていたのだ。

バタットは南極大陸が好きだった。皮肉なことに、仕事をする場所としてはもっとも快適だったからだ。いわゆる〝聴音哨《しょう》〟だが、じっさいは〝聴音折り畳み椅子《いす》〟だった。シンダーブロックの壁のフックから、無線機がいくつかぶらさがっている。スピーカーのそばの折り畳み椅子に座り、氷のなかに仕込んだ無線マイクが拾う動きに耳を済ませるという日々だった。たいがい風の音しか聞こえない。ロシア人が出てくると、愚痴ばかりが聞こえた。それがいちばん貴重な経験だった。南極に勤務するのはロシア人にしてみれば屈辱的なことなのだとわかった。南極はシベリアの代わりだと見なされている。文明からの追放、零落に等しいのだ。囚人扱いを受けていると感じている人間が、一所懸命働くわけがない。

人間の特性は、どの国でも基本的に変わりはない。ただ、固有の文化が人間に影響を及ぼすことには着目しなければならない。国がちがえば特質がちがい、そのちがいにも程度の差がある。ポール・フッドの書き込みを読んで、バタットは気になったことがあった。ほかの人間のレーダーにはひっかからないようなちょっとした記述なのだが。

この書き込みは、日本外務省情報分析局長の藤間重雄に関係があるにちがいない。日本はＣＩＡに長期潜入工作員《モール》を潜り込ませたつもりでいる。正体が割れているそのもぐら《モール》は、タマラ・シムスベリーという若いアメリカ人女性だった。東京大学法科大学院で学んでいるときに、防衛庁情報本部の接触を受けたのだ。CIAに就職し、中国と朝鮮に関する情報をこちらの連絡官にひそかに渡してくれれば、多額の年俸を支払う、と情報本部は持ちかけた。タマラはCIAに連絡して、防衛庁情報本部に勧誘されたことを伝えた。CIAはタマラを雇った。日本側は気づいていないが、タマラはCIAの上司に東京の要求をすべて教えている。いずれにせよ、アメリカの情報機関から情報を得たいなら、藤間はフッドに頼まなくてもそちらを使えるわけだった。

バタットは思った。そうではなく、べつに理由があるから、藤間はオプ・センターに接触したのだ。フッドと直接のコネを築いておきたかったのだ。後日利用するために。つまり、藤間はなんらかの情報を伏せている。〝後日〟日本に影響をおよぼすなにかを知っているのだ。

そのことはおそらく、アメリカにも影響をおよぼすはずだ。

聖《せい》戦《せん》の獅《し》子《し》(上)

新潮文庫　ク-28-35

Published 2006 in Japan
by Shinchosha Company

平成十八年九月一日発行

訳者　伏《ふし》見《み》威《い》蕃《わん》

発行者　佐藤隆信

発行所　株式会社 新潮社

郵便番号　一六二―八七一一
東京都新宿区矢来町七一
電話 編集部(〇三)三二六六―五四四〇
読者係(〇三)三二六六―五一一一
http://www.shinchosha.co.jp

価格はカバーに表示してあります。

乱丁・落丁本は、ご面倒ですが小社読者係宛ご送付ください。送料小社負担にてお取替えいたします。

印刷・東洋印刷株式会社　製本・加藤製本株式会社

ISBN4-10-247235-5 C0197